U0021982

左韓瑞
J.W. Henley

林靜華 譯

移民漁工血淚記

MIGRANTE

獻給「駐台女性移工」（Migranteng Kababaihan sa Taiwan）組織；

獻給二〇一九年十月一日南方澳大橋坍塌事件中不幸罹難的六位勇士；

並獻給為自己與家人尋求更美好的生活而旅居世界的勞工階級。

推薦序

一人傷則眾人傷

汪英達／桃園群眾服務協會移工政策處中心主任

左韓瑞的精彩文筆鮮活、深刻且真實的描繪了移工的血淚，並提醒我們看到：移工既不是聖人，也不是罪犯，他們都是一個一個有著各自的故事、各自的生活重擔、大部分被資本主義的體制剝削、壓迫、不得不出國工作，好讓自己和家人能有機會獲得更好生活的人，一如我們很多人一樣。我們更不該忘記，扣在他們肩膀上的各種制度上的不平等，讓他們無法良好的受到法律的保障、讓他們承受各種不公平的差別待遇、讓他們不能、不敢、不易提問、投訴，這本身就充滿不公不義，也讓我們的國家、社會、產業蒙羞。

一個進步、文明、保障人權的國家，應該儘量讓在這個國家生活、工作、就學的所有人都獲得同樣平等的保障與權利，而移工人權的狀況，往往就是評鑑一個國家人權的最好指標之一。在台進七十萬移工當中，絕大多數都有因為必須繳納高額仲介費而有債務拘束，許多人都無法持有自己的護照，很多人行動受限，轉換工作的權利也被法律嚴格限制，這些其實都嚴重違反了多項國記得公約與指標。從各種國際的指標來看，移工當中的許多人其實都是強迫勞動與人口販運的被害人。

與移工接觸二十多年、負責庇護中心八年來，我深切的看到：移工受到制度性的剝削與歧視，一直沒有顯著而具體的改善：遠洋漁工和家戶移工依然被排除在勞動基準法之外，薪資遠低於基本工資，休假、工時也全無保障；遠洋漁工的保障依舊由並無足夠專業與人力的農委會漁業署負責；女性移工各種與懷孕、生產、養育嬰幼兒的母職權利依然不被保障；移工從國外到國內，多半仍須自己負擔龐大的仲介費與服務費，並因此形成債務拘束，與公平聘僱、道德聘僱的世界潮流完全背道而馳；加班費常被嚴重短少；除了被國外品牌或稽核機構監督的公司之外，製造業雇主零付費，甚至跟仲介長期索取回扣，讓移工負擔全部費用；許多移工依然難以自己保管身份證明文件和所有相關文件等，這些各方面的問題，很多都經由各民間團體長期、多次反應，但絕大多數的問題與情況，多年來都未獲得顯著改善，我們距離真正民主、保障人權的標準，還有非常長的一段路要走。

這麼多來自東南亞的移工因為來我國工作而受到剝削、欺騙、與各種不法的對待，這是我們共同的恥辱。徹底根除強迫勞動與人口販運、以公平聘僱的方式聘僱移工、讓各項移工相關法令政策逐漸修正，讓每一位移工都能真正平權，在台灣作為一個真正完整的人，是我和桃園市群眾服務協會的使命，但其實也是我們每一個人共同的責任。

美國非常老牌的世界工人工會（Industrial Workers of the World, IWW）著名的座右銘說：「一人傷即眾人傷」（An injury to one is an injury to all）。讓我們把常常蒙蔽了我們雙眼的國族、種族、文化、宗教藩籬扯掉，看到在不同的膚色與藩籬之下，我們都是人，而一人傷，則眾人傷！唯有讓公平、公義在國內工作、居住、生活的所有人身上貫徹，我們才真正有資格說我們活在一個自由、民主、注重人權的國家。

本書靈感來自在台灣居住與工作的海外菲律賓工人，
以及來自越南、泰國與印尼的移民工人對作者講述的真實故事。

致謝

與完成任何工作一樣，除了我本人外，還有許多人參與其中，因此有必要在諸多地方表達誠摯的謝忱。首先，衷心感謝賈絲敏．波南．桑切斯（Jasmine Bonang Sanchez），如果不是她引介在台灣工作的東南亞移民勞工，這本書不可能完成。感謝那些對我分享故事的人：看護、家庭傭工、工廠工人、漁工，以及農工——男的、女的、年輕的、老的——謝謝你們的勇氣，你們的友誼，你們的膽識，以及你們的誠實。你們是這個故事真正的英雄。

感謝那些在台灣致力為這個美麗、進步國家的所有人爭取平等權的人——這個地方值得全世界正式、明確、堅定地承認它是一個民主、自由、先進的國家。我還要感謝「桃園市群眾服務協會」的汪英達與汪馬雪麗（Lennon and Sherry Wong），以及「宜蘭縣漁工職業工會」不屈不撓的李麗華（Allison Lee），你們是盟友、火炬、策士與自由鬥士，無論當前需要什麼——你們是黑暗中的明燈，能將未來世代的理想主義者團結起來。

同樣的，感謝Camphor Press出版公司相信我的作品，協助我使它更臻於完美。許多時候它更像一位良師指點我，並為努力照亮世界這個角落的作家們提供一個迫切需要的重要出口。

感謝荷西・馬利歐・狄維加（Jose Mario de Vega）教授——菲律賓著名的哲學家、政治學家、作家、散文家及激進人士——謝謝你閱讀與審查這本手稿，不遺餘力地訂正我最粗淺的他加祿語（Tagalog），最重要的，提供寶貴的指導與鼓勵。

感謝我的家人，我的父親與母親——比爾與薇安・亨利（Bill and Vionne Henley）——提供一個讓我可以不受限制地選擇成為什麼的環境，在必要時引導我，同時容許我有跌倒、失敗的空間，最終在這個世界找到自己的方向。感謝我的兄弟布萊斯（Bryce），你是我們氏族中眾多的榜樣之一，讓我們明白為你珍視的事物屹立於世、日復一日展現你最好的一面意味著什麼。

感謝依莎・彼拉皮爾（Isa Pilapil）為本書提供精美的封面設計，你和依恩（Ian）日復一日激勵我的工作，無論你們是否知道。每當我抵達馬尼拉國際機場時，你們都熱情地到機場來接我，即使我是在極不方便的清晨時刻抵達。你們是善良的人，擁有不尋常的天賦與腦力，當我們交談時，我發現我會強忍著不多說話，只為傾聽你們兩位向我介紹這麼多新的想法與觀點。

最後，我要感謝我的妻子吉兒．蘇（Su Yu-ting）。是你激勵我去追逐我的夢想，將我的心智與能力擴展到極致，去對抗廣泛侵入這個世界與人心的黑暗。沒有你，不僅這本書，還有之前的書，都不可能存在，或許連我都不存在。我愛你，永遠、永遠愛你，而且如同這本書要歸功於其他許多人一樣，這也是你的功勞。

對於我可能無意中忽略的任何人，我誠摯地道歉。在最好的情況下，我的腦子是紛亂的。我希望我已經，並且將在未來持續讓你們感到驕傲。後會有期。

Read. Refuse. Resist.

左韓瑞

序

這不是我的故事。顯而易見，我不是一個來自菲律賓的移民工人，我不是生長在馬尼拉貧民區，雖然我訪問過許多地方，將一些住在馬尼拉公墓與貧困地區的當地居民視為我的朋友、同謀及合作者。我確實赴海外工作，在廿二歲那年離開我的國家，但我不是受到脅迫，也不是基於經濟上的需要，或我的家鄉缺乏機會而出走。我這樣做是因為我有幸可以做這種選擇。我的出生背景是加拿大白人中產階級，我的母系是烏克蘭血統，我的父系是英格蘭與荷蘭血統。我不曾貧窮，從未被剝削，也沒有嘗過飢餓的滋味，或因為我的膚色或護照上的國家名稱而被人利用或遭到歧視。然而，這個故事找上了我。

更正確地說，應該說這個故事是別人告訴我的，一個叫賈絲敏．波南．桑切斯的婦女告訴我的。那是二〇一五年初，一個我不認識、當時也沒有任何共同朋友的女性，透過臉書發了一通訊息給我。她在《台北時報》網站上看到我的名字。當時我在《台北時報》上每週分享一篇音樂專欄，每當輪到由我來填補藝術版後面近半版面時，我通常報導和我的工作室風格一致的金屬與龐克音樂。賈絲敏是一位照顧長者的看護，她說她來台灣工作之前，曾在她的菲律賓老家表演過龐克樂，因此她想和我見面聊聊。起初，我不很清楚她想聊什麼，也許是音樂吧，我想。她只是要求我下個星期日到台北火車站，在寬敞的大廳內與她見面。我很好奇，就答應了；到了那個星期日，我走出公寓，很快就被引介到一個全新的世界。

在火車站等待我的不僅僅是賈絲敏，還有她的一群女性朋友，總共至少有十來個。那裡聚集著來自印尼、泰國、越南，和菲律賓的移民工人，數以千計不同年齡的男男女女享受著他們每週一天的假期。我後來才得知，他們是相當幸運的少數族群，每隔七天可以享受一天的自由。賈絲敏和她的朋友並不是真的想聊天，看護和家庭傭工都希望她們的故事被聽到和講述。由於我的背景是金屬與龐克樂團歌手、音樂會發起人兼作家，賈絲敏覺得也許我有一點反骨精神，認為我應該是這個傾聽與敘述的人。

這幾位女性一個個向我傾訴她們的心聲，陳述她們遭受虐待、剝削、心碎和屈辱的故事。她們說她們的薪資要扣掉食宿費，但她們卻只能睡在光禿禿的地板上，冬天也許只有一條毯子禦寒。她們說她們的護照被雇主或仲介非法沒收，以致她們想離開也無法自由離去；

說夜晚她們被她們的雇主鎖在房間內。她們讓我看到這樣的事實：亦即在法律眼中，她們被視為二等人，比台灣人和大部分是白人的白領外籍人士低下。我發現，這些東南亞「移民工人」所得到的國家機制的保護遠遠不如我。這些機制允許我，一個西方外籍人士，可以相對自由地更換工作，在不受影響的情況下辭職，必要時還可以針對嚴重侵犯我的權益的事提出訴訟。但我得知，賦予我的這些特權都沒有對他們開放，或者對他們而言更困難，甚至更危險，只因為他們來自什麼地方，以及他們的出生地區的社會政治與經濟環境——和地球上的大多數人一樣，種種這些都讓他們有深深的無力感。

當他們訴說時，這些遭遇聽著都讓人心碎，更別提大聲說出來，尤其是對一個陌生人。但他們以勇氣、尊嚴和決心這樣做。他們的人數給了他們力量，聚在一起彼此相互支持。他們相信這是一個開始——一個使他們最終從明顯無力對抗的系統爭取權力的手段。這是他們個人革命的開始，他們希望我將它記錄下來。

我被他們的勇敢和他們的革命精神感動。當根據他們的回憶所做的特別報導在二月播出時，點閱次數多達數萬次。是的，這是一個開始，一個小小的開始，但儘管如此，這是第一步，是朝向某種改變邁出的第一步。這種需要改變的東西，說好聽一點是嚴重缺失，說難聽一點是天生惡意——制定法律，或者缺少法律，導致台灣的外來移民勞工，移工，處於一種沒有身分、沒有名姓、遭人排擠，遠離視線，進而無人關心的境地。

在隨後的幾個月和幾年中，有更多的故事傳開來，一件在台灣——這個我稱之為第二故鄉的美好國家——發生的可怕事件。從會見大多數是照顧老人與體弱多病者的女性看護與家庭傭工中，我也逐漸熟知許多男性移工的故事——漁工和工廠工人回憶他們被當作人身動產買賣，被他們的雇主視為比人還不如的東西。

隨後在刊物上發表的專題報導，在台北、香港以至美國造成的衝擊各不相同。點閱率搖擺不定，評論上下波動。我想找出一種方式來造成更大的影響。這時我忽然想到一個點子：我可以把我聽過的所有故事——所有那些深陷現代契約奴役的故事——寫成一本書，一本植根於移民日復一日在這個世上艱困生活的殘酷事實的小說。所有那些願意讓自己被聽見的話，我可以將它們轉換成另一種形式，透過複合字元的方式表達出來，吸引全世界的注意。但我應該這麼做嗎？因為，這畢竟不是我的故事。

我做了一番深思。顯然，寫這本書的最佳人選，理應是那些經歷過與台灣的男、女移民勞工相同的考驗而倖存的人。但就這點，在這本書出版時，這樣的一本書——一本專門報導台灣移民勞工困境的書——尚未問世。也許有一天它會出現，到那一天它應該會成為暢銷書。但因這一天還沒到來，於是本著對移工界男男女女的同情與尊敬，我決定由我自己來書寫，並且將全部收益捐贈給移民勞工倡議團體，進一步推動他們在法律之下享有平等權。

這不是我的故事，但我已盡我所能如實、深入地書寫它。身為男性作家，我決定最好是以男性的觀點來書寫，編排一名男性——名叫黎剎——的故事。黎剎的成長環境在馬尼拉大都會的納沃塔斯市立公墓（我在嘗試新聞工作期間也曾訪問過這個地方），他前往台灣加入捕魚船隊。以男性為主角是一種道德選擇，讓我至少可以在性別認同上，以最接近自己的角度來書寫。

此外，我想講述一個漁夫的故事，因為這些人在為自己和家人謀生時面臨巨大的危險，他們也許幾個月或幾年都見不到一次面。即便在已開發國家，漁民都是最危險的工作之一。根據英國海事與海岸警衛署公布的一項研究，漁民因工作死亡的可能性，比在陸地上從事被視為最危險工作的人高出六倍。加上對危險的忽視程度，以及世界各地和漁民移工的管理法規關係密切的官僚主義去人性化，這個數量多達數十萬人的群體，每一個人每次出海都極有可能喪命。儘管海洋變化莫測，悲劇不能完全避免，但只要掌權者將那些出海捕魚——有時長達數月——的漁船上的男人（有時是女人）多以人看待，少將他們視為人力資本，他們也有和任何人一樣值得保護的生命，他們的風險就可以降低。

我希望，我對那些講述他們的故事、為這本書奠定基礎的人的真心關切，能照亮未來的篇章。我只能對他們的勇氣感到謙卑與敬畏，希望這些文字有助於改變現狀，使他們的世界變得更好。我用鍵盤打出這些文字，但它們不屬於我，它們是移工們的心聲，我有幸認識的一群最堅強的人。這是他們的故事，而我——我們——現在將它傳遞給你。接受它，分享它，加入他們的革命。我們在一起會變得更好，但最好是我們來自不同角落的獨特故事都能被知道和被理解。

左韓瑞

二〇一九年一月十一日

台北

目次

第一章

他的名字叫達圖，黎剎很怕他。「死神達圖」，孩子們用他們殘酷的歌謠吟唱，大聲地揶揄這個駝背老人。黎剎會畏懼一個只是外號叫死神的人是件奇怪的事，但，就連黎剎自己的媽媽也早在很久以前就對他說他是個奇怪的孩子，和其他孩子很不一樣。

是的，害怕一個外號叫死神的人確實很怪，因為死亡本身就圍繞著黎剎和他曾經認識的每一個人。死亡存在他們居住的地方。他們的衣服上有它的泥土味，像幾天前的臭汗味一樣黏在他們的皮膚上。死亡是他們的行業。他們的生活方式。黎剎自己和他的母親就和八具死屍的遺骸一起住在一間破舊的陵墓內。骨灰甕。一個早已忘記它的離去的古老中國家族的遺骸，一個即將敗落的家族。黎剎小時候每次害怕時，他的母親都這樣告訴他，那些鬼魂不會來糾纏他們，他們會很高興。每當她的兒子夜晚做惡夢而嚇得瑟瑟發抖時，她總是這樣小聲安慰他，那些鬼魂會很高興有人在他們長眠的地方照料他們。

黎剎和他的母親不一樣，他沒有在墓園度過整個童年。她曾回去過她自己的未成年未婚媽媽生下她的地方——大約四十年前，馬可仕專政時代中期。她是在那個充滿恐懼與猜疑的時代長大的，始終不太清楚她父親的名字。她記得在她青春期即將結束，即將邁入廿歲時，墓園是她逃避婚姻的地方。她嫁給了一個家境只比她略好一點點的男人——一個用他的甜言蜜語和英俊的外表使她也同樣成為未成年母親的男人。有一陣子她曾滿懷希望，打從心底相信最壞的年代，那些飢餓和死亡，是她早年忍受的時代，當時她年輕力壯，足以克服它們——她祈禱她的新生男嬰永遠不會知道她小時候那段掙扎困頓的生活。但她後來被迫回到墓園，那段時期她的丈夫再度失業，整天飲酒，疏遠他的妻子和兒子，而且再一次用他的甜言蜜語和英俊的外表愚弄另一個傻子，和昔日女友同居。黎剎的母親和黎剎，立刻因為這個男人的自私行為而再度陷入貧困。黎剎後來對他父親的感覺，與其說他是個男人，不如說他更像一個謎：馬尼拉貧民窟一個由來已久的詛咒。

在黎剎大約五歲時，他的母親收拾簡單的行囊，帶他去一個她原本希望他永遠不會知道的地方。那時他已大到足夠知道什麼是死亡，但對於靈魂離開人體後將如何的問題仍一無所知。現在，過了十五年之後，黎剎告訴自己他已不怕墓園內的任何人。可以說，「幾乎」沒有任何人能讓他感到害怕。但那個用橡膠槌敲破墓穴的男人；將枯朽的骨骸拖出來，骨骸上牛皮紙般的棕色皮膚片片剝落；對遺骸輕言細語，彷彿它們依然活著——黎剎對他的畏懼更甚於對納沃塔斯公墓內的其他任何人，無論是活人還是死人。

黎剎看到他走過來。在陽光下的紅褐色陰影中，緩緩地，和黎剎自小看到的他一樣，微微一跛一跛地走過來。那個走路姿態，讓黎剎想起馬嘎南庫曼（maganang kumain，譯注：好胃口），那些年紀大一點的孩子常會講一些它們在夜間出沒的故事。馬尼拉灣堆滿塑膠的河床經過疏浚後，墓園的泥地變得鬆軟，導致它們的安息地一點一點地消失。會動的屍體就會在一排排穩定下陷的墓穴間出現，一個接一個拖著腳步，大啖酗酒與吸毒的人。每當有醉漢或癮君子——通常是來自墓園外的男人或女人——死後被發現，從來都不是被老鼠撕裂他們臉頰上的肌肉，不規則、發臭的小傷口露出血跡斑斑的骨頭。它永遠都是馬嘎南庫曼的傑作。黎剎雖然已經成年，不再是個兒童，但這些古老的傳說仍糾纏著他。

黎剎離開水龍頭在回家的路上。水龍頭是數百名居住在墓園裡面、上面、周邊的人唯一的用水來源。他們稱之為「喪葬水」，只有窮人才能對致命的東西不在乎。喪葬水，就像：「去吧，喝一口，這是你的葬禮。」一如他們的感官對抗嚴酷的人生一樣，住在墓園裡的人似乎也對從井裡掏出來的水所傳播的疾病變得冷漠麻木。地上的死水坑和水溝滋生會散播登革熱的蚊蟲。去年夏天，里長的孩子，兩歲大，很快便被疾病奪去了生命，但這口井水，截至目前依舊是安全的。他們希望它是安全的，相信它是安全的，而似乎單靠信心的力量，它就是安全的。

黎剎等了一會兒，直到那奇怪的井水裝滿他的五公升容器。他每天要來回取水好幾趟，這是當天的頭一趟。水壺很重，緊緊拉扯他繩子般纖細的手臂。他低頭閃過一棵相思樹的枝椏，沿著一排層層堆疊、比他高出許多的窄長方形墓穴走下去。他放下水壺，揑揑柔軟的肌肉。這排墓穴達圖已經完工了，部分底部塌陷的墓穴前頭已經敲開，脆弱、沾滿塵土的遺骸被拖出來，很快的，也許就在同一天，會進行更多的葬禮。嚴峻冷酷的過程進行快速，半個鐘頭就得將死者埋葬——還得一邊在掘墓人攪拌含沙的廉價水泥、準備好生鏽的泥鏟時說幾句總是被硬生生打斷、永遠嫌不夠的最後道別。總是有更多的屍體要被密封在煤渣磚牆與砂漿後面，有更多的工作讓掘墓人達圖和其他像黎剎這樣的人去幹活。當這些活兒足夠養活他們全部時，這些人就會零星分擔老人的工作。

經驗最豐富的掘墓人達圖，是唯一永遠不缺工作的人。他每從一個墓穴中拖出一具屍骸——五年期滿後無人認領，沒有被轉移到另一處永久墓地的遺骸——就會有廿披索進入他的口袋。為了這點微薄的工錢，他必須把拖出來的遺骸裝在一個舊米袋內，從墓園辦公室借來一枝黑色的馬克筆，將死者的姓氏寫在米袋上。每挖掘一個寬度與深度足以容納十具遺骸的集葬坑，用來掩埋那些家境太貧窮，甚至無力負擔一個公寓式墓穴或一個納骨盒的死者，他一天的工資所得是二百五十披索。對於每一具被送進因前一個家庭無力負擔而空出墓穴的新遺體，一塊新的大理石墓碑和可供死者家屬擺放蠟燭或一小束凋萎的百合花以取代舊的百合花，幹這樣的活，達圖可以賺進一千披索或者更多。然後是看管的工作，為死者家屬照管墓穴。每個墓穴每月的管理費是五十披索。達圖自己就擁有一整排墓穴，一百五十個或者更多。黎剎想到他自己空空如也的口袋和他負責打掃的寥寥幾座墳墓，此時此刻不免羨慕起老人。

在納沃塔斯，連死人也難逃生活的屈辱。住在墓園內的窮人都知道，他們的出路一天比一天少。是的，神會守望他們，上帝會以祂自己的神祕方式，在祂自己的時間內工作，但祂不會讓他們富有，也肯定不會讓他們擺脫困境。將財富賜給一個男人或女人——只因他們禱告、祈求財富，就解除他們的苦難——這不是萬能上帝的作風。祂會給，祂也會取。於此同時，在可能的情況下，他們短暫享受生活；在不可能的情況下，他們忍受生活。他們因清白——沒有被金錢汙染——而付出痛苦的代價。對富人來說，金錢是另一回事，是他們獲得救贖的門票，一筆可以用來購買一張單程票、穿越納沃塔斯人日復一日居住的煉獄、直達富人天堂的遺產。

媽媽在等待。

黎剎彎下腰，因背痛而皺眉。他拾起水壺。水是生意，是他們口袋裡的錢，哪怕是在他等待自己的工作重新開始前的短暫時間。太陽從高大、堅忍的聖瑪利亞雕像底座升起。幾乎每天早晨，黎剎都看到清晨金色的陽光奇蹟般圍繞在她穿著長袍的兩足四周，籠罩著她伸出的雙手，意味著新一天的開始，另一天的開始，和前一天，以及無數的前一天一樣。有一次，他看見雕像浸浴在一片彷彿上帝擁抱的光芒中，伸出雙手懇求那些從她腳下經過的人心中懷著上帝的和平與基督的愛過他們的生活。那也許是個美麗的畫面，但現在黎剎只有在碰巧朝那個方向看一眼，而不是低頭望著他破舊的布鞋，看著汗珠從他的鼻尖紛紛跌落在塵土及散落一地的封石碎片時，他才會注意到。

媽媽在等待。

也許她已經有顧客了。讓她們等待會使她生氣。黎剎從一個人的身上跨過去，那個人醉臥在刺眼的、覆蓋牡蠣殼灰的層層白色墓穴上不省人事，癱軟無力的手邊有個空的坦督利蘭姆酒瓶。那人的兩邊口袋都被翻出來，臉頰上被劃了一刀，乾掉的血跡形成彎彎的小溪，是竊賊發現他的口袋沒錢對他施加的懲罰。黎剎向左轉，先看看四周，看達圖有沒有過來。這排墓穴沒有人，只有幾隻癩痢狗扒著紅褐色的土壤尋找蟲子。黎剎加快腳步回家。

家。對黎剎而言，他始終覺得它太小；令人窒息的氣味和飛揚的塵土使他只好趴在地墊上，媽媽在她從一早站到晚上的滾燙的鍋子後面對他大呼小叫。

「這麼懶惰的小孩，老是躺著，讓他的母親整天工作，他卻只會在那裡假裝生病。瑟斯瑪利歐塞普（susmaryosep，譯注：天啊）！如果我有一個勤奮的兒子，我會為他付出什麼！」

黎剎進門時強忍住咳嗽。陵墓是兩層樓結構，一樓是他們睡覺、他的母親工作的地方，雖然盡可能打掃乾淨，仍難免到處是塵土。樓上放置骨灰罈，一共八個，他的母親說。黎剎始終懶得去數。

陵墓是為富人——無論是過去或現在——的遺骸而建的。富人的死者永遠不會忍受從他們安息的地方被遷離、骨骸被混雜在一起攤在耀眼的陽光下曝曬，然後隨隨便便塞進達圖的舊米袋的羞辱。富人的遺骸被安置在莊嚴堂皇但日漸破敗的建物中，他們將永遠待在那裡。黎剎很少去二樓，他的母親也很少上去。每天早晨，她會在一塊夾板上為這八具靈魂點上八根蠟燭，為每一具靈魂唸一遍玫瑰經，不久便吹熄燭焰。蠟燭是他們沒有能力經常汰換的奢侈品，但他們仍然必須對死者表示敬意。每天早上，她也會禱告感謝死者容許她與她的兒子共享他們的家，然後她才開始工作。

「阿農南加利（anong nangyari，譯注：怎麼回事）？為什麼去那麼久，黎剎？彼拉皮爾太太已經來過又走了，她沒辦法再等下去。撒樣（sayang，譯注：可恥）！這次你有什麼藉口？」

黎剎將水放在他母親的簡易瓦斯爐旁，深棕色的眼睛迴避他母親憤怒的眼光。她抓起水壺，立刻揚起一片灰塵。黎剎用手掩住他的口，忍著喉嚨發癢。他的母親將水倒入她的鍋子，打開瓦斯爐。藍橘色的火焰舔著鍋底，變黑的銅開始發亮。雖然他現在站起來比銅鍋高了，但是當銅鍋出現在他的思緒與夢境中時，黎剎總是從銅鍋底下，從小孩子的視角，看著銅鍋。

「說啊！」黎剎的母親瞪著她的兒子，一邊從一個包裝上頭拆開麵條。她將黃白色的硬麵塊放入滾水裡，「你為什麼去了這麼久？嘿拿庫（hay naku，譯注：我的天）！說啊！」

他猶豫著，兩眼在他的母親和門口之間來回瞅著。那裡始終沒有一個像樣的門，只有一片破舊的長方形碎粒膠合板，每天晚上他們睡覺前都會把它搬過去蓋好。萬一有癮君子決定要偷那個瓦斯爐，角落裡有兩個煤渣塊至少可以用來對抗。這裡沒有別的東西可偷。黎剎看著他母親的眼睛燃燒著怒火，蒸騰的水氣沾在她圓呼呼的臉頰上。她攪拌鍋子，無視於滾燙的水珠濺在她傷痕累累的前臂上。她從鍋子裡拔出木杓，他知道沒有時間可以浪費了。

「我今天看到他了。」他低聲說，垂下眼簾望著地上。

「席諾（sino，譯注：誰）？」

黎剎又看看四周，看他們晚上用來睡覺的薄地墊；看每天晚上，當他們的義大利麵似的管線接上電源線時，他的母親讓他聽一小時的電晶體收音機。一樣的電線曾在其他陵墓引起火災，同樣殘酷地帶走人命和財物。他的母親雙手插腰，時間短暫，如果他再不趕快回答，她會用木杓敲他的腦袋。他只好告訴她。

「達圖。」

「阿諾巴樣（ano ba yan，譯注：有沒有搞錯）！」黎剎的母親雙手往上一揮，轉身背對他，旋即又轉身，走向他，用木杓指著他的鼻子，「你什麼時候才會長大，黎剎？你什麼時候才會放棄這些幼稚的遊戲？他是人，和你一樣，我要對你說多少遍？根本沒有馬嘎南庫曼這種事。瑟斯（sus，譯注：天哪）！你和你的朋友都是成年人了，卻像小男孩一樣到處跑。

達圖也許又老又窮，但至少他有工作做，你呢，黎剎？你有工作嗎？你的口袋裡有錢嗎？沒有，你什麼都沒有。廿二歲了，還要靠你的母親養你，我都丟臉死了。」

黎剎轉身背對她，慢吞吞地走向敞開的門口。

「你又要去哪裡？」他的母親大吼。她雖然在他背後喊叫，仍然在瓦斯爐後面彎下腰。白色的泡沫在鍋邊翻滾，沸水濺到地上。她將火焰關小一點，鍋子裡的泡沫安靜下來。

「我要去找基拉特。」

「加農（ganon，譯注：就是這樣）！」她在他背後罵道，「我毫不驚訝全納沃塔斯最懶惰的兩個男孩今天會碰面。去，用不著擔心你的母親，她會照顧好一切。快去，去玩你們幼稚的遊戲。」

黎剎走出門時她還在罵。外面，幾個小孩跑來跑去，天真無邪地玩他們的遊戲。這些男孩、女孩大多數和黎剎一樣由母親撫養，不知道缺席的父親的下落。黎剎對他的父親幾乎沒什麼記憶，只有一些他仍在蹣跚學步時的模糊影像偶爾出現在他的潛意識中。當這些模糊的影像出現時，他看到的是一個有灰色鬍渣的英俊男子，和喝了坦督利蘭姆酒後的粗野笑聲。疲憊、發紅的眼睛，由於長時間從港口搬運漁獲，以及為了在十二小時輪班期間保持清醒而吸食沙布（shabu，譯注：甲基安非他命），他的眼睛四周布滿了皺紋。還有少數幾個記憶，老人將他的兒子抱在腿上。又在寥寥幾個記憶中，他的母親讓這個醉醺醺的糟老頭回家，卻又把他趕出去，用她在暴風雨來臨前用來清除水溝裡的落葉的破掃帚打他的背。黎剎最後一次看著他的父親一邊跌跌撞撞出門一邊回頭咒罵時，當時他幾歲？黎剎的母親從未提起過那個人的下落。黎剎知道最好不要問。倒也不是他不想知道，而是他知道最好不要說出答案，所以黎剎做了納沃塔斯人最擅長做的事，並且一直保持下去。

墓園裡有些孩子有溺愛他們的家長，有母親也有父親；有些孩子則被酗酒和吸食沙布的家長拋棄，任其自生自滅。他們在五、六、七歲大時已學會照料自己，靠取用擺放在新近亡者墳上的阿當（atang）——祭品，祭拜死者的食物——存活。那些靠自己的狡猾生存的孩子都早熟，他們因吸毒與酗酒、虐待與謀殺而成為孤兒。他們靠他們能找到的，以及周圍的人能給予的一點東西為生。他們睡在公寓式墓穴頂上，露宿，或睡在從碎裂或破損的人行道底下長出來的相思樹下。每天晚上這些孩子躺下時，都知道即將到來的黎明很可能是他們的最後一天。許多個早晨帶來另一個朋友永遠消失的消息。所以他們知道，下一個消失的有可能是他們，而知道任何一天都可能是他們的最後一天時，反而有種奇怪的平靜。對於那些只知道墓園生活的人來說，死亡並不神祕；它是一種存在，是擱在他們肩膀上的一隻手，引導他們過著對人類最深沉的恐懼無動於衷的生活。

這整個地方都以這樣或那樣的方式衰敗。每當達圖掘出一具屍骸，新的屍體尚未立刻被埋葬時，就會有孤兒占據這個空出來的墓穴。有時墓穴的封泥會被不斷伸展的樹根鬆動而脫落，或整排墓穴因結構不斷在鬆軟的棕色泥土中下陷而傾斜。只為了看它們碎裂而敲下封泥，是納沃塔斯破壞分子最愛的一種遊戲——但對於負責看管墓園，每月只領少許披索的管理員來說，這讓他們頭疼不已。這筆錢，如果領得到的話，通常在亡靈節這天支付——這一天，住在墓園內的家庭必須將他們的物品從他們窩居的陵墓中清除，讓住在墓園外的亡靈的家屬來敬拜他們的親人。對富人而言這是懷念的日子；對窮人而言，這一天是在提醒他們：他們居住的地方不是——永遠不是——他們的家。

如果基拉特有什麼本事，那就是他會把這種蒼涼的思想從黎剎的腦海中驅除。基拉特是那些被迫靠自己的敏捷與狡猾生存的孩子之一，注定比海灣邊貧民窟的大多數人更短命。基拉特睡在墓穴頂上，躲在空置的墓穴中度過夏季風暴，或以他擅長的三寸不爛之舌說服另一戶人家讓他進入陵墓、廢金屬棚屋，或貼焦油紙的小屋。即使在天氣好的時候，也不難見到這個少年在清晨從別人家的屋子出來，臉上帶著微笑，幾粒不聽話的白米飯仍沾在他多年來飲用廉價的杜松子酒與吸食甲基安非他命而枯槁、憔悴的臉頰上。

「阿納克卡囊普搭（anak ka nang puta，譯注：你老母是婊子）！」語音模糊不清，但聲音來源錯不了。黎剎抬頭往上看，基拉特蹲坐在墓穴頂上，手指間拿著一個皺皺的塑膠袋，袋子底部有一小坨黑色的液體。水切汽油。有些少年會將他們的錢集中起來買他們能買的一點點東西。他們將這少量的東西加水混合，這樣就可以均分而不會灑出珍貴的、純淨的液體。純汽油會使他們說話時語不連貫和流口水，摻了水他們至少還可以說話，即便這些話說得很慢、很奇怪。

當基拉特拿不到汽油時，手上總有「rugby」，錢能買到的最便宜的鞋油，比汽油更容易偷到手。這種會發出惡臭、會腐蝕大腦的東西，使許多馬尼拉貧民窟的孩子只有蹣跚學步的幼童心智能力。它嗨起來沒有汽油那麼強烈，對腦子的危害也較小，但有微弱的嗡鳴聲總比完全沒有嗡鳴聲好。至於後果，也許一開始就不存在，不在清醒是一場惡夢、興奮是一場夢的貧民窟內。「rugby」是唯一比汽油或沙布或強力膠更便宜的興奮劑——男孩們真的手頭很緊時的噴漆。

基拉特將塑膠袋湊到他的鼻子上吸。他深深吸一口，在短暫的幸福中閉上眼睛。當他再睜開眼時，他的話語就像機油從鍋子裡緩緩流出一樣。

「帕克洩（pakshet，譯注：他媽的），黎剎，我從這裡都可以聽到你母親在對你碎碎念。」

黎剎往上爬時，基拉特對他的朋友伸出一隻手，臉上帶著傻笑。他的眼神渙散，但手指穩定。他往後仰，將他的朋友拉上去。他們在墓穴頂上眺望下面一排排的墓穴——層層墓穴之間的空隙是他們的街道與巷弄。狹窄的街道名稱只有本地人才知道，是專為墓園僅有的幾個地標而命名的——聖徒的雕像與壁畫俯視著幫派和吸食強力膠的人，以及每一個竭力度過每一天的人。瑪利亞街、迪亞哥大道、魯伊茲大道。外來人如果聽從墓園本地人的指示肯定會迷路，但這裡沒有外來人，更沒有記者會路過順道拍幾張照片。有的也許是傳教士提供免費的星期日閱讀課程；政治家在選舉年到此做從未實現的黃金承諾。納沃塔斯公墓不是一個你會探訪並停留許久的地方。不會心甘情願來。它是一個人出生、生活和死亡的地方，或者是一個被命運殘酷扭曲的人進去的地方，是馬尼拉，特別是納沃塔斯，無限制供應的一種悲劇生活。

基拉特用他的手肘撐著身體往後靠，在陽光下瞇著眼睛。他又在他的塑膠袋上緩緩、久久的吸一口，然後遞給黎剎。黎剎舉手拒絕，面帶微笑。

「那個東西會讓你變成坦嘎（tanga，譯注：白痴），你知道。」

「喔，」基拉特的腦袋在細瘦的脖子上晃動，「否則我還能怎樣？」

來自某個巷弄的一聲尖叫在石牆之間迴盪，一個女孩，一個孤獨的聲音。接著「啵」的一聲。這個地方到處可見在其他貧民窟的後街小巷店內加工的自製手槍。幫派少年隨身攜帶，從他們的手背上、靠近拇指的地方有粗糙的紋身可以辨識出來。當他們的手槍發揮應有的功效時，槍聲就會像砲聲一樣響亮，否則就像這樣……「啵」的一聲。某個可憐的女孩剛為自己贏得逃生的機會，如果她有地方逃的話。黎剎短暫猜想這會是誰，但他的心思很快又飄向其他地方。這是常有的事，尖叫聲、「啵」的一聲、砲聲。白噪音。死亡與強暴的聲音，毒癮發作時的呻吟與哀號。基拉特又往後靠，將他的頭枕在溫暖的石頭上。

「這次又怎麼啦，黎剎？你媽擔心你又抱一個娃娃回家嗎？」

黎剎瞪他一眼。莉潔兒現在多大了？快四歲了，他心想，弓起膝蓋擱著雙肘。她走了，他的寶貝女兒，和她的母親一起走了，少數設法成功離開的人之一，哪怕是去一個比她的出生地更淒涼些的貧民窟。黎剎的母親曾要求黎剎跟她一起走——和她與她的母親一起生活。她的母親和他自己的母親沒什麼兩樣，一個靠縫紉、洗衣維生的女人，當工作量清淡時兼賣她的肉體。她也很有理智，將她吸毒的丈夫踢出去，獨力撫養黎剎小女兒的母親長大，現在她的小女兒似乎也要這樣撫養莉潔兒。

黎剎除了知道他女兒的名字外，其餘一無所知。她的名字是他取的，「豐饒之神」的意思。他一直對懷孕這件事保密，直到女嬰出生。當他把她帶到他母親面前時，他希望她會很高興成為一個蘿拉（lola，譯注：祖母），甚至歡迎女嬰來到他們家。但他錯了。

你怎麼這麼蠢！孩子要吃什麼？誰來養她？你打算把她放在哪裡？和我們一起住這裡？我們自己都快活不下去了，黎剎，你還指望我再多餵一張嘴？

她就這樣一直說個沒完，快把他逼瘋了。有段時間，他搬去和莉潔兒的母親同住（他仍然無法說出她的名字，甚至想都不敢想）。不久，她也把他攆出去，厭倦了她孩子的父親每天起床後什麼也不做，只會替他的母親去提水，或愛做不做地打掃少數幾個數得出來的陵墓，偶爾冒險到附近堆滿垃圾的埃斯特羅（estero，譯注：出海口）收集一些瓶瓶罐罐、廢金屬及塑膠賣給當地的舊貨店——所得的錢他通常花在啤酒上，或在網咖買一、兩個鐘頭時間上網。嬰兒出生後幾個星期，莉潔兒的母親對黎剎說她要離開，黎剎可以和她一起走。當黎剎問她去哪裡時，她只給了他一個名字：巴貢西朗（Bagong Silangan）。

這個名字對移居當地的人而言，理當意味著「新希望」；從馬尼拉、納沃塔斯及仙範市的其他貧民區搬遷過來的人；那些逃離柏雅塔斯和它的「冒煙山」垃圾場的人；逃離惡名昭彰的湯都區內令人窒息的菸灰與垃圾「樂園」的人（你可以帶孩子離開湯都，但你永遠無法消除湯都對孩子的影響）。如果黎剎想找她，她說，他可以來巴貢西朗找她。他目送她離開。莉潔兒被一條藍綠色的布兜包著，緊緊貼在她的胸前，布兜在她纖細的背脊中央打個結。他偶爾也會想到冒險出去，去巴貢西朗找她，但隨著一年年過去，瑪利亞街、迪亞哥大道、魯伊茲大道——這幾排街道似乎隔得越來越遠，又突然變得越來越靠近。他知道要離開這些熟悉的地方會越來越困難，但他一無所有，即使在一個名叫希望的地方。但在這裡，在死人堆中，他至少還有他的母親。他有她的生意，和它提供給他們的匱乏的生活。有時候，他也會有他自己的工作。他們照料陵墓每月會有一點微薄的收入。還有基拉特，那個似乎永遠在墓穴頂上守望他的男孩，他也在這裡。

基拉特輕輕撞一下黎剎的肩膀。「嘿，巴布伊（baboy，譯注：胖豬），我只是開玩笑，用不著一副傷心的樣子。」

黎剎牽動嘴角微微一笑，從鼻孔哼的一聲，以噴氣代替笑聲。「伊塔布伊（itaboy，譯注：趕走），找個墓穴闖進去吧，我可以聞到快下雨了，明天早上你會臭得像條落水狗，連肥嘟嘟的奧康波太太也不要你。」

基拉特身體往後靠，用手肘撐著，粗糙不平的石頭使他瘦削的手臂沾上草皮。和黎剎不一樣，基拉特張嘴哈哈笑。

「她會要我的。即使是條落水狗，偶爾也能給自己找到一個蘭迪（landi，譯注：玩物）。你有時應該試試看，也許人家就不會再說你是個巴克拉（bakla，譯注：同性戀）了。」

「誰說的？」黎剎把一小塊鬆動的墓碑往頭上拋，小石塊落在基拉特的肚子上。基拉特又從他的塑膠袋吸一口，似乎沒注意到。他又往後靠一點，閉上眼睛。黎剎的問題沒有得到答覆。

「說真的，巴布伊，你會驚訝有些普基（puki，譯注：陰道）能為你做什麼，它就像這樣，」基拉特又從塑膠袋吸一口，瞳孔變成虛無的黑曜石池，「使其他一切全都消失。」

黎剎從墓頂邊緣又拋出一小塊石頭，看著它擊中遠處的排水溝。雖然只用了一點力道，卻使他的額頭冒出汗來。他的薄背心緊貼著突出的肋骨，在他的皮膚上稍一拉扯竟使他渾身打了個冷顫。任何感覺，即使是不舒服的感覺，都是受歡迎的替代品，能取代從外面滲入他骨子裡的熱浪。

「那麼，這就是人生？」

「人生？」基拉特費力地轉頭看他的朋友，嘴唇嘟成微微不滿的模樣。他的思緒停頓了許久。一縷縷白雲穩定地移動，部分還帶點銀色，分散了他吸了汽油之後腦子裡混亂的注意力。「更像是找點事做吧……有趣的事，你知道？把你對這些……狗屎的注意力……」他又往後靠，閉上眼睛。黎剎也望著天上的雲。他記得他們小時候也是這樣，一整個下午看著雲朵如何從天上飄過。現在他們成年了，仍然做著同樣的事。黎剎模仿他的朋友，當混凝土扎到他的後腦勺時他畏縮了一下。他將十指交叉枕在他的腦後。墓穴粗糙的表層扎進他的雙手時，他做了個鬼臉。

「我那天聽到一件事，基拉特。」

基拉特的腦袋左右緩緩擺動，嘴唇咧開現出一個大大的傻笑，陽光照在他灰色的牙齒上。「你聽到什麼，黎剎？」他懶洋洋地問，「這裡有什麼值得聽的事？」

黎剎正要回答卻被打斷。

「值得聽的事只有風和子彈，黎剎，你只需要知道它們來自哪個方向。」

基拉特的眼睛是閉著的，像在和一個夢遊者說話一樣。黎剎嚥下嘴裡的一點點水分。

「來吧，」黎剎說，決定不說出他本來打算說的話，暫時不說。「我們去拿點水吧。」

「基拉特不需要任何水，」基拉特說，一邊起身。他拍拍塑膠袋沉甸甸的底部，散發的光暈在它的影子中旋轉，「這裡就有基拉特需要的一切，伊霍（iho，譯注：孩子）。」他站起來時發出呻吟，用一隻手拍掉他背上的白粉塵。「但基拉特無論如何會陪你去，誰知道沒有他你會遇上什麼麻煩。」他跌跌撞撞、蹣跚地走向墓頂邊緣。黎剎急忙伸手去扶他，但沒有必要，基拉特自己站直了。「誰知道，」基拉特又步履蹣跚，兩條橡皮腿搖搖晃晃。「搞不好你會跟女孩子說話。」

他們緩緩地走向水龍頭。每次有婦女或女孩經過，基拉特都要停下來說幾句話。他每次轉頭說點什麼，黎剎就用雙手將他的肩膀扳過來引導他，在他回頭又多說幾句話時把他拉走。他對每一個人揮手。

「反正我上週把過她了，伊霍，沒什麼特別的，」他對著塑膠袋說，在巷子裡滿地的碎石子上滑了一跤，「沒什麼特別的。」他又說。

當他們抵達喪葬水的水龍頭時，黎剎決定再試一次。那裡有人排隊，人們手上拿著水桶等待下午的供水。黎剎對基拉特說話時兩眼低垂。

「我那天聽到一些事——」

「你看，」基拉特不理他，用他的下巴朝一個站在水龍頭旁邊的少年方向一指，「其中一個皮斯托拉（pistola，譯注：手槍）少年又在向人收水費了，上次是什麼？一次一披索？算了，伊霍，我們走吧。」

黎剎正想抗議，但基拉特已經跌跌撞撞地離開水龍頭，往大海方向的巷子走去。其他人看到這個瘦瘦的幫派少年把手掌壓在水龍頭上，每當有一枚硬幣放進他的另一隻手時他就把水龍頭轉動幾秒鐘，他們也離開排隊的人龍。一把自製手槍塞在少年背後，以防有人想試探他。人們要麼付錢，要麼空手離開。

黎剎跟著基拉特來到墓園北端的一處平台，那裡有幾個殘破的台階向下通往馬尼拉灣一個被遺忘的角落。海浪輕輕拍打著混凝土台階。在墓園擴展到水邊之前，這裡一度是漁船出海的地方——那時人們更容易在當地的漁船上找到工作。底層的台階已覆蓋一片濕滑的綠色黏液，塑膠瓶、錫罐、釣魚浮標和漁網、針頭、食物容器，都在浮著油漬的水上晃動，水面上閃動著紫色與金色的有毒光暈。看起來比實際年齡大的瘦小孩童裸身在水裡玩，相互潑水、嘻笑，抓撓身上冒出斑點的紅皮膚，用指甲抓著紅紅的臉頰，拍打腫脹的腹部上發癢的地方。基拉特坐在台階頂上，手上仍拿著塑膠袋。他的頭垂到胸前又彈回來，兩個眼珠子滾到眼窩角落。

「你還記得我們常來這裡玩水嗎，伊霍？」

黎剎笑了。「直到我媽逮到我們，將我們一路打回家。」

「黎剎！」基拉特拉高他的音調，笑著說，「你怎麼這麼坦嘎？在那麼髒的水中游泳！我得把你骨頭上的皮刷掉一層才能把你洗乾淨！」他用力揮動雙臂，模仿掃帚在黎剎的背後將他一路追打到巷子裡的動作。他嘆一口氣，「等我第二天去找你時，你說你不能再和我一起玩了。」

黎剎雙手環抱他的膝蓋。他的母親仍然討厭他和基拉特在一起。她是基拉特永遠無法吸引的那種女人，從他的微笑中看到他灰色的牙齒就知道那是什麼。一波海浪沖過來，濺到第二級台階。豆大的雨點落在水中的孩子們頭上時，他們哈哈大笑。一名婦女頭上頂著一籃當天洗好的衣服過來接她的孩子，當他爬上台階時，她輕聲地責備他。孩子拉著她的手跟著她回家，自由自在，不受任何約束。

「她只是出來找我，」黎剎提醒他的朋友，「我媽認為你會把我帶壞。」

基拉特又從塑膠袋吸一口。孩子們持續在水中玩時，他嘻嘻地傻笑，「帕克洩，伊霍，也許她是對的。」

黎剎望著水面，想起他和基拉特這些年來設下的騙局，一些快速致富的計畫。他們從老雷耶斯那裡偷了一隻公雞，打算把牠養大後參加星期日的鬥雞比賽，但不到一個星期，那隻可憐的雞就因為缺乏食物餓死了。他們把雞屍扔到墓園圍牆外。黎剎記得他還為此而內疚流淚。遠處幾艘有舷外托架的小船與拖網漁船在海灣上隨著海浪漂動，黑皮膚的男子拉起裝滿塑膠袋的漁網，這些塑膠袋像陵墓地板上的水泥粉塵一樣鋪滿海床。

「你還記得我們以前常談到要去做那個嗎？」

「做什麼，希朋（hipon，譯注：蝦子）？」基拉特又推了一下小個子的肩膀，用手指戳他瘦削的手臂。他隨著黎剎的目光望向小船，由於一艘載運垃圾的駁船朝著地平線駛去，小船開始來回搖晃。「在漁船上工作？」基拉特仰頭哈哈大笑，「試想，一個希朋和一個像我這樣的坦嘎在漁船上，我們連一天都撐不下去，伊霍，你的腿會被漁網勾住拖到海底，我得跳下去救你，然後我們兩個都沒命。普內搭嘎（puneta ka，譯注：你這個混蛋），你絕不可能讓我上船。」他將一隻腳浸入水中，細長的腳趾被一個無頭洋娃娃的塑膠身軀包裹著，「這就是你一直想告訴我的嗎，伊霍？你找到一個給船長當帕克帕克（pokpok，譯注：妓女）或什麼的工作了嗎？」

黎剎又笑，用腳去踢基拉特腳下的綠色黏液。「我已經是你的帕克帕克了，怎麼可能成為船長的帕克帕克，普搭（puta，譯注：婊子）？」

基拉特用兩隻腳撈起那個洋娃娃扔向黎剎，洋娃娃連同一些髒水落在黎剎的腿上。「阿納克普打納曼（anak ng puta naman，譯注：婊子的兒子），啊！如果我再把這條褲子弄髒，我媽會殺了我！」黎剎用兩根指頭，從他腿上捏起洋娃娃扔回水中，孩子們站在水裡笑他。洋娃娃落下時，他們爭相搶奪那個被拋棄的斷肢玩具。「我是認真的，庫亞（kuya，譯注：哥哥），」黎剎往後靠，兩隻手掌貼著灼熱的水泥地。碰過髒水後，連蒼蠅都迴避他的雙手。「我們以前常談到在海上找事，看看世界，賺錢。」

基拉特哼一聲。他發現他朝黎剎扔洋娃娃時不慎把他袋子裡的汽油打翻了，汽油順著台階流進水中，形成一朵化學花供孩子們玩耍。「那些漁民普搭唯一看到的只有船，伊霍，」基拉特說，「他們整天鼻子對著甲板，屁股向著天空。如果有任何錢，也歸船長和船東所有。在海上六個月後，船員口袋裡有兩枚披索互相摩擦就算幸運的了。」他將塑膠袋扔進水裡。有幾個孩子從水中出來，划動四肢爬上台階，取下沾在身上的塑膠袋和水草，發出像狗一樣的吠叫聲。

「那為什麼有許多人去做？」黎剎問，「如果它像你說的那麼糟，為什麼他們一直要出海？」他聞到汽油味，吸進去，品味那輕飄飄的感覺。

「為什麼我們以前每天都在這些垃圾當中游泳？」基拉特問，從他的肩膀望過去，「只是找點事做，找點事做總比整天沒事做好。他們認為有工作然後破產，總比沒工作然後貧窮要好一些。但這有什麼差別？至少，如果你沒工作然後貧窮，你還有時間閒坐，自得其樂。」他伸出手臂，朝著仍有少許垃圾沉浮的海灣一揮，兀自苦笑。「而且，誰能離開這一切，伊霍？」他的表情轉為認真，用手肘支撐身體，注視著黎剎留下痘疤的側臉，「你該不會想把我一個人留在這裡吧？」

黎剎重重地吸一口氣。那些雲朵的銀色邊緣已開始滲入雲層中央，他嚐到雨的味道，不久那些死者的骸骨就會被沖到巷弄，和狗屎與垃圾混在一起成為一股洪流。「我聽說有個地方，像我們這樣的人可以找到工作，庫亞，」他說，「他們接受任何人，你只要簽字就被僱用了，工資比這裡的任何工作高，你甚至能賺到足夠的錢每月寄回家。你要做的只是去當漁夫，這聽起來不是——」

「好得令人難以置信，伊霍？」

「不要這樣叫我！你明明知道我的年紀比你大。」

「伊霍，從你說話的語氣，你說你比死神達圖的年紀大，我都不會驚訝。」

黎剎伸手摟著基拉特骨瘦如柴的脖子，輕輕搖晃，「待在這裡，庫亞，我們就是死人，」他輕聲說，「我們會有什麼指望？這裡什麼都沒有。」他低頭看著他的腳，然後抬頭望著雲飄過後一片柔和的陽光，「是該走的時候了。」

「去哪裡？去一個把不會游泳的男孩變成漁夫的神奇地方？你還沒有告訴我，黎剎，這個神奇的地方在哪裡？」

黎剎轉身面對基拉特，面帶微笑，「泰國，」他說，「我確信我聽到的是泰國。」他又說一遍「泰國」，彷彿重複說它，它的聲音的力量便能帶著他穿越未知的距離，到達一個除了它的名字愉快地從他的舌尖滑出之外他一無所知的地方。

「泰國，嗄，伊霍？」基拉特揉一揉從他的窄下巴鑽出的雜毛，「關於這個泰-國，我可以告訴你一件肯定的事，」他從台階拾起一小塊混凝土，試圖讓它在水面上彈跳。小石塊在一個低波邊緣跳了一下便消失在水面下。

「什麼事，庫亞？」

「至少那裡沒有死神達圖在後面追你。」

第二章

「台灣。」

「阿諾（ano，譯注：什麼）？」

「辛迪泰蘭地亞（hindi taylandiya，譯注：不是泰國）。台灣。」

黎剎搔搔頭，螢光燈刺痛了他的眼睛。他面前這位戴眼鏡的男子膚色很淡（比黎剎的淡很多），一張胖胖臉，灰白的鬍子。他打了領帶，對黎剎而言，他和黎剎離開排隊的工人去上廁所使用的抽水馬桶一樣新奇。他決定去上廁所，雖然他沒有覺得很急。這個辦公大樓所有的一切都乾淨得令人不知所措，現在這個人正告訴他一個國家，一個他從未聽過的地方。

「台灣？」

「唔（oo，譯注：是的），台灣。」

這人往後靠在他的椅背上。他看起來和黎剎在納沃塔斯認識的任何人都不一樣。他把兩隻手擱在肚子上，像孕婦撫摸胎兒那樣撫摸他的肚子。他的腹部發出聲響，口中打了一個嗝。他笑笑，從桌邊的一個白磁罐搖出一根牙籤。一個陌生的新世界多的是奇怪的事。

「皮納西西西罕（pinagsisihan，譯注：抱歉），」這個人道歉，「我剛吃過午飯。」

黎剎在他的塑膠椅上挪動一下，不平整的椅子腿在白磁磚地板上搖搖晃晃。他看著這人呻吟著起身，蹣跚走向一台飲水機。牆邊一排藍色的塑膠桶，每一個桶子都裝滿水，但飲水機上的水桶是空的。那人從敞開的門口呼叫裡面的一個員工，那個人盡責地進來，取下空桶，用力舉起一個裝滿水的桶子放上去，然後為胖子倒了一杯水。

「馬阿阿哩剛哺門打（maaari kang pumunta，譯注：你可以走了），」事情處理完後胖子說，「你可以走了。」並沒有對員工道謝。然後他轉身，緩緩走回他的辦公桌。黎剎心想，這個人想必是個重要人物，對人的態度就像他的母親對他一樣權威。胖子喝了一大口水，從杯子邊緣注視黎剎。「所以，」他說，放下杯子看看黎剎的申請表，「我看你除了你的名字外，其他一切空白。我猜這是因為你不識字，對嗎？」

黎剎垂下眼簾，對著地板點頭。他之所以知道在哪裡寫上他的名字，還是另一個也在辦公室排隊的人告訴他的。黎剎聽到胖子嘿嘿一笑。

「別擔心，卜恩受（bunso，譯注：年輕人），你是去台灣當漁夫，不是去寫作，對吧？」

黎剎抬頭，微微一笑。胖子似乎很友善，他的大肚子和臉上的鬍子使他似乎像個受歡迎的大叔，一個每次來都會在腋下夾一個禮物，夾一個比賓卡（bibingka，譯注：椰香糯米糕）給所有的小姪女、小姪子分享，並且有說不完的有趣故事的叔叔。這個人開始在申請表上寫字，用一枝黑色鑲金的鋼筆快速打勾。黎剎想問他在寫什麼，但光是動這個念頭就讓他臉紅。他開始環顧四周讓自己忙一點，等待胖子那枝有閃亮金色筆夾的鋼筆書寫的唰唰聲停下來。那個人停筆後黎剎抬頭，一接觸到他的目光立刻臉紅。

「你的出生地在哪裡，阿納克（anak，譯注：兒子）？」那人問，「你從哪裡來？」

黎剎的腦子快速轉動，要告訴他什麼？事實嗎？如果他說謊，他會知道嗎？黎剎的目光在房間內的幾個角落瞟來瞟去。他再度聽到那人低沉潮濕的笑聲在他的肺葉間隆隆作響。他的嘴角含著牙籤，兩隻眼睛從鏡片上頭凝視他。他的鋼筆離開申請表，身體再度往後靠。

「這只是一個問題，孩子，沒有什麼錯誤的答案。我們安置來自各地的人，說吧，你可以告訴迪歐（tiyo，譯注：叔叔）班吉。」

黎剎嚥下一口口水後給出他的答案。「納沃塔斯，班吉先生，」他小聲說，接著更小聲，「納沃塔斯市立公墓。」要是他此刻抬頭，一定會看到胖子的眉毛挑到額頭上。

「納沃塔斯市立公墓？」班吉提高了聲音，下巴朝向天花板，「你是說你住在那裡，和死人住在一起？」

「是的，班吉先生，我住在那裡，還有我的母親。」黎剎感到自卑，他想離開，想走出這個房間，忘掉他曾經來過這裡。外面有一堆人在排隊等待，一生中沒有一天晚上和死人睡在一起的人，不會對抽水馬桶和雙腳踩在磁磚上的感覺驚嘆不已的人。黎剎覺得自己像個傻瓜。他聽到胖子又嘿嘿笑。他看看他，發現他搖頭，又在紙上寫字。

「如果你是在那裡成長的，到海外的漁船上工作對你來說不會有問題，阿納克，」他含笑說。黎剎感覺他的肌肉放鬆了，脊椎癱軟下來，背部因坐姿過於僵硬而痠痛。

「意思是我得到這個工作了嗎，先生？」

班吉說話時沒有看著黎剎，仍繼續在紙上寫。「噢，還有幾個細節我們必須仔細審查。錢很重要，在多數情況下。人生沒有什麼是免費的，你明白。」

黎剎更覺得渾身無力了，這回原因大不相同。他空空的胃頓時感到更空虛。他完全理解，他找不到工作的原因，最終，和其他每一個與他處境相同的人找不到工作的原因是一樣的。他沒有錢去賄賂這位坐在他面前的人。他決定嘗試一下，跟他講道理。

「班吉先生，」黎剎說，「我知道沒有什麼東西是免費的，我沒什麼錢，但如果你給我這個工作，我保證我會報答你的好意。」

「呃，阿納克，你誤會我的意思了。」班吉先生放下他的筆，身體往前傾，手指撐著他的下巴，「我不是什麼坐在這裡伸手要錢，眼睛卻看著另一邊的科東（kotong，譯注：索賄者）。我們這裡做事是合法的，但是把你安排到海外需要花錢，你不能期待我們自己掏腰包，對吧？我們讓呂宋島到民答那峨島每一個懶惰的希納尤帕克（hinayupak，譯注：畜生）來這裡，好讓他們有個免費的假期。我說的對嗎？」

黎剎開始覺得更放心了。

「當然我是對的。但不要擔心還錢的事。我們會讓你輕鬆還，如果你現在沒錢，你需要多少可以跟我們借，等你在台灣開始領薪資時，你再每月還我們一點。以你在那邊賺到的撒拉必（salapi，譯注：錢）來說，你甚至都不會注意到。」

黎剎又嚥一口口水，冒險提出另一個在他腦中盤旋不去的問題。「我可以問嗎，班吉先生，這份工作的薪資是多少？」

胖子大聲說，「看得出阿納克肚子餓了！好，很好，飢餓的人是勤勞的人，但現在還沒有必要去擔心這些細節，你做了就知道。此外，這一切都會自動給你，你現在要做的是簽名，其餘的我們來處理。訓練、支付的款項、生活費，任何你需要的東西，這些事迪歐班吉會自己處理。」

黎剎現在想到的是他的家，納沃塔斯、他的母親、莉潔兒、基拉特。

「我要去多久，先生？」

班吉把頭一偏，「任期是三年，如果你是個優秀的員工，閉上你的嘴巴，專心工作，你會一直做下去，甚至再續約。這一切都取決於你，但一旦簽約，你就必須做三年，不能少，除非有什麼原因你被遣送回來。」

黎剎很想問為什麼會被遣送回來，繼而一想還是不要問比較好。他還有另一個擔心的問題還沒有說出口，但從他絞扭的雙手已能顯現出來。

「我必須借多少錢？」

胖子坐在他的辦公椅上左右晃動，這張椅子比黎剎那張不會動的椅子高級多了。迪歐班吉的椅子有舒適的泡棉軟墊和滑輪，不需要站起來走動就可以在辦公室內到處移動。

「不要把它想成借錢，阿納克，把它想成對你和你的家庭未來的投資。」他的眼睛發亮，身體往前傾，「更好的是，你這樣想，」他將兩個食指尖連在一起指著黎剎，「把它想成是一筆頭期款，一棟遠離墳墓、讓你和你的母親居住的新公寓的第一個月和最後一個月的房租。當你這樣想時，數目不是真正的問題，不是嗎？」

黎剎想了一下，「是的，班吉先生。」他回答。

「一點也沒錯，阿納克，你不能為照亮你家人的未來定價，而這正是你要跟我們簽約去做的。你要工作，而且你要努力工作，這不正是你來這裡的原因嗎？你想改善你自己和你家人的生活。我可以看得出來，阿納克，你不像其他那些人。」他指著走廊上那些靠在牆上相互聊天的人，「我看到你眼中有一把火，阿納克，渴望脫離你的舊生活，展開新生活。我看得出你是一個以大局為重的人，你和迪歐班吉一樣，不會專注在瑣碎的事情上，計較小數目。如果你心量小，你的生命格局就小，我說的對嗎？」

「是的，班吉先生。」

「我當然是對的，那麼如果你的心量大呢？」

「你的生命格局就大，班吉先生。」

「這才是我的好孩子！那麼，我們達成協議了？」他將合約轉過來，推向黎剎，指著底下一條線，「你只要在這裡寫上你的名字，」他在線上點兩下，「其他的交給迪歐班吉。」

黎剎低頭注視那條空白線，兩隻眼睛掃描合約的其他內容。到處都有數目，有的是大數目，有的是小數目，他真希望他以前能夠上學，至少讀到讓他學會認字，這樣他就知道這些數目意味著什麼。就其本身而言，分散在這字裡行間的數字是無意義的，但他仍試圖解譯它們。八萬披索。那是最大的數目。八萬披索。他和他的母親從未見過這樣的數目。對他們而言，一次進出的錢都只有少數幾披索而已。一個簽了名就會有這麼一大筆錢轉手的世界……他的頭開始暈了，他聽到庫亞班吉（他還不習慣那個詞——迪歐——雖然他嘗試過）又對他說話。他用鋼筆尾端指著那些不同的數字。

這是你的薪資。這是你的借款金額。這是你的漁民執照的申請費用。這些是每月的扣款：食宿、償還借款、服務費。都是標準的。

那些數字在黎剎腦中快速盤旋，從一個數字滑到另一個數字。迪歐班吉問他懂不懂，他感覺他點點頭。

「那麼我們達成協議了？」

黎剎伸手從班吉的手中接過那枝筆，然後，他慢慢地、有條不紊地，開始寫他的名字。

第三章

「台灣。」

「阿諾？」

「辛迪泰蘭地亞，台灣。」

黎剎坐在迪歐班吉的辦公室迄今已一個星期過去了。自從他用大而笨拙的孩童字體拼出他的名字後，七天過去了。現在他在家中，試圖向他的母親解釋他即將去哪裡，儘管自己內心明白他並不知道那個地方。

「你究竟要去做什麼，在……台灣？」他的母親問。黎剎剛剛幫他的母親提水回來，心想最好現在就告訴她，不要等到晚一點，一天的工作使她身體疲乏、脾氣暴躁的時候說。

「什麼事你非要去那裡做工，不能在家做？」

「媽媽，」黎剎緩緩開口，選擇他要說的話，「你知道這裡沒有工作，一定要認識人才會被僱用。庫……迪歐班吉，他說……」

「喔，迪歐班吉！」他的母親恨恨地說，「是喔，迪歐班吉，這種人，自稱迪歐。我告訴你，黎剎，我不相信這個庫帕爾（kupal，譯注：混蛋），你和他才見過一次面就認定他是你的迪歐班吉了？他也許和街上的波布雷（pobre，譯注：乞丐）沒什麼兩樣。他沒有坐在街頭向人伸手要錢，而是用他的言詞和他華麗的辦公室，欺騙一個像你這樣的恩戈特（engot，譯注：傻瓜）為他去乞討。」

「媽媽，我不會去乞討，我會——」

「你會什麼？」她的音量大到足以吸引好奇的孩童來到他們家敞開的門口。黎剎轉身，用力「噓」的一聲趕走他們。「告訴我，你在一個你不會說當地語言的地方能做什麼。告訴我你會吃什麼。告訴我你會睡在哪裡。迪歐班吉都告訴你了嗎？」她用她的木杓在鍋邊敲一下，濺出幾滴滾水散落在地上，還有幾滴落在她手上，她疼得用力吸氣。黎剎抓了一條毛巾趕到她身邊，按在她的皮膚上。她讓他握著，一會兒後才搶走毛巾，打他的手。

「我不需要你照顧我，黎剎。母親照顧她們的兒子，不是反過來。等我老了，那時候你可以照顧我。你認為我老了嗎？」

「不，媽媽，」黎剎悄悄退到兩人座的富美家折疊桌旁那張搖搖晃晃的塑膠椅。這張桌子每天早上打開給客人坐，晚上折疊起來靠在牆上，黎剎和他的母親才有空間睡覺。黎剎的母親從她手上起水泡的地方掀開毛巾，對她通常毫不在意的疼痛皺起眉頭。她將火關小，比先前更平緩地攪動鍋子。

「你不必去，你知道，這個迪歐班吉還能怎樣？來納沃塔斯把你從我身邊拖走？」

「我簽了合約了，媽媽。」

「簽了合約？」她用舌頭抵住她的嘴巴上顎，發出嘖嘖聲，「傻瓜，傻孩子，你怎麼知道你簽了什麼？一個到處是騙子的城市，你跑去簽隨便哪個人放在你面前的合約，你偷偷學識字了嗎，嗯？這就是你和那個廢物基拉特一直在做的嗎？就是這樣，不是嗎？就是他。他慫恿你去。自從那個烏洛爾（ulo，譯注：頭）咬你一口那天起，他的愚蠢就傳染給你了。」她用空出來的手插腰，凝視著狹窄的房間角落。彼拉皮爾太太在門口探頭探腦，看到黎剎頭低低的，他的母親站在那裡的模樣，她迅速離開，沒有被發現。「自從那個男孩進入你的生活後，除了頭痛沒有別的。」黎剎的母親嘆氣，「頭痛和心痛。」她拿起那個有裂痕的「營業中」塑膠牌走到門口，掛在門外生鏽的鐵鉤上。

「我告訴你我們怎麼做，黎剎，」她說，憤怒的語氣消失了，取而代之的是決心，「我們去見這個迪歐班吉，」她每次提到他的名字，憤恨不平的酸澀感就再次出現，「我們去跟他解釋，說你不知道你簽了什麼約。我會告訴他，你只是一個來自墓園的傻孩子，什麼也不懂，然後撕毀那張合約。我今天會提早打烊，我們今天下午去。」

「媽媽——」

「別再惹毛我了，黎剎，我已經決定，我們去，只有這個辦法。」

「不，媽媽。」

她在走回鍋子的中途停下來，轉身，這次她雙手插腰，「你說什麼？」

黎剎抬起眼，和他的母親對視。他嚥下一個像石頭那麼大的硬塊，喉嚨乾澀得如同在他們頭上安息的骨灰。「我說，」他停頓了一下，他要說的是他最難說出口的一句話，「不。」

他的母親走向他。黎剎兩眼望著地板。她站在他面前，他聽到她沉重的呼吸，慶幸此刻那柄木杓不在她的手上。他感覺她的一隻手放在他的肩膀上，於是做好準備。接著她把他的頭拉向她的肚子，緊緊抱著他，雙手輕輕撫摸他烏黑濃密的頭髮。他閉上眼睛，當他感覺他母親熱辣辣的淚水滴在他頭頂上時，他強忍著眼淚。

「如果你已下定決心，黎剎，」他的母親說，聲音顫抖，「做母親的還能說什麼？」

黎剎雙手抱著他母親的腰，「我這樣做是為了我們，媽媽，迪歐班吉說——」他停下來，「他們說，以我在那邊能賺到的錢，我每月可以寄一些回來給你，足夠讓我們將來有一天擁有自己的公寓，不要再住在墓園裡。我們自己的、有自來水的地方，有爐子，我們自己的廁所，媽媽。你自己的房間，有床，有家具，所有我們想要的東西，像我們以前那樣，爸爸——」他又停下來，「我可以為我們做這件事，」他說，半晌後，「我可以把我們弄出去，離開這裡。」

他感覺到更多淚水從上方掉落在他的頭髮上。他的母親將他摟得更緊，來回搖晃。

「你要去這麼久，沒有你我怎麼辦？」

「我不會有事的，媽媽，」黎剎說，「我保證。」

＊＊＊

「台灣。」

「阿諾？」

「辛迪泰蘭地亞，台灣。」

同一週，黎剎第三次以完全相同的方式展開對話。這次他和基拉特在一起。生活型態、種種事物再再重複，但他依然處於迷茫狀態。

「我以為你說泰國。」

黎剎和基拉特正在離海最遠的墓園邊緣散步。他們通常會遠離周邊的街道。威嚇貧民窟居民是納沃塔斯區警察最愛的消遣，以流浪的罪名罰款為要脅，對這些窮人中的窮人為所欲為。「流浪」這個詞是黎剎知道的少數英語之一。那是他最喜愛的一首歌的歌名——馬尼拉龐克樂隊「I.O.V.」的錄音帶上的一首歌；錄音帶是他撿來的，連同其他玩具、小東西、紙牌等——有人把這卷錄音帶扔了，除了他們不再喜歡外，似乎沒有更好的理由。

黎剎通常把這卷錄音帶帶到邦加羅斯先生的騎樓遊樂場。它位在墓園大門附近的一個帆布遮陽棚下，是他唯一知道有錄音帶播放器的地方。錄音帶播放器故障之後，邦加羅斯先生換了一台KTV伴唱機（播一首歌收費五披索），但黎剎仍不時掏出錄音帶（不敢讓他的母親看到）看一眼。他不知道什麼是「龐克」，只知道他喜歡「I.O.V.」，那是截至目前他從那個雜音很多的電晶體收音機，或從邦加羅斯先生震耳欲聾的新玩具聽到的任何東西當中，他最喜愛的樂隊。起初，他不敢播放這卷錄音帶，因為歌名似乎帶有某種預示與禁忌。黎剎心想，如果他的母親發現了，或者更糟，她聽到了，她一定會生氣。但播了第一次之後，他只想聽這首歌了。他提醒自己要把這卷錄音帶帶去台灣，他會在那裡為自己買一台新的錄放音機，這樣他就能每天聽了。

「哈囉？黎剎回到地球了嗎？」基拉特將他從沉思中拉回來，「你不是說這個工作在泰國嗎？」

「不，我確定我說的是台灣。」黎剎撒謊，「你吸太多汽油了，塔多（tado，譯注：傻子）。」

基拉特聳一聳狹窄的肩膀。鑄鐵圍欄外的街道擠滿吉普尼、三輪車、聲音嘈雜的摩托車、汽車和卡車。車輛從大馬尼拉北部的狹長地帶一直堵塞到另一端。黎剎的母親曾告訴他，納沃塔斯市和鄰近地區合併之前，它的舊城區居民過去是靠捕魚維生。黎剎小時候常想，如果這裡的居民過去是漁民，為什麼會有這麼多汽車和卡車，唯獨不見漁船？

「你什麼時候去，伊霍？」基拉特問。他們停下來，坐在一座孤單的水泥墳墓上，面對街道。夜幕降臨墓園周邊地區的鐵皮浪板屋頂上，那裡的人幾乎不比住在墓園內的人過得更好，他們住在用廢木材和鐵皮搭建的單房公寓內，一家四、五、六口，或者更多口一起擠在骯髒的地板和破木板上睡覺與生活。

「快了，」黎剎回答。太陽逐漸落到他們背後，將他們面前破舊的棚屋和忙碌的車流籠罩在一片橘色的霧霾中。「迪歐班吉說三個星期，他有告訴我如何搭巴士去機場和他會合，他會協助我上飛機。他還幫我申請護照，所有一切都安排妥當。他甚至預付我工資讓我買巴士車票。他是個非常好的人。」

「是的，」基拉特茫然地回答，「他好像很慷慨。」

黎剎不理會他的語氣。「你還是可以和我一起去，你知道。去跟迪歐班吉談談，幾個星期之後跟我在那裡會合，當然，你得先跟你的奧康波太太道別。」

基拉特嘿嘿一笑，接著假裝認真，深深嘆一口氣，「是的，伊霍，但你不在時誰來照顧你親愛的媽媽？」他含笑將一根手指快速伸進他用大拇指和食指圈成的一個小孔。黎剎有氣無力地在他肩上捶一下。

「你應該跟我一起去，庫亞，」黎剎又哀求他的朋友，「我可以把你介紹給班吉先生，我們可以一起去台灣，然後一起發財回來。我相信你能賺到足夠的錢離開這個地方。」

基拉特似乎在考慮。他將一瓶杜松子酒舉到嘴邊，享受酒精溫暖的灼熱感，再從鼻子大聲地呼氣。黎剎心想他這次又從哪裡得來的錢。「啊，」基拉特低頭看著酒瓶，研究它的標籤。「我只吹這個東西和女人，伊霍，」他將剩餘的酒一口乾了，扔出酒瓶，它鏗鏘一聲擊中墓碑，但是沒有破。他從嘴裡吐出苦澀的餘味，「何況，我只知道納沃塔斯，我不知道在外面我該怎麼辦？這裡的事物至少還說得過去，你知道？」

黎剎頭往後仰，發出無聲的笑。

「別笑，伊霍，」基拉特開玩笑地申斥他，「有一天，當你遠離這裡，發了財，到處追普搭時，你會停下來，發現你真正想念這個地方。我們也許窮，但我們這裡像個大家庭，你知道？人人互相照顧。有一天你會回來，而且你會很高興回來。記住我的話。」

黎剎看看四周，墳墓之間燃燒的垃圾冒出濃煙，馬嘎南庫曼已展開他們在小巷中的暮色行軍，尋找他們的下一個沙布。不遠處，一個毒販站在轉角，手上一把小彈簧刀開開關關，對路人搖晃火柴盒，讓他們知道他開始做生意了。

「下次你見到我時，庫亞，」黎剎說，「我會帶著我的母親盡可能遠離這裡。」

第四章

班吉信守承諾在機場等候黎剎。他站在那裡，就在巴士停車的地方。黎剎慢慢走下台階時，他站在門口，伸出一隻手迎接他。班吉面帶微笑，手上拿著一疊小冊子。一群人，有的像黎剎一樣年輕，有的比較老，其他的介於兩者之間。他們圍成圈，點頭、微笑，互相問候，對班吉先生打招呼，好像他們才剛剛抵達。有些人在吸菸，凝視空中，彷彿他們已經等了很久。班吉對他們笑，舉起手上的小冊子。黎剎是最後一個抵達的，他驚訝地看著四周，心想為什麼他會以為自己是班吉今天唯一見面的人。班吉快速地說話，比他在辦公室說話的速度快得多，聽起來像換了一個人。

「來吧，快點，我們沒有太多時間。這些是你們的護照，」他揮一揮高舉的小冊子，「現在暫時由我保管，但等一下你們會需要它們通過安全檢查和登機。一旦我把護照交給你們，你們要用你們的生命保護它，直到抵達桃園國際機場。陳先生會在那裡迎接你們，他會向你們收取護照並妥善保管，反正你們在漁船上也用不到，很容易弄丟，那就真的麻煩了。大家都明白嗎？」

十個人點頭，互相對看，緊張地微笑。

「好，」班吉繼續說道，「對你們大多數人來說，這是你們第一次坐飛機，但是別擔心，這是一次很短的飛行，不知不覺就到了。到了之後，陳先生會妥善照顧你們。」

「班吉先生，」黎剎背後一名年紀較大的男子開口說話，對比於他深棕色的皮膚，他濃密的頭髮已然灰白。他說話帶著民答那峨口音：「e」和「o」的發音換成了「i」和「u」。班吉先生點頭，瞇起眼睛望著他，似乎認為他說的是他加祿語中的宿霧小販的口音。

「是，是，什麼事？」

「陳先生會說他加祿語嗎，先生？」

班吉雙手一攤，難以置信地望著其他人。「他當然不會說他加祿語。到了台灣之後，你們會聽到以英語和普通話傳達的指示，我相信，你們大多數人至少懂一點英語，足夠應付日常所需。至於普通話，你們會邊做邊學。不過，不用太擔心這些事，你們去那裡都要加入捕漁船隊，工作很簡單，會幾個基本字詞就能應付了。他們那裡不需要大腦，他們需要的是強壯的背脊和緊閉的嘴巴。這些你們都能給他們，對吧？」

大家都點頭。

「好，這樣我知道你們不會給迪歐班吉帶來任何麻煩了。記住，如果你們製造任何問題，陳先生只要給我一通電話，你們從哪裡來，當天就會被送回哪裡。我說清楚了嗎？」

更多人點頭。

「好，現在跟我走。」

一行人跟著班吉快速的步伐，走進航站大廈。他帶他們來到辦理登機手續的櫃台。到處都擠滿了人。許多人邁開大步快走，有的拖著帶輪子的行李箱，有的把孩子揹在背後或胸前。大部分人似乎都知道他們要去哪裡。還有的跟他們一樣是團體的，睜大眼睛跟在一名男子或女子後面——一個像迪歐班吉這樣的領隊，領著他們朝海外的新生活邁出第一步。許多人含淚道別，新生兒的父親揮別年輕的妻子和新生的兒子、女兒；即將前往海外工作的母親，臨別前最後一次緊緊擁抱她們的孩子。為了下一個擁抱，她們必須忍受未來幾年的分離。黎剎一雙困惑的眼睛盯著忙碌的航站大廈四周，一下子盯著看一名婦女俗麗的衣著，一下子盯著看一名商人的新西裝或金錶。黎剎轉身，頓時驚慌失措，以為他在人群中落單，丟失了班吉先生和其他人。接著，他發現他們在前面，趕緊跑了幾步追上去。

辦好登機手續，拿到他們的登機證後，一行人來到一排長龍後面。班吉轉身數人頭，沉著臉一個一個數，當他數到十時他皺眉而不是微笑。「安全檢查。」他對著後面喊。當他們排到隊伍前頭時，黎剎看到前面的人將他們的包包放在黑色的輸送帶上，進入一台機器。這機器似乎將包包吃進去後又從另一邊吐出來。那些口袋內有幾枚錢幣的人將口袋掏空，錢幣放進灰色的塑膠托盤內。然後，一個接一個，他們走過一個長方形門。這扇門沒有圍牆，只有門框。

有的人通過時安靜無聲，有的人通過時引發極大的聲響，這時警衛就會用一支嗶嗶叫的棒子在他們身上掃描。警衛睡眼惺忪地揮動他的棒子，直到找到他要尋找的東西，然後示意那個人去取回他的物品。黎剎的額頭開始冒汗，他看看其他的排隊隊伍和其他的長方形門。他還看到前方有更多人排隊，穿制服的男人和女人逐個呼叫旅客上前，收取他們的護照，在上面重重地蓋上紅色的印章——砰、砰、砰，像打鼓一樣。過了最後一排，後面是燈火輝煌、閃亮耀眼的商店，櫥櫃上擺滿了瓶裝的蘭姆酒、威士忌、伏特加、杜松子酒。還有整區都是糖果、巧克力棒、薯片。黎剎看到大包大包的炸豬皮，口水都快流出來。有人碰一下他的手肘，告訴他下一個輪到他。他把他的包包放在輸送帶上，然後暗暗深吸一口氣，他走過那個門。安靜無聲。警衛對著輸送帶揮一揮他的棒子，黎剎試探性地拿起他的包包，再看看警衛，證實他確實可以走了，便急忙加入同團的其他隊友。每個人經過護照檢查站時眼睛都望著免稅商店。班吉先生最後一個通過，他又快速地清點人頭，盤點膽怯的微笑和低垂的眼睛。黎剎也左顧右盼清點人數，確認沒有人被留在後面。又一次數到十後，班吉鬆一口氣，額頭上的汗水稍稍減緩。他們一個個通過護照檢查，按照班吉的指示，回答那些嚴肅的官員的問題。然後，他們終於到了另一邊。

對黎剎來說，另一邊又是一個新世界。它讓他想起班吉先生的辦公室。這些商店都很乾淨，產品都是新鮮的，而且排列整齊有序，有些名字他從未見過。在免稅店工作的婦女都塗著鮮豔的口紅，化著像雜誌封面模特兒或電影偶像的妝。她們的服裝都很時髦，燙得整整齊齊，而且合身。團裡的其他人也注意到了。班吉對他們搖頭。

「走吧，孩子們，」他笑道，「等你們到了台灣，會有很多時間盯著巴貝（babae，譯注：女士）。」他扭頭招呼他們沿著長廊走下去，帶領一行人從兩側並排的門前經過。人群中有的嘻嘻笑，開玩笑說好像跟著老師去郊遊。黎剎也跟著他們笑。

他們穿過航站大廈，門與門之間有幾間餐廳，許多人拿著塑膠托盤排隊，從冰箱的冷櫃挑選食物。一家人圍著餐桌坐，拆開包裝完美的「快樂蜂」漢堡，小口啜飲冒汗的瓶裝可樂，臉上帶著微笑，或茫然地瞪著前方。有的人專心看他們的手機，手指漫不經心地向上、向下、向左右滑動。黎剎踩到他自己的鞋帶差點絆倒，前面一個有啤酒肚的壯漢取笑他。

「快點，阿納克，不要落在你的同學後面。」

黎剎緊張地笑笑，試著想回答，但話卡在喉嚨出不來。他加快腳步，默默地跟著，低頭望著前面的鞋子。周遭的景象多到他一時無法處理。當他們抵達他們的登機門，重重地坐進一排座位時，人人都鬆一口氣。旁邊有一台大電視機，頻道調在GMA新聞。電視女主播不停地說話，但音量小到聽不清楚。黎剎注視著螢幕上閃動的影像，南部在一場大雨過後發生山崩，男男女女都在哀號，救難人員在爛泥巴和房屋殘骸、學校的斷垣殘壁中挖掘。黎剎注視那個有宿霧口音的男子，那人緊緊盯著電視看，痛苦的影像映現在他眼中，黧黑的南部人五官上有著擔憂的神情。班吉先生的聲音轉移了黎剎的注意力，他站在他們面前，巡視那一排動來動去的腳和游移不定的眼光。

「艱難的部分過去了，」班吉笑著宣布，「現在你們只需要坐下來，放輕鬆，享受這個經驗，古哇波（guwapo，譯注：帥哥），一旦到了台灣，你們應該準備工作了，而且要努力工作。那是你們去台灣的目的，我說的對嗎？努力工作，賺錢！」

點頭，微笑。

「拿巴嘎午塞（Napakahusay，譯注：非常好），你們很快就會上手，你們每個人，簽三年合約的人，我看得出，你們是那種會一而再、再而三續約的人。記住，如果它變得很艱難，想一想你們要為你們的媽媽買的房子，」他看著黎剎，「想一想你的小女兒終於可以買她的學校制服和用品。」他的目光轉向另一個人，「記住，為什麼你們在這裡，你們每一個人：為你們的家庭而努力工作，為你所愛的人營造更好的生活。他們會幫助你度過任何事。」他望著櫃台後面的螢幕，一名婦女目不轉睛地盯著一台顯示器，一卷紙連續不斷地從她背後另一台怪異的機器噴出來。「不久，馬嘎幾努（mga ginoo，譯注：先生們），再過幾分鐘，我們就要登機了。」他又望著黎剎，「你們有些人是第一次。」

櫃台後面，從地板到天花板整面落地窗看出去是停機坪全景。黎剎望著飛機，車輛沿著水泥地上的黃色直線與曲線來回穿梭。他看著、看著，發現自己呆呆地盯著飛機看。他以前見過飛機，當它們飛到馬尼拉灣北端時高高在天上，伸展著翅膀，像一隻巨大的金屬鳥，在納沃塔斯市立公墓的塑像上方滑行。遙不可及，幾不可見，和他們到那裡之後的大部分事物一樣。現在，再過幾分鐘，他就會登上其中一架巨獸，不但要飛去一個新的地方，而且飛向一種不同的生活。他的胸口突然一緊，沒來由地感到淚水在眼眶中打轉。他扭過頭，盡量平靜地做了個深呼吸。等他把淚水逼回去後，他假裝打噴嚏，舉起一隻手臂拭去幾滴溢出的淚水，沒有特別對任何人地兀自微笑。幸好似乎沒有人注意到。他們都凝視著窗外，跟他先前一樣，被飛機吸引。緊繃的胸口開始聽話，他的呼吸變輕鬆了，他知道自己並不孤單。

隨著登機時間越來越接近，短短幾分鐘卻過得很慢。接著，彷彿時間停止正常的流動在原地凍結。黎剎被困在他過去的生活與未來的生活之間的空白時空，一個既不是成人也不是孩童，而是介於兩者之間的地方。當班吉先生叫他們站起來排隊時他幾乎沒有聽到。他也幾乎沒有意識到他把他的護照和登機證交給櫃台人員，他們接過去掃描登機證上的條碼後，含笑交還給他。當他走下通往飛機的通道時，所有的聲音被消音了，震耳欲聾的渦輪引擎吸走了一切，將所有景象與聲音都淹沒在一片白噪音中。

黎剎覺得自己越變越小：一個瘦骨嶙峋的少年，一個發育不良、營養不足的孩童，一個在子宮內浮沉的胎兒。他一路往下墜，世界卻以他下墜的速度在成長。世界，他心想，當機門再度打開時，世界將不會是同一個世界。在那個世界，我什麼都不知道，也不認識任何人。在那個世界，沒有人知道我。我，黎剎，將不存在。

黎剎開始恐慌。他看看通道兩旁，小窗望出去是停機坪，刺眼的光線像從天而降的樑木，從小窗斜射進來。他想轉身回去，一回頭，遇到後面那個人瞪大眼睛的目光，是那個啤酒肚，那個開玩笑叫他不要落在同學後面的人。他看得出這個愛開玩笑的人和他一樣害怕。他再度提醒自己，不是只有他一個人害怕。於是他又轉身向前走，跨過那個橢圓形機門，一名空服員含笑相迎。她戴著一頂藍色的藥盒帽，與她身上一襲金色鈕釦一直向上延伸越過她的胸部曲線的及膝漂亮制服配成套。當她對他伸手時，一種新的恐懼彷彿冰冷的手指抓住他的睪丸，他發現自己不知所措。他停在走道上，啤酒肚的鼻子差點撞上黎剎的後腦。空服員笑了，鮮紅的嘴唇後面現出有咖啡漬的牙齒。她仍然伸出一隻手。她要東西。黎剎推想，她要什麼？我該怎麼辦？

「登機證，先生？」她和氣地說。

黎剎怯生生地伸手從他的口袋掏出登機證給她。她看一眼登機證後又放回他手中。她壓低下巴尋找他的眼睛。「十九排，先生，」她甜甜地說，「您是右手邊靠窗的位子，祝您飛行愉快。」

黎剎一言不發地取回他的登機證，雖然面帶微笑，一張臉依然朝向機艙的深色軟墊地板。他跟著那一排乘客進入走道，左右張望，一邊數著經過的座位。一、二、三……一排人停下來開始動作。黎剎看到男男女女打開頭上的置物櫃，將包包放進去。十一、十二、十三……當他數到十九時，他把他的背包也放在上面，然後看看四周，確認他做的是正確的。沒有人阻止他。他試著回憶那個戴藍帽的婦女告訴他有關他的座位的事。靠窗。他回憶。他從狹窄的空間慢擠進靠窗的位子，低頭看著安全帶的金屬釦。然後他坐下來，將安全帶推到旁邊，兩眼盯著小窗。外面停機坪上，身穿鮮橘色連身工作服，背心上有霓虹條紋貫穿他們的前胸後背的男人正在工作。他猜想他們如何得到他們的工作，他們認識什麼人，他們必須付錢給誰才能被僱用。一種嫉妒的感覺壓著他的心頭，他移開視線，將目光鎖定在他前面座位的頭枕上。他閉上眼睛，緊緊閉著，渴望安靜與睡眠，肉體與心靈都疲憊不堪。

等黎剎知道他的頭輕輕向前移動又回來時，飛機已開始滑向跑道。頭上的對講機傳來一個聲音，空服員就位，開始進行安全演示。黎剎看看其他乘客，有的已經睡著了，有的在閱讀書籍或忙著看他們的手機。他找到和他同團的人，其中一個注視著正在解說如何解開與繫上安全帶的婦女。黎剎伸手從他的座位和機艙壁之間的縫隙拉出他的安全帶。他扣上安全帶，由於太專注，以致後面的解說他只聽到一部分，有關一個氧氣袋從天花板落下的事。錄音先是用他加祿語播放，接著用英語再播放一遍，告訴他們一旦發生在水上降落的事件時，他們可以在哪裡找到救生衣。黎剎伸手到座位底下摸索。演示完畢，錄音再次祝福他們飛行愉快。飛機停了一下，渦輪引擎加速，機艙內的電力呼呼大作。黎剎的心跳加快，空服員坐在她們的座位上，不久，飛機猛的往前衝，在跑道上加速前進。黎剎的指甲緊緊掐著塑膠扶手的末端，咬緊牙關，睜大眼睛，又迅速闔上。他感覺飛機的機頭抬起，離開地面，他的身體忽然換了一個角度。他本能地伸手摸索安全帶，想把它拉緊一點。飛機的尾部離開跑道，他感覺整架飛機飄起來，隨著機翼底下的氣流而向上推動。他心裡不停地想著，這架裝滿這麼多人的巨大、沉重的機器，怎麼可能把它自己升上空中。

似乎過了很長時間，黎剎才讓自己睜開眼睛，透過窗子看見片片白雲從飛機下面緩緩飄過。他歪著頭試圖透過雲層看是否能瞥見城市，海灣，呂宋島，但它已消失了，消失在一堵不能穿透且寂靜無聲的牆後面。他凝視下方的雲層時，那些雲也在飛機持續上升之際越飄越遠。他懷疑他是否還能再見到家鄉。

第五章

「跟著我！來！走！」

班吉先生帶領他們走過通往移民櫃台的長廊。黎剎幾乎不記得飛機降落。輪胎撞擊停機坪發出刺耳的聲音，飛機彈跳一下又上升，彷彿不會下降，然後它又降落了。事情發生得很快，將他從沉睡中驚醒。他很快就睡著了，快得都沒意識到自己已在酣睡。好一會兒他以為他在做夢，但這是真的，他已抵達另一個世界。

整個航站大廈內到處是招牌和海報，以及有字符的LED顯示幕，這些字符以靈巧的、數不清的筆劃構成，和黎剎在家鄉也一樣看不懂的簡筆字母大不相同。他們這一團人的深色皮膚和其他大多數走過大廳的人不一樣，他們有的走路，有的站在電動傳送帶上，停下腳步休息，或保持輕快的步伐。其他人的面孔是台灣人、中國人、日本人——這裡、那裡可以看到少數幾個白人，像那些偶爾探訪墓園的傳教士。有些人把目光聚焦在黎剎和其他團員身上，發現有人回望他們才轉移目光。但大部分人不會注意他們。

「快！」班吉先生大聲說。飛機著陸那一刻他立即採取行動，向團員收取護照，叮囑每一個人拿好自己的包包，吩咐每一個人緊跟著他。在馬尼拉機場與他們會合那個平易近人、鼓舞人心的人不見了，取而代之的是一位校長，趕著他那群難以管束的被託管人，證明他們之前開的玩笑是個先兆。這個新版的班吉對團員說話的樣子，就像對一群有點遲鈍的兒童說話，對他們下簡短的單音命令。「來。」他說，一邊擦拭額頭上的汗水，忍受著台灣夏季的高溫與濕度。雖然仍在室內，黎剎已能感受到空氣的變化。很熱，但比他不久前離開的地方稍微涼快些。他可以嚐到一股濕氣，緊緊黏在他的皮膚上，衣服貼著他的肉體。他重新調整他的背包肩帶，濕漉漉的肩帶底下感受到一點清涼的空氣。

「我們一起通關，」班吉重複說道。自從他們降落後，不到十五分鐘之內，他這句話至少說了四次。第一次是在飛機輪胎停止不動時。現在他又在數那疊護照，一、二、三……他回頭看，同樣數他的團員，八、九、十。他自言自語，停下來擦拭額頭上止不住的汗水。長廊盡頭是個寬敞的空間，人們排列成隊，從一排辦公桌緩緩出去。班吉先生帶他們走到最遠的一端，黎剎認出他那班飛機的空服員，面帶微笑，亮一下她們的小冊子便快速通過。班吉走向櫃台，將那疊護照放在那個人面前。那人也數了數小冊子，然後快速清點人頭，停下來檢查班吉遞過去的一張紙，紙上寫滿姓名、捺手印和簽名。海關人員看過之後將表格還給他，從櫃台下面取出一個紅色的印章，無差別地蓋在每一本小冊子的紙頁上。幾分鐘之內就辦妥了。「好，」班吉鬆一口氣說，「這邊過去和陳先生會合。」

他們走到一座電扶梯，下樓到提領行李的地方。班吉催他們經過行李轉盤，「不需要，不需要。」他揮揮手，加快腳步。他帶他們經過海關，官員們注視他們，一會兒後才將注意力轉移到在尚未啟動的X光機旁排隊的旅客。過了X光機有一扇可以自動開關的滑門，當門打開時，黎剎看到外面有很多人在一道低矮的玻璃圍屏後面等待，有的人舉著寫中文的牌子，有些牌子上的文字他猜想是英文或其他語言。他那一團人很安靜，但在他們四周，入境大廳充滿了人聲，重逢的歡呼在大廳的透明玻璃牆上發出回音。午後的陽光透過有色玻璃射進來。班吉先生環顧四周，尋找陳先生的蹤影。他停下腳步，團員也跟著他停下來。一名女性警衛示意班吉帶他的團員離開。他帶他們越過玻璃圍屏，站在那裡，像一群迷路的孩子。然後班吉先生的臉亮了起來，現出燦爛的笑容。「啊，陳先生在這裡。」他從他加祿語轉為英語說道，接著用普通話對陳說：「你好，你好。」一面對那個人伸出一隻手，對方有點猶豫地和他握手。陳一頭稀疏的頭髮往後梳，搭在光禿的頭頂上，深色墨鏡遮住他的雙眼。黎剎打量他，他看上去大約五十歲上下，眼角有魚尾紋，嘴角邊有彎彎的法令紋。他沒有回應班吉的熱情，語氣平淡而務實。

「我希望這次你給我帶來了工人。」陳說。儘管他身材矮小，但他的聲音低沉。黎剎雖然聽不懂他說的話，但他注意到有幾個團員露出緊張的微笑。

「喔，是的，是的，陳先生，」班吉回答，語氣有點躊躇。「這些人不會有問題。」

陳發出像抱怨又像低語的聲音。

「你要不要對他們說幾句話，陳先生？」

陳肅穆地點頭，開始用英語對他們說：「你們必須知道，你們是來工作的，這不是假期或打工度假，如果你們要休息，你們應該待在家裡。」黎剎看看其他人，有的臉上和他一樣困惑的表情，有的點頭，緊張的微笑被茫然的眼神取代。「努力工作，你們就不會從你們的船長，或從我這裡得到任何麻煩。」陳繼續說道，「低著頭，閉上嘴巴，有任何抱怨就會立刻被送回家。你們明白嗎？」

有幾個人點頭，啤酒肚也是其中之一。「他說什麼？」黎剎問他。

「努力工作，不要抱怨。」啤酒肚小聲回答。旁邊有幾個人對那些和黎剎一樣不完全懂的人翻譯。黎剎將他的目光轉向陳先生，迅速點頭，其他人也一樣。

「好，」陳說。他轉向班吉先生，「這幾個好像不怎麼聰明。」他笑著說。

「我想你需要的是背脊，不是頭腦。」班吉笨拙地說，額頭又冒汗了。陳輕輕一笑。

「無論如何，他們那邊還有很多人，班吉先生，不過你用你們的語言告訴他們，一定要讓他們確切了解他們來這裡是為什麼，並且讓他們知道我是誰。」

班吉和那些一開始都沒聽懂的人一樣點頭。他轉向他們，其中幾個緊張地左右晃動。他將那疊護照交給陳，陳將它們收進一只棕色皮包內，扣上金釦。

「陳先生是一位非常重要的人，」班吉改用他加祿語說道，「他是你們的仲介，寬宏大量地安排你們來台灣工作。他是決定你們是否留下來賺錢或返回家鄉的人。所以，如果他說努力工作，閉上你們的嘴巴，你們最好照著做。記住你們為什麼來這裡，而且永遠不要忘記，只要你們的船長打一通電話給陳先生，你們就會被遣送回去。當你們想著要求休息一天，或抱怨什麼小問題時，一定要記住這一點。這裡的人工作勤奮，每天都一樣。我們不會要求你們做台灣人不要求自己做的事。你們已經不在菲律賓了，記住這一點。這是台灣，事情不一樣，沒那麼容易。記住你們是來賺錢的，以及為什麼而賺錢。你工作不是為了你自己，而是為你的家人。三年就能永遠改變你們的人生，這是個畢生難逢的機會，不要白白浪費。」

他又轉向陳先生，面帶微笑。「好了。」陳說，「車子在等了，讓他們上路吧。」

陳轉身走向出口。班吉示意大家跟著他，自己卻站著不動，對每一個經過的人拍拍他們的手肘。他又一次默默地數人頭，在他們經過時默唸數字。黎剎最後一個經過，班吉沒有拍他的手肘，而是拉住它。他看看左右。

「你聽到我說的話了嗎？我在說話時，看到你和你的朋友在聊天。」

「不，班吉先生，我只是——」

「我不要聽，」班吉揮揮另一隻手阻止他，「要說服陳接受你很不容易，一個來自墓園的無衣食（buwisit，譯注：討厭鬼），」他坦率地說，「比那個米沙鄢鄉巴佬好不了多少。」他指著外面那個來自民答那峨的白頭男子，「但要說服他把你送回去倒沒那麼困難，別忘了，巴搭（bata，譯注：孩子）。」黎剎垂下眼睛。他感覺班吉的手輕拍他的肩膀，另一隻手輕輕托起他的下巴。黎剎抬頭，看見班吉在微笑。「嘿，阿納克，真的不需要這麼坦波（tampo，譯注：不悅），只要你努力工作，不要讓我丟臉，你我之間就沒問題。」他拍拍黎剎的背，指著出口。「現在，去吧，去和其他人一起。」他說，「車子在等了。」

黎剎忐忑不安，走到外面，撲面而來的是潮濕窒悶的空氣，一排排黃色計程車和黑色交通車蛇行穿梭開到有編號的出口，停下來載客，司機從駕駛座跳下來協助搬運行李箱和用塑膠布包裹的紙箱。在黎剎的正前方，他看到陳帶著那些人進入兩輛白色麵包車，輪軸上鏽跡斑斑。司機坐在駕駛座上吸菸，將白色的煙噴到車窗外。黎剎拍拍他的長褲口袋，確認他的「I.O.V.」卡帶還在。陳指著黎剎示意他搭左邊的車。「蘇澳。」他說。黎剎點頭微笑，重複這個陌生的字詞，語氣暗示著歡迎。陳哈哈大笑，對司機說了一句普通話，司機大笑，一邊搖頭一邊用他的中指將菸灰彈到路面上。

黎剎跟著他們微笑，不確定這是一個戲弄自己的笑話，抑或他努力說他們的語言而博得他們的歡心。他進入麵包車時，一種既溫暖又恐懼的感覺在他胃裡翻攪，車上有一股強烈的香菸味和另一種辛辣的氣味，他循著氣味看到一個白色塑膠杯，裡面裝滿紅色的液體和一圈乳化的硬皮。當司機從一個小袋子拿出一顆檳榔，將他口中咀嚼的東西吐在杯子裡，再將一顆新的檳榔放入口中時，他終於找到辛辣味的來源。麵包車後面有兩排座位，啤酒肚和另一個人坐在第二排，還有一個人坐在第一排。黎剎也坐在第一排。他看到陳上車坐在前排乘客座位，班吉先生從後面的滑動車門窺視，面帶微笑。

「我就在這裡和你們分手了，」他大聲說，又恢復過去友善的音調與音量。「你們現在在陳先生手中了。」他從前座敞開的乘客車窗拍拍那人的肩膀。陳似乎對他的碰觸感到不悅，但班吉先生沒有注意到，轉而面向後座幾個沉默的人。「去蘇澳途中休息一下，」他繼續說，「一旦抵達，就要開始工作了。」他逐一凝視他們，「記住，陳先生打電話給我絕對不是好消息，所以，當我接到電話時，一定不要讓我聽到你們的名字，好嗎？」

個個表情嚴峻地點頭。

「那好，帕蘭（paalam，譯注：告別），祝你們好運。」他推動後門將它關上，陳一語不發地關上他的車門，沒有和班吉先生說再見。他對司機點頭，車子駛離航站大廈，加入正在排隊準備離開機場的車流，緩緩駛向高速公路。司機將麵包車開上公路，用力踩下油門時，耀眼的太陽剛好照在擋風玻璃的上緣。黎剎對著強光瞇起眼睛，試著觀察他的新家。四線道公路上塞滿交織穿行的車輛，有的單獨變換車道，有的串聯一起變換車道。麵包車加速時，黎剎聽到引擎在引擎蓋下怒吼。他看著儀表板上跳動的錶盤和指針，以為那是數字鐘面。車速感覺上比他在馬尼拉坐的巴士更快，動作也更劇烈。他抓著他的背包，用前臂緊緊壓在他的腿上。他看看啤酒肚和其他三人，幾乎都已經睡著了。黎剎閉上眼睛，試著想睡。但在他劇烈跳動的心和激動的思緒驅使下，闔上的眼皮幾秒鐘後再度睜開。

左手邊，中等樓層的公寓建築飛逝而過，連接建築的黑色纏結電線在中點下垂，然後上升，連接下一幢混凝土、磚塊與發霉磁磚構成的建築。在這些衰頹的城市面貌中偶爾會出現一個缺口，露出一大片稻田，或布滿石塊的溢洪道，完全乾涸，從右邊的青色山脈滾下來。麵包車快速開進一條鑿山而開的隧道，黎剎靠過去，從窗邊男子的腿上觀看以眩目的速度飛逝而過的燈光和光滑的圓形牆壁。一切都是新鮮、奇妙和令人恐懼，與墓園、馬嘎南庫曼、販賣沙布的幫派少年，以及俯瞰巷弄的聖像是如此迥然不同。那裡看不到車輛或隧道或青色山脈，只有一排排墳墓，以及一片像玻璃圓頂似的掛在黎剎的世界一角的天空——一個他與媽媽和基拉特共享，以及曾經與他的小女兒莉潔兒，和莉潔兒的母親短暫共享的世界。這些是他心心念念的人，比他以前曾經懷念的任何事或任何人多更多。

黎剎頓時感到非常疲憊，身心被一百萬個念頭、衝動和情緒壓得沉甸甸的。司機對陳說了一句普通話，手指著一個裝著四個白色長方形盒子和四雙筷子的條紋塑膠袋。陳先生一語不發，頭也不回，拿起塑膠袋就遞給坐在後面的黎剎，他是唯一足夠清醒，可以伸手去接的人。黎剎聞到紙盒內的米飯和肉的味道，油漬已浸濕紙盒底部。他放下他的背包騰出空間吃飯。他頂了一下旁邊的人，遞給他一盒飯，自己拿一個，然後將塑膠袋遞給後面昏昏沉沉的人。當麵包車持續高速開往目的地之際，他們貪婪地吃著，飢腸轆轆的肚子十分感激這份量充足的豬肉、對半切的棕色滷蛋，和成堆蒸熟的蔬菜。吃完後，黎剎拿回那個塑膠袋，把他的空飯盒連同筷子一起放進袋子裡，然後身體往後靠，不久他的下巴垂到他的胸前，幾秒鐘內他就陷入昏睡了。

第六章

在夢裡，黎剎是個小小孩，五歲大。他站在他的母親身邊，小手牽著她的手。他們在墓園內，對他來說，這是一個新的、令人困惑的地方；一個他仍無法理解為什麼被帶到這裡的地方。他拉扯母親的手，問她為什麼。為什麼他們來到這個氣味難聞的地方，一群陌生人在大門口迎接他們，卻一句話也不說，只是站在那裡盯著看？「我們去散步。」他的母親說，第一次帶他穿越墓園內的巷弄，告訴他這裡是他們的新家。

「墳墓的封泥上有已經不再和我們在一起的人的名字，黎剎，你看到了嗎？菲律賓人、西班牙人、中國人，這是所有去世的人的安息地。」

「去世，媽媽？」

她停頓了一下。「已經離開的人，黎剎，老的，年輕的；我們永遠不知道我們在這個地球上有多少時間，當天主認為合適時，我們就會被召喚去天國。你明白嗎？」

一隻流浪犬剛好經過，牠的腹部因懷孕而腫脹，向人乞求一點食物。「我想是吧。」黎剎說，看著那隻狗走開。他們緩緩跟在那隻土狗後面走，黎剎研究那些墳墓，石頭上雕刻的十字架和刻在封泥上那些他看不懂的文字。不久，他們走到墓園的外圍，停下腳步。眼前這裡那裡到處是土堆，上面覆蓋著草皮，土堆與土堆之間有一堆堆垃圾在悶燒。黎剎將難聞的煙吸到肺裡後開始咳嗽，他的母親拍拍他的背，眼神中有擔憂。

「這是什麼地方，媽媽？」黎剎聲音沙啞，喉嚨發疼。

「這也是安息的地方，黎剎，但這裡的墳墓沒有姓名，這是窮人在時候到了之後被埋葬的地方。他們被埋葬在這裡，一次埋很多個，全部葬在同一個小空間內，沒有名字。我要你看看它，黎剎，我想讓你從中學習。」

黎剎望著那些土堆，試圖理解。空氣中有種他以前曾經聞過的氣味，但不像這個，沒有這麼強烈。它讓他反胃。他想離開，回到他以前住的家，那天早晨他們離開的地方。黎剎拉著他母親的手，拖著她朝他們來的方向回去。

「我們走吧，媽媽，我們回家。」

他的母親把他拉回來，在他身旁蹲下。

「這裡就是家，黎剎，」她輕聲說，將他拉到身上，雙手抱著他，然後輕輕地，像從敞開的窗戶吹進來的微風似的，她說：「我們現在就是無名死者。」

麵包車門打開的聲音將黎剎從睡夢中驚醒。午後的斜陽在一個面朝東方的小港口內的小漣漪上跳動，折射在黎剎半閉的眼皮上。他舉起一隻手擋在額頭上望出去，看到船隻上下浮動，撞擊海港岸壁一排黑色的輪胎。這些船隻大部分都是小船而且鏽跡斑斑，船頭和船尾在弧形的金屬船身兩頭翹起。它們三三兩兩並列繫在一起，有些一排七艘船，停靠在小鎮中央狹窄道路三面的長方形避風棚內。較大的船隻停泊在遠一點的港口，船隻出海的地方，由一道防波堤和高出水面的綠色丘陵海角守護著。北面有一座白色拱橋，通往海角的第二個主要港口。後方南面這裡是這個較小的港口。幾個人突然發現他們像外星人一樣降落在一個水世界的奇特地形上，背後是稠密的樹林和低矮的丘陵，樹林前面有幾排商店，幾棟二層、三層和四層樓建築矗立在水邊。港口封閉的盡頭有一座廟宇，廟旁有一間便利商店，一些港口船上的員工在商店前面閒逛，或提著袋裝薯條和瓶裝水或茶水的袋子從商店出來。廟口出來通往綠色海角的北面道路上有一座基督教堂，屋頂上的十字架高高聳立俯視下方。教堂再過去兩扇門有一座大建築，裡面的空間可以容納不少人：警察局。

港口內隨波上下起伏的船隻甲板上散放著漁網，方形的小駕駛室頂上掛著球形燈，從駕駛室到船頭與船尾都拉著曬衣繩，上面掛著破舊、沾滿油漬的衣服。黎剎看到甲板上的人手上拿著電話在說話，因為距離太遠聽不到說些什麼；有的坐著凝視；有的在裝了肥皂水的塑膠桶內搓洗衣服。許多人在盛夏中光著上身，皮膚曬得發黑。在黎剎眼中，有些人看起來像鄉下人，有些人則有他不熟悉的五官特徵。黎剎有時發現，當他盯著別人看時，別人也會回望他，有時那些被凝視的人立刻因其他理由而將他們的目光轉向別處。街道上，那些看似初來乍到的外國人走來走去，有的單獨一個人，有的三三兩兩結伴，有的騎著吱吱作響、搖搖晃晃的腳踏車，左閃右躲，讓路給抵達的旅遊巴士。巴士停靠在一排供應新鮮漁獲的海產餐廳前面，旁邊還有販賣魚乾的商店，腥臭的魚乾裝在塑膠盤上，塑膠盤上方有刷子似的機械手臂，會自動轉圈趕走蒼蠅。

陳出現在側門，示意他們下車。他們慢吞吞地離開座位，從涼爽的車內進入灼熱的陽光下，並排站在距離水邊若干英尺的水泥地上。黎剎站在啤酒肚旁邊排成一排，陳和另一個人站在他們前面。每個人都瞇起眼睛，用手遮眼。熾熱的太陽在陳和他旁邊那個人的背後，黃白色的強光籠罩在他們身上。黎剎想起墓園裡的聖像。陳開始說話，再一次將黎剎從家鄉的思緒中拉回來。陳用比他在機場說的更簡單的英語對他們說話，幾個人試著盡可能理解。

「這位是李先生，」陳指著他旁邊那個人，「他是你們的老闆，船長，懂嗎？船長，」他嚴峻地說。這個字詞黎剎和其他人都懂。「他說，你們做，沒問題，好嗎？」

幾個人點頭，其中以黎剎點得最熱烈。

「好，」陳說，「歡迎來到蘇澳，南方澳漁港。努力工作。李先生說，你們動作要快，快，快，好嗎？你們叫他船長。他是個非常重要的人，」他指指港口的紅色舊船，「他擁有許多艘船，捕到很多魚，如果你們不努力工作，他會不高興。」他指著自己的胸口，「如果他不高興，我就不高興。如果我不高興，」他指著他們來時經過的道路，路兩旁有許多海鮮餐廳和商店，「你們就要回家，懂嗎？」現在他指著黎剎，「你叫李先生什麼？」

黎剎看看啤酒肚和其他兩個他還不知道名字的同伴，他們都望著前方，不願意或者無法幫助他。陳走向黎剎，墨鏡後面的兩隻眼睛瞇了起來。當他沮喪地皺著臉時，墨鏡滑到他的鼻子上。

「你叫李先生什麼？」他大聲重複。

黎剎的聲音卡在喉嚨裡。他看著陳指著李，冒險一試。

「老闆？」黎剎的聲音嘶啞，這個字詞從他喉嚨的沙漠中爬出來，乾枯、可憐兮兮地出現在世間。陳舉手在他腦袋邊打了一巴掌，黎剎畏縮。

「不對，」陳告誡他，「船長！」他對黎剎咆哮，站在他面前的男孩轉過臉去，「你們要叫他船長，船長。白痴！」他轉身，搖頭，嘲諷地笑。李和他一起笑，兩人用普通話交談了幾句。其他人站在那裡冒汗，各自在腦子裡重複默唸這個字詞，船長，船長，船長。陳又將注意力轉回他們身上，「你們說，」他命令道，「船長。」

「川長。」那幾個人說，沒能把握這個字詞微妙的轉音，

「不！」陳大吼，「不對！」他慢慢地重複，將第一個上揚的音拉長，第二個音先降低後上揚。「再來！」

「川長。」他們還是一樣。

「再來！」

又重複練習一次後，陳的眉頭才鬆開。「好，」他說，語氣平靜下來，「現在，我必須離開了。記住，如果李船長不高興，我就不高興，如果我不高興，」他打開他的皮包，取出那疊護照，在他們面前揮舞，「你們回家。」他將護照放回皮包，走開。司機為陳打開麵包車乘客座車門，等他進去坐好後再把門關上。他們驅車離開，在港口狹窄、封閉的盡頭處右轉，經過廟宇，然後消失，開往北上的公路，朝這個雜亂擴展的濱海小鎮中心駛去。於是這裡只剩下他們五個人——四個生手船員和他們的船長。

李船長審視他的船員。黎剎盡量不接觸他的眼光。他剛才被打了一巴掌，腦袋疼得很。

乍到一個新的、不熟悉的地方，一切都有新的、不熟悉的意義，這種恐懼此刻被放大，使他的內心又生起一種新的恐懼。船長老了，他心想，六十歲吧，也許更老。他的臉是深棕色的，兩腿微微彎曲，戴著一頂飽經風吹日曬的藍色棒球帽，帽簷拉得低低的，遮住他的眼睛。他身上有種令人不安的東西，黎剎很快意識到那是什麼。那是他的皮膚，它讓他想起家鄉的死者，那些被塞進墓穴裡讓它們乾燥，彷彿用一把火去烤它們的肉體，但又保持足夠的距離使它不致燃燒，而是把它們的皮膚烤薄了變成棕色，直到一陣凜冽的風可能將它從骨頭上吹下來。彷彿果真吹來一陣風似的，黎剎不寒而慄，腦中閃過一幅李去了皮的臉的影像。

「來，」李用英語說，接著用他加祿語大吼：「阿嘎（agad，譯注：快點）！」他的情緒像風的起落般快速轉變。四個人加快腳步跟過去。他走向港口邊，兩隻腳擺動的幅度幾乎和他往前跨的幅度一樣大，但他的動作仍然很快，微駝的背並沒有減緩他的速度。他的雙手在背後交握，黎剎拉近距離時看到那雙手，粗糙且長滿老繭。他低頭看自己的雙手，柔軟而光滑。

李在一艘小船前面停下來，小船從船頭到船尾大約三十英尺，是少數幾艘停靠在港口岸壁的船隻之一。他走向啤酒肚，伸手拉扯他的背包肩帶。啤酒肚困惑地看著，任由肩帶滑落。李拿下他的背包往船上扔，落在甲板上時發出沉重的聲音。他示意其他人也這樣做。他們立刻將自己的背包扔到船上。李從港口岸壁爬下去，到他自己的船上甲板，一語不發地招呼他們跟著他。其中一人率先行動，接著是他旁邊那個人，然後是啤酒肚，黎剎最後一個上船。站在甲板上，他感覺小船在他腳下上下起伏，那種新鮮感幾乎使他發出傻笑。他和基拉特曾經一起游泳的小平台水面塞滿垃圾十分平靜，平靜得幾乎像死水，只有在駁船或大船從遠處的海面經過，或風浪高時才會移動。那裡的水是黑色的，死氣沉沉，水面浮著一層油，海床覆蓋著一層厚厚的塑膠垃圾。但在蘇澳，這裡的海是藍色的，充滿活力。

李抓住黎剎的肩膀，將他從短暫的恍惚中拉回來。他帶黎剎來到一個繫船的矮墩，矮墩上捆著一條粗大、磨損的繫船繩。他指指黎剎的眼睛，再指指他自己的手，叫他看。然後他轉身，轉動並鬆開一個絞盤。黎剎順著他的指示看過去，看到繫船繩和另一條在船上遠端的繫船繩都鬆了。接著，李解開繫船繩的結，像他先前扔他們的背包那樣，毫不客氣地將繩索扔到船上。李指著遠處的繫船繩，指示黎剎應該照樣做。黎剎緊張地走向繩索，在繫繩栓上費了好一番力氣才將繩索放開，缺少船長的輕鬆與技術。李搖頭，用普通話喃喃自語。他看著黎剎把事情完成。完成後，黎剎看到救生衣掛在駕駛室牆上。渴望這些安全措施能帶來安全感，於是黎剎走過去取下一件救生衣穿上。

船長阻止他，從他手中搶下救生衣。「不！」船長大吼，將救生衣從自己的頭上套下去穿在身上，然後展示救生衣龐大的體積如何限制他的活動。「不好做事。」李解釋。他又將救生衣從頭上脫掉，碰歪了他的棒球帽，短暫露出他的禿頭。他把救生衣掛回去，帽子戴好，漲紅了臉，一搖一擺地走進駕駛室。

幾秒鐘後，甲板底下的引擎隆隆作響，船開始離開岸邊。小船緩緩駛過港口時，船身左右搖晃，黎剎抓住低矮的欄杆。當他們經過船塢時，黎剎的目光轉向東邊的廣闊水域，太陽在他們背後，開始越過小鎮與山脈在西邊落下。他想到家鄉的太陽，當他和基拉特坐在碼頭平台直到暮色降臨時，夕陽就在他們前方。在那裡，他可以看著夕陽落下，將它自己浸入巨大的綠松石色的浴缸中。此刻，從他在船尾的地方，他看到其他三位船員站在船頭，船長在駕駛室掌舵。他看他們似乎都將目光鎖定在海天相接的界線上。黎剎回頭望向陸地，第一次看到整個蘇澳鎮，林木茂密的海角旁雙峰聳立，彷彿從海底出現來保護港口的沙漠駱駝的駝峰。白色的鋼梁拱橋呈圓弧狀矗立在較大的港口入口上方，過了拱橋就是一對防波堤。經過那些混凝土消波塊時，船長將舵輪轉向遠處第二對防波堤中間的狹窄通道，平靜的界線。過了平靜的水域，海浪輕輕拍打。消波塊的末端有燈光在閃爍，黎剎看到另一艘漁船從他們附近經過，它在回家的路上。第三塊駝峰狀的礁岩突出在外海中，岩石邊緣聚集一圈白色的泡沫，海浪打在它黑色的峭壁上產生霧氣，也將底部邊緣磨得平滑。

船長指著岩石，在駕駛室內大呼小叫，一邊指著那塊岩石，模仿某種動物。船員們在引擎的轟隆聲中試圖聽他說些什麼，但李放棄了，揮手將他們解散。他將注意力轉向舵輪，毫不費力地操作它們，經過最後幾組消波塊，然後進入外海。這裡的海浪比黎剎先前想像的更高，以規律的速度與時間，將船隻抬升高出波峰數英尺後又下降到波谷。船隻爬升、降落、再爬升時，黎剎看著小鎮一會兒出現一會兒消失，在他們身後越變越小，最後終於沉到水的邊緣下，不久完全消失。不到一個小時，島嶼就不見了。

黎剎環顧四面八方：只有水、小船，和他們這幾個人。波浪起伏的海面上看不到其他船隻，大海像一個有生命的東西，在逐漸入侵的黑暗中沸騰。夜幕迅速降臨四周，李將小船減到拖網速度後皺著眉頭出來，打開駕駛室上方的一盞燈照亮甲板，然後展示他的簡陋設備。船尾裝了一個輪子，串著一個長線軸，轉動輪子，讓主線以緩慢、穩定的速度進入海中。輪子旁邊有架子，上面掛著支線、魚鉤、浮標，和螢光棒，架子底下是一桶桶的釣餌魚。李取下桶蓋，散發出一股惡臭，彷彿一大群蒼蠅籠罩在甲板上。動作迅速且缺乏耐心的李向他們展示如何將魚餌固定在魚鉤上，將浮標和螢光棒固定在支線上，接著再將支線固定在主線上，讓它們進入下面的黑水中。然後他示意他們照樣做，轉動的輪子兩側各有兩個人工作。起初他們動作緩慢，默默地處理尖銳的魚鉤，努力回憶李展示的無數個步驟，這些步驟對他而言是第二天性，但對船員們來說，就如同把他們帶到這一刻的許多力量一樣，是新奇而令人困惑的。

「幹你娘，快一點！快一點！」李大叫，命令他們加快速度。

黎剎緊張地伸手去拉一條支線，匆忙中感覺魚鉤刺進他的手指。他發出「嘶」的一聲後立刻將線扔在甲板上，甩著手試圖將疼痛感甩掉。他舉起受傷的手，看到鮮血從傷口流出。他把受傷的手舉給船長看。「船長。」他說，很高興他記住這個字詞的發音。李放下他手上的釣線，蹣跚走向黎剎。黎剎望著他，看見船長瞄一眼他的手。

「喔，」李說，假裝同情，「好可憐。」他舉起一隻手，對著黎剎的臉頰搧了一巴掌，導致其他人都停下工作看著李和黎剎，直到船長怒目而視才轉移他們的目光。「幹你娘，快一點！快一點！」李大吼，比之前更大聲，並在黎剎的腦門上又搧了一巴掌。他指著那些支線。黎剎低頭看，拿起一條線，手忙腳亂，雙手顫抖。他困難地試著將魚餌固定在魚鉤上，盡量穩定自己的嘴唇不讓它發抖。他一直盯著主線不斷地溜過去，然後看看其他人，看他是否確實按照船長的命令做，生怕有任何差錯會再度招來船長的憤怒。恐懼滲入他的工作，卻推動著他繼續做，將男孩的恐懼轉化為男人的意志力，做他需要做的事。

黎剎不時壓抑乾嘔的聲音，李搖頭，喃喃咒罵。船員固定好一個魚鉤，他可以固定五個或者更多。在短短幾個小時內，「幹你娘」成為一句船員們熟悉的老調。擔心像黎剎一樣挨巴掌，驅使他們忍受疲倦。他們完成工作時，雙手已疼痛不堪，用拇指壓著痙攣的手掌減輕僵硬。主線末端有一具無線電信標，是李上一次裝的。他回到駕駛室，將引擎推動到比他們工作時維持的緩慢拖網速度更快一些，然後他回到船尾，從口袋掏出一支小手電筒往水中照。他指著聚集在船尾四周的小魚，那裡有一點餌魚和鮮血，濃郁的氣味將牠們吸引了過來。

「不，」他說，手指著聚集在四周的許多小魚，「不好，」他用英語說，「鮪魚，」他將長滿老繭的雙手伸出船邊，比出他們追求的魚獲尺寸，「鮪魚。」

啤酒肚聽得懂這個字詞，為其他船員翻譯，「金槍魚。」他說。黎剎熱切地點頭，希望能對上李的目光。但老人只是喃喃自語，指著另一條線，並拉出更多魚鉤要裝上去。隔著狹窄的甲板，站在黎剎與啤酒肚對面的另外兩人互看一眼，其中一人用手肘輕輕頂了另外一個，他開口說話。

「老闆，」他說，忘了他們被指示要稱呼他船長，「吃？」那人問道，比出從幻想中的碗將想像中的食物劃入口中的模樣。他藉著微笑和揉一揉他扁平的肚子來提出要求。自從坐上麵包車後，直到現在黎剎才第一次仔細打量除了啤酒肚以外的另外兩個同伴。他們的體格幾乎一模一樣，瘦削、狹窄的長臉，他猜想他們會不會是親戚。如果不是親兄弟，就是堂兄弟。其中一個比另一個略高，頭髮略少一點，兩人都留同樣的髮型，整齊旁分，儘管此刻又髒又亂，沾滿汗水與釣餌魚的鮮血。船長轉身離開駕駛室，對這兩人怒目而視。他將一個空魚餌桶踢到旁邊，經過甲板，朝那個膽敢發問的人走去，對著他湊上他的一邊耳朵。

「你說什麼？」船上沒人懂這句話，但所有人都知道他問了一個問題，一個沒有正確答案只有沉默的問題。「再一次，」船長說道。「再一次，」李改用英語說，「再說一次。」

「吃？」那人又問。話才出口，船長立即在他臉上打了一巴掌，像他剛才掌摑黎剎那樣。這一巴掌力道十足，「啪」的一聲，肉打肉病態的聲音響徹寂靜的夜空，將船上和大海中的所有聲音都吸入寂靜的虛空。其他幾個人都低頭看著甲板。李站在那裡瞪著他們。彷彿要再度發動攻擊似的，他舉起一隻手，微微向後停在那裡。那個人畏縮了一下，船長才放下他的手。

「現在，工作。」李說，又舉手指著那個畏縮的、足足比他高出一英尺的員工。「等一下，吃。」他在原地徐徐轉身，一雙暗黑的眼睛對他們幾個逐一逡巡，抬起兩隻手臂徵詢意見，看著他的員工互相對視尋求答案。沒有人提出意見，於是他提出意見。

「工作！」他大聲吼，並再度朝剛才那個魚餌桶結結實實踢了一腳，哐啷一聲把四周所有躲藏的聲音又拉了回來。「幹你娘，快一點！快一點！」

船員困惑地眨著眼。李雙手一攤。他去駕駛室拿了一個工具箱出來，全部倒在甲板上。他從裡面挑出一支油灰刀指著甲板上剝落的油漆，手腳趴在地上模擬從木板刮下一圈圈白漆的模樣。「工作！」他又大吼。幾個人立即爭相去拿工具，各自抓了一把刀或刮刀開始做事。當小船以拖網速度朝著不明方向前進時，他們也趴在地板上連續刮了好幾個小時。黎剎搓揉他的雙手，感覺皮膚上有一層黏液怎麼也搓不乾淨。當他抬起上臂擦拭額頭上的汗水時，他的全身，他的衣服，他的頭髮上都是秋刀魚的氣味。展開他的新生活才不過短短數小時，他的思緒已被一個不曾離開他的信念主導。那個聲音一遍又一遍在他的腦海裡重複：我們現在就是無名死者。

第七章

天剛破曉時，船終於慢慢推入港口。幾個人已將所有設置好的支線放入海中又收回船上，取下浮標與螢光棒，解開支線掛回架子上；對於那些死了的和重傷回天乏術的海中生物，他們已都扔出船外，身上沾滿牠們的鮮血。他們帶上船的是一條肥胖、圓眼的大魚。李船長很高興，那是一條鮪魚。一條金槍魚。五個人費了好大力氣才把牠拖到甲板上，牠圓滾滾的白色肚子用力敲擊木板。船長親自用一支鋁製棒球棒冷酷地將牠打死。他們看著魚吐出最後一口氣，目光追逐著這個世界逐漸減弱的光芒，瞳孔放大，最後靜止不動。大魚被五個人抬進甲板底下狹窄的冷凍櫃，覆蓋冰塊。然後，當釣線被捲到捲軸上，從支線上取下魚鉤放入儲藏室後，李回到駕駛室。「回家。」他平靜地說，彷彿這天晚上出海作業沒有帶來任何不尋常的東西。「回家。」

幾個人滿懷希望，甚至心存感激。家意味著食物和睡覺的機會。他們鬆一口氣，疲憊不堪，個個癱倒在船舷邊，下巴垂到胸口，甚至沒有力氣乾嘔，雖然暈船的感覺仍在他們空空的胃裡作怪。不時有個腦袋跳起來想排出胃裡累積的液體，卻只是可憐兮兮地打個嗝。儘管黑夜幾乎沒有趕走白天來自海上的熱氣，黎明也漸漸破曉，船員們仍然冷得瑟瑟發抖，全身被汗水與血水浸透。一群海鷗在頭上盤旋，像禿鷹等待著垂死的動物嚥下最後一口氣般地緊隨著他們。

當小船經過那兩塊突出海面的礁岩，來到白色拱橋下時，幾個人聽見李通過廣播，說更多他們聽不懂的話。他經過防波堤間隙，然後將小船橫著駛入它停泊的位置。當它撞擊掛在岸壁上的輪胎時，他指著斜纜和粗糙的混凝土地上的繫繩栓，對工作人員大吼大叫。黎剎在他痠痛的四肢容許範圍內盡可能快速移動，拿起船尾的一條繩子，啤酒肚拿起船頭另一條繩子。儘管不斷增強的飢餓感使他的腦袋嗡嗡作響，黎剎仍記得像他們出發前那樣把繩子交叉，然後成功地繫好繩結，只有在開始的時候有少許錯誤。

李從駕駛室出來檢查他們的工作。他點頭，表情嚴峻而沉默。一輛藍色小貨車倒車開到岸壁邊，一名和李差不多年紀、身穿橡膠靴和工作服的男子跳出來，他的牙齒上有檳榔漬。他對李說了幾句話，指著那幾個全身髒兮兮的人哈哈大笑。李搖頭，回答，引來司機笑得更大聲，不時還噴出深紅色的檳榔汁，落在黎剎前方的岸壁上。李「嘖」了一聲，走到船尾，檢查船舷上的裂痕和剝落的白漆，指著幾處紅色的斑點，話說得很快，來回指著人和斑點。司機懊喪地舉起雙手。當黎剎從他的手臂上擦掉一大坨口水時，感覺有人拉他的肩膀。李又在拉扯他。他對黎剎指著貨艙艙門，示意他打開。艙門打開後，四名船員從冷凍箱搬出那條鮪魚。這次李只是旁觀，雙手抱胸站在後面。船員們將鮪魚搬到船尾，司機在那裡等候。李指著其中兩人，似乎是告訴他們留在甲板上，其餘兩人則跳到路面協助搬運那條魚。

黎剎手臂痠痛，慢慢地把自己的身體往上拉到岸壁旁邊，從小貨車後面望進去，看到一只骯髒的、裝了碎冰的保麗龍箱，箱蓋斜靠在輪軸旁。啤酒肚站在黎剎對面，哼哼哈哈地大聲呻吟，兩人把魚抬上去。其他兩人連同司機也加入，合力把魚放入容器。李也從船上出來，指著船員，又指著貨車後面。他們跟著魚一起跳上車，把箱蓋蓋好。李坐上駕駛座旁的乘客座。苦難的引擎噗噗發動，然後隨著一股驚人的力道，貨車加速朝港口開放的一端駛去，離開廟宇。一陣微風吹來，將冰冷的空氣從冷凍箱上吹到船員身上，貨車快速開上路後他們忍不住瑟瑟發抖。貨車右轉，不到一分鐘後停在靜止的水邊一處由帳篷組成的集貨場，帳棚的帆布頂由細瘦的鋁桿支撐，臨時的遮棚下面有搖搖晃晃的木桌。空氣中瀰漫著魚腥味，許多灰色與白色的海鳥在排列宛如迷宮的攤位上空盤旋鳴叫。有些攤位空空的，有些攤位則有穿橡膠靴和工作服的漁夫與婦女，在更多保麗龍箱內裝入碎冰，然後將各種漁獲放在碎冰上。他們等著。李下車，繞到車後。當他放下後擋板時指著潮濕的地面，命令他們下車。

「下來！」李大吼，音量大到市場內的人都能聽到。許多目光被他吸引，停下手上的工作，注視那四個深膚色的人從貨車後擋板跳下來幫李卸下他的漁獲。當他們搬動那條笨重的大魚時，黎剎看到不止一根手指指著他們的方向，忙碌的手覆蓋了即使他能聽到或看到他們說話，他也聽不懂的語言。四名員工連同司機合力將保麗龍箱搬到一張空桌上。保麗龍箱移動時，黎剎那一角較低，一注冰水從箱蓋下的縫隙中倒出來，淋濕了他的長褲。黎剎壓抑著呻吟，看到其他同船員工忍住笑聲。

放好保龍箱，掀開箱蓋時，一群人紛紛圍過來。李站在他的戰利品前笑逐顏開。幾個和他一樣老、一樣飽經風霜的人圍在桌旁指著那條魚，然後指著那些船員，有說有笑。有些人輕拍李的肩膀。黎剎站著不動，避開每一個投向他的目光。人們的注意力讓他感到不安。他感覺胃裡面有氣體在蠢動，硬是把一個嗝給壓下去。腹部痛得彷彿石頭在摩擦神經萎縮的腸道內壁。許多老太太在市場四周轉來轉去，有的獨自一個人，有的三三兩兩散步聊天，頭上包著鮮豔的披巾，不讓強烈的海風吹散她們的頭髮。她們停下來檢視每張桌子上的漁獲，專注的模樣就像她們可能會購買。她們會對一些漁獲點頭讚許，對其他漁獲則公然搖頭，絲毫不擔心使自己發窘或冒犯賣家。黎剎雖然聽不懂四周進行的交談，卻驚訝地發現自己知道正在發生什麼。從飛機輪胎的尖叫聲將他從睡夢中驚醒那一刻起，到這個新的現實，一直伴隨著他的恐懼感稍稍減輕了。因為他努力說服自己，這個地方畢竟沒有那麼陌生，或許也沒有他在漫長而難熬的夜裡所想像的那麼糟。他無聲地告訴自己，也許他的血管中仍流淌著一部分早已消失的納沃塔斯漁民的血脈——當船隻多於汽車的時代；當納沃塔斯仍是個漁村，還沒有變成貧民窟的時代的人的血脈。也許這樣的祖傳力量會使他度過未來的歲月。

其他幾個菲律賓船員站著不動，不知道該做什麼。此刻，李似乎滿足於沉浸在他的漁獲的榮耀中。黎剎環顧四周，沒有看到另一個像他們這樣的成果。其他桌上堆滿了魷魚和章魚、紅鯛，有的有一串串的牡蠣。他對海洋生物的知識僅限於他家附近被海浪衝上堆滿垃圾的岸上的死去生物。從漁船上卸下漁獲和從貨輪上卸下貨物的工作，是像他父親這樣的人一度曾經從事的工作嗎？那些已經轉移到馬尼拉南部最遠端的新港口，從高速公路要走許多英里才會抵達的地方，對他來說都遙遠得像另一個大陸。黎剎的父親所擁有的知識，以及他和其他許多前人所背負的勞苦重擔已經成為過去，被其他地方其他父親的權力所拋棄，注定要傳給其他兒子。李持續指著他的船員，對圍繞在他身邊的男男女女說著、笑著。黎剎和其他同伴不時微笑，市場上的人也對他們閃一下短暫的笑容。

「哈——囉！」一個老漁夫的妻子對黎剎喊道。黎剎楞住，看著李，瞪大了眼睛露出眼白。他的頭越來越痛。他對那名婦人露出尷尬的微笑和不太熱心的揮手以示好，群眾發出溫和的笑聲。黎剎真希望有個可以逃跑的地方。一個類似他所知道的墓園裡所有彎彎角角與塌陷的窟窿的地方，他曾經在那些地方待了許多個小時，躲避「死神達圖」，或為了健身而追逐他的皮斯托拉少年。但這裡沒有這樣的地方，於是他站在原地，不理會那些微笑和喋喋不休，等他們興趣消退，這樣他就可以解除任務，吃飯和休息。

李似乎在等候什麼。一個小時之後，船員們知道答案了。一名男子帶了一台帶滾輪的輕便磅秤過來，一條鐵鍊固定在上頭用來吊掛大型漁獲。那人的襯衫上有個名牌。他拿著一個帶夾子的書寫板，一枝筆塞在他的耳朵後面。當船員們再度抬起大魚時，另一名漁夫主動協助將鐵鍊套在魚尾上。他們把魚抬起來就定位後才放手，看著磅秤的指針搖擺不定，直到它最終穩定，停在八十四公斤上。李咂了一下舌頭，指著磅秤，氣憤地對手拿書寫板的男子說話。那人用他的筆敲敲磅秤，對李回嘴，一時間兩人的對話越來越激烈，直到李說：「好了，好了。」然後拍拍那人的肩膀，他們的臉上才又恢復笑容。

一名男子站在磅秤旁邊饒有興趣地看著秤重，這時才跟李說話。他們冷靜地來回討價還價後，他給了李一疊藍色鈔票。李數錢，用大拇指沾口水一張一張地數了兩遍，然後含笑對買家點頭，那個人也對他微微頷首答禮。船員們的眼光都停留在那些鈔票上，黎剎盯著看了很久，直到他意識到船長已注意到他凝視的目光。

「快一點。」李指著帆布棚外的貨車後座。他們從破舊的屋頂和彎曲的鋁桿，以及將整個搖搖欲墜的棚架固定在一起的繩子的保護下走出來，進入早晨的陽光下。黎剎最希望的莫過於有機會將他身上和衣服上又臭又黏的東西洗掉，吃點食物，喝點冰涼的飲料，一張可以躺下的床。他們跳上貨車後座，它又開始加速奔馳，一個裝滿檳榔汁的白色杯子從黎剎的頭上飛過去，因為司機將它扔出車窗外。短暫的旅程朝反方向又重複一次，藍色的小甲蟲從路上飛奔回來，停在李船長搖擺不定的小船前面。有那麼一瞬間黎剎擔心最壞的情況即將發生：他們又要直接回到大海。

李指著下面的小船，船員們跳進去，小心翼翼地互相對視。一片陰影滾過來，烏雲的外緣夾帶著一絲陽光。李跟著他們跳下去，進入駕駛室。黎剎的胃往下沉，感覺夾著他的頭骨的老虎鉗收緊了。李又從駕駛室出來，手上拿著三張薄薄的泡棉墊，他將它們扔在船舷邊的狹窄長凳上，一邊兩個，另一邊一個。他指著泡棉墊，然後指著他們。

「睡覺。」他說，引來更多困惑的目光。他在腦子裡搜索正確的英語字詞，生氣地自言自語，最後終於說出：「睡覺時間。」對於自己不得不訴諸語言感到惱火。「睡覺。」他重複道，走向船尾。他用一雙結實的老手臂將自己拉上岸壁，頭也不回地走向貨車，然後上車。隨著貨車的後輪噴出無數小石子，貨車朝著廟宇和再過去的小鎮中心駛去。它轉彎時稍稍減速，接著又加速，離開了港口區。四個人被留在船上。四個陌生人面面相覷，看著那三張床墊，啤酒肚迅速在他背後的一個床墊上坐下，另外兩個人看看他們背後，也占了自己的位子。黎剎顯然是最年輕的，他回頭看那張光禿的長凳，毫無怨言地坐下。他們又互相看看彼此，用眼光搜尋彼此的個性——隱藏的威脅或友誼的跡象。黎剎盡力掩飾他的焦慮，這不是一件難事，因為有飢餓的折磨與劇烈的頭痛在分散他的注意力。他對著坐在對面的那兩個人抬起頭。

「你們如何稱呼？」他問。想到自己，他們此刻想必也餓得慌，於是不等他們回答，他急忙主動說：「我叫黎剎。」

那兩個人沉默了一會兒。「阿馬度，」比較高那個人先說，然後指著另一個，「這是阿文。」

黎剎點頭。他看看他右邊的啤酒肚。啤酒肚坐在那裡低頭望著他那雙破舊、濕透了的運動鞋。「你呢？」

啤酒肚聳聳肩，彷彿在說名字不重要，最後才主動說：「達圖。」黎剎微笑。達圖面有好奇，「我的名字對你來說很好笑嗎，阿納克？」他問。黎剎垂下視線。

「不，庫亞。」黎剎對著甲板說，「我只是……我在家鄉曾經認識一個名叫達圖的人。」

「喔，」新達圖說，若有所思地嘟著嘴，「他古哇波嗎，像我這樣？」他問，雙手捧著肚皮掂了幾下。幾個人頭一次一起大笑。笑聲越過港口，迅速消失在帶著鹹味的微風中。黎剎將注意力轉回對面那兩個人——阿文與阿馬度——身上。船隻傾斜，使他們兩人稍微高過他與達圖，然後，隨著一艘進港漁船停在他們旁邊，又使兩人的高度低於他們。

「兄弟？」他問。兩人互看一眼後回頭望著黎剎，同時搖頭。

「表親。」阿文輕聲說。他的音調高亢，異於常人，黎剎這才明白為何這個人很少開口說話。他們默默地坐了一會兒。

「有誰以前曾在國外工作嗎？」達圖平靜地說，迅速減輕其他人的壓力，「在昨天以前，我從未離開過奎松市。我是在札巴特路出生長大的。」

黎剎看到對面那兩對眼睛亮了起來。

「奎松？」阿馬度說，「我們是鄰居。」他拍拍自己的胸脯，「仙範。」

「仙範！」達圖眼睛一亮，「我曾經和那裡的一個女人交往過，她每次都會邀我去一家情趣旅館，總是同一家，在塞拉諾路上，她會先把我灌醉，然後搶劫我。」

「你去那裡被搶劫？」黎剎問，滿懷期待地笑著。

「很多次了！」達圖仰頭哈哈大笑

「為什麼？」阿馬度問。

「那是我們的安排。」達圖說，手一揮，「她會用威士忌把我灌醉，等我好了，馬里柏格（malibog，譯注：興奮），她會拉我上床，然後吸吸布托（sip sip buto，譯注：吸骨頭），直到吸乾為止。」他笑著說，「然後我會倒在床上不省人事，等我醒來她已經走了，連同我皮夾裡的所有錢。」

「所以她是個普搭？」黎剎說。

達圖臉色一沉，兩條烏黑的眉毛在深棕色的皮膚上連成一條線。「妓女？不！」他大聲說，「小偷，是的。」

幾個人又一起哈哈大笑，這次笑得更久、更大聲。笑聲慢慢轉為沉默。阿馬度提起他的父親在他小時候曾經去海外工作。「哪裡？」達圖問。「日本。」阿馬度說，「去了很多年。」達圖說他有個表兄弟曾在台灣短時間工作過，但他只談偶爾一次的星期日休息。

達圖揉揉他的大肚子，引發腹部深處發出咕嚕聲後，他呼出一口氣，圓臉上做出一個條紋深刻的鬼臉，「你想有什麼東西可吃嗎？」他的目光在船上到處搜尋。

阿馬度小心翼翼地站起來，開始四處探查，到駕駛室探頭察看。阿文也站起來加入。黎剎凝望港口封閉的那一端，廟宇的方向，期待那輛藍色小貨車隨時會在路上急馳而來。他又看看港內的其他船隻，看起來都空蕩蕩的，有些似乎不適合航海：木頭船體有裂縫，船舷破裂，旗幟褪色。其中狀況最好的都和李的船隻一樣，只是舊了點，需要重新上漆和美化一下；一種輕微與嚴重的混合體。阿馬度皺著眉頭從駕駛室出來，走到船頭掀開長板凳，看是否至少有一些淡水藏在底下。但什麼也沒有。他回到船尾坐下，阿文已經坐在那裡了。

「沒有東西。」他板著臉說，「我們怎麼辦？」

「也許船長去拿東西給我們。」黎剎說，聳聳肩。

「船長！」達圖大吼，模仿船長兩眼圓睜、鼻翼張開的模樣。其他人謙和地笑笑。黎剎的胃痛擴散到他的四肢，他覺得他的小腿因為缺水而抽筋，眼睛又紅又乾。陽光照在他們身上，他猜想接近中午了。

「我們可以到處看看，」黎剎提議，朝港口邊緣那些商店和餐廳點頭示意，「也許可以找到一點什麼。」

「我不知道你怎樣，阿納克，但我連買小半塊奇查龍（chicharrón，譯注：炸豬皮）的錢都沒有。」啤酒肚說，「所以除非你要買，否則我不認為走這段路有什麼意義。」

「那就找個噴水池，」黎剎說，「找個洗手間水槽什麼的，我們還可以看看這個地方。」其他人面面相覷，為應該進城或留在原地而默默地天人交戰。「瞧這副模樣？」阿文掀起他發臭、濕透的上衣。

他們默默地互相對視，直到黎剎終於不耐煩等待。「隨你們高興，」他說，起身，「我要去。」他腳踩著船舷將身體拉高翻過岸壁，手掌貼著滾燙的混凝土。他迅速放開他的手，就地一滾，然後無力地站起來。他開始走，才走幾步就聽到其他幾個人倉促加入的聲音。他的背後響起快速的腳步聲，很快的，四人同步而行，朝著海港封閉的一端和廟宇的方向走去。燒香的氣味夾雜著鹹味和魚腥味。遠處山坡上的樹林傳來一陣嘹亮的蟬鳴聲，幾輛車子急馳而過。黎剎看到有幾隻眼睛從淺色車窗和沾滿蟲子屍體的擋風玻璃後面注視他們。一隻碩大的蜻蜓從他耳邊嗡嗡飛過，空氣中似乎充斥著布滿紋路的翅膀的嗡嗡聲和貪婪的海鳥無盡的嘈雜聲。其他人也注意到了。當一隻蟲子飛得太靠近令人不舒服時，達圖揮手咒罵。他們走過賣漁具的港口商店和街邊擺攤賣漁獲的漁夫與婦人，他們懶洋洋地坐在魚籃和魚桶旁，或躺在鋁製的草地躺椅上，或雙手背在身後無所事事地站著。有些叫賣聲並不特定針對誰，他們是沒有顧客的商人，眼神空洞。他們的話語被熱氣壓下去，這股熱氣似乎把所有的一切都拉到地面上，壓在那裡不能動彈，像一個惡霸欺侮一個瘦骨嶙峋的人。在他們被壓制的希望中，黎剎有一種家的感覺。上帝在這裡，就像祂在納沃塔斯一樣，但是經常缺席。如同希望本身一樣，上帝是神祕的，是要被緊緊擁抱而不是被理解的。

他們才走了一分鐘便來到港口的狹窄盡頭，經過廟宇，裡面有一尊他們不熟悉的女神，雙手在胸前交叉，兩眼望向大海。這個供人膜拜的地方此刻空無一人，但路過的人都會不自主停下來禱告，在神壇前三鞠躬後再繼續往前走。周圍的建築冷冷清清，幾乎緊貼在一起，外面覆蓋某種黑色的東西，像黴菌，爬上了牆壁。許多地面樓層被小商店占據。這裡有幾家小吃攤，年邁的男人和女人默默地坐在黎剎在納沃塔斯到處都能看到的低矮的美耐板小桌旁，屁股硬邦邦地貼著沒有靠背的塑膠椅。四個人走路時，他們的眼光一直跟隨他們。達圖舉起一隻手，一個大大的、誇張的微笑引來大部分時候都保持沉默的阿文忍不住咯咯笑。「吼伊（hoy，譯注：嘿）！」達圖大聲招呼，但只得到木然的凝視。

其他幾個人搖頭，低聲笑。更多的目光投向他們。當他們經過一家摩托車修理店時往裡頭瞧了一眼，店裡的工作停了下來。這一幕在每一扇敞開的門前重複。目光從麵攤和油炸食品攤後面凝視這四位深色皮膚的陌生人。他們來到一家看似夫妻雜貨店的商店，灰色與黑色的大理石磁磚地板蒙上一層灰，蛋箱堆放在陳列酒類和速食麵的層架旁邊。黎剎又想起家鄉和他的母親。櫃台後面的男子瞇起眼睛，他瞇眼的樣子幾乎像一扇門吱呀地一聲關上。黎剎看見達圖的視線落在地板上那瓶五公升裝的瓶裝水上。

「誰有錢？」黎剎發問。三個人都搖頭。他望著櫃台那個瞇著眼睛的人，那人的眉頭蹙得緊緊的。「那我想我們還是走吧。」

他們安靜地離開商店，當黎剎最後一個慢慢走開時，櫃台後的男子拿起電話。一到外面，他們就站在街上，幾乎已經到了路的盡頭，前面就是從港口到蘇澳市區的公路岔路口。他們又朝港口走回去，來到廟宇附近的便利商店，阿馬度指著洗手間的牌子，說：「至少我們可以從水槽拿點水。」

他們經過便利商店的玻璃外牆，找到自動門，門叮咚一聲滑開。裡面的店員一看到他們立刻楞住。四個髒兮兮的男子在宜人的空調房間內伸出雙手，瞪著整齊排列的貨架和存放零食與飲料的冷藏櫃。店員從櫃台後面出來，走向一堆裝滿尚未上架的物品的板條箱。他沒有把東西收起來，而是注視著這幾個外國人，猜想他們來自哪裡。見他們走向洗手間，他跟了過去。

達圖第一個抵達洗手間外面的水槽，打開水龍頭，雙手捧起冰涼的水，深深喝了幾口。「啊啊啊啊，」他滿足地說道。他示意黎剎下一個過去，黎剎讓水流過他的雙手，又潑一些在他沾滿沙塵與汗水的臉上，這才開始喝水。他抬起臉看到鏡中的自己，衣服上都是濕漉漉的汙垢。他從口袋掏出「I.O.V.」卡帶，抽出一張擦手紙把卡帶上的水滴擦乾，然後讓開，讓阿文和阿馬度兩人輪流。當水趕走困住全身的熱氣，一股清涼如閃電般從雙手、雙腳一路來到他的腳趾時，阿文用力呼出一口氣。阿馬度將一張紙巾揉成團扔向阿文的後腦勺。「布塞特（Buset，譯注：哎呀）！」阿文轉頭大叫，將水潑向他的脖子，讓水流過他的前胸與後背，在水槽台面和地板留下了大量水漬。肥皂粉的氣味和他們左手邊開放式廁所地板上的尿漬，混合形成一股難聞的氣味。阿馬度擠到仍開著的水龍頭前，準備輪到他，這時忽然聽到有人清喉嚨的聲音，他們轉頭去看。

店員站在那裡，旁邊站著李船長，皺著一張臉，臉上布滿又細又深的皺紋。他瞪著他們。四個人在持續噴水的水槽前排排站，小小的洗手台內充滿流水的聲音。他指著門口，大吼：「回家！」黎剎記得這句話，船長把船帶回港時曾經說過。

他們安靜地從店員和船長面前走過。「他怎麼知道？」阿馬度悄聲說。黎剎想起雜貨店老闆——他看著他們離開雜貨店時拿起了電話。李跟著他們出去，藍色小貨車正在等候他們。他們上車。這次李自己坐上駕駛座。當最後一個爬上後座時，李鬆開離合器推到倒檔，加速倒車時差點把阿文從車後座甩出去。

貨車迅速回到李的小船，輪胎吱的一聲停在港口邊緣。幾個人不待吩咐就自己跳下來，幾乎沒有放慢腳步地從街上走到甲板上。他們轉頭看見船長從發燙的混凝土岸壁上低頭瞪著他們，手上拿著白塑膠袋。他從袋內拿出一小包黃色的東西，包裝正面是個戴藍色帽子笑咪咪的卡通男孩。他沒有特定對象地將小包裝往下扔，「啪」的落在一灘棕色的鹹水上，濺出一團鐵鏽色與白色的渦紋，像血液與凝固的奶油的混合體。黎剎走過去拾起那一小包東西。當他彎下腰時，另一包又落下來，將那團混合物濺到他臉上。接著又一包。他站起來時，一只兩公升裝的瓶裝水差點打在他頭上。他抬起手臂擦臉。船長把空塑膠袋扔進小船與港口岸壁之間的縫隙，加入那裡大量的漂浮物——聚苯乙烯包裝和保鮮膜碎片，以及死去的魚，和肚子朝上在水中轉圈、嘴巴圓張、從灰暗的鰓吸入最後一口氣的垂死的魚——的行列。

「吃飯！」李下令，做出拿筷子和碗吃飯的樣子。四個人看著那三小包東西，再看看船長，但他已站上踏板，即將登上貨車。當輪胎又發出尖銳的聲音，帶動地面的小石子射向他們時，他們都抬起手臂保護自己的臉。被輪胎拋出的小石子落在靜止的水中形成漣漪。黎剎將其中一包遞給達圖，他們把包裝撕開，裡面是黎剎再熟悉不過的東西，一塊波浪狀的黃色泡麵和一小包銀色紙包的調味粉。他們早已巡遍船上，知道沒有可以煮開水的器具。黎剎將包裝拆開，研究包裝背後。他看不懂上面的文字，但他會看數字。他望著他的同船工作人員，舉起那個包裝袋。

「這些麵條過期了。」黎剎說。達圖瞪著他那包打開的泡麵，掰一小塊沒有煮的硬麵條扔進嘴裡，下巴緩緩咀嚼，將那一小口波浪狀的乾麵條磨成可以通過他的喉嚨的東西。他費了一點勁把它硬吞下去，舌頭在上顎和牙齦間尋找可以吞下去的碎屑。然後他聳聳肩。

「味道還可以。」達圖說。

第八章

李回來時已接近日落了，這次他帶了幾桶油漆準備稍後刷在新刮過的木板上。船員們早已分享那些泡麵，黎剎和達圖合吃一包乾麵塊，阿文和阿馬度合吃另一塊，都是生吃。第三包泡麵他們留著以備萬一。每個人心中都有個不願說出口的不祥預感。黎剎將牛肉調味粉撒在他那一份麵塊上，鹹鹹的調味粉從他口中吸走最後一點水分。那瓶兩公升的水是給他們四個人喝的，不足以讓任何人解渴。

他們一整個下午都躺在船舷邊的長凳上，翻來覆去調整姿勢，免得從狹窄的板凳上滾下去，一邊唉聲嘆氣。那些救生衣，如果不能善盡它們的本來用途，至少可以拿來權充不舒服的硬枕頭。泡棉墊與其用來當床墊，不如蓋在身上遮擋熾烈的午後陽光照在裸露的手臉上還更合適些。一半出於絕望，一半礙於現實，四個人都脫到只剩下內褲，將他們被汗水濕透和充滿魚腥味的上衣攤在駕駛室屋頂上和欄杆上曬乾。每當達圖覺得他的皮膚開始發燙時，他便將泡棉墊從上半身移到下半身，並不時在口中咒罵。他們默默地咒罵遲遲不來的睡意、逼近的夜色，以及無可避免的即將回到海上。一個熟悉的念頭悄悄進入黎剎的腦海中，那種感覺就和他看著他的女兒被她的母親帶走，離開墓園，離開他的生活時的感覺是一樣的。

我做了什麼？

船長回來時發現他們懶洋洋地躺在板凳上，泡棉墊蓋在他們的眼睛上，泡麵的空袋子揉成一團扔在甲板上。他穿著橡膠靴重重地踩在木板上，把他們從半睡半醒中驚醒，一點誘餌的汙水從他手上拎的桶子濺出來。他用腳去踢阿馬度的一隻運動鞋，將它踢到船頭，一路咒罵進入駕駛室。他在沒有告知船員的情況下發動引擎，引擎在甲板下啟動，白色的水花在船尾與海港岸壁之間翻騰。仍然只穿內褲的黎剎和達圖急忙衝向斜纜。當他把目光投向他在幾個小時前綁過的繫繩栓和繩結時，黎剎從記憶中搜索能拉開纏在一起的繩結的地方。就在他凝視的當兒，忽然覺得一陣風從他的頭上掠過。阿馬度的運動鞋啪的一聲砸在岸壁上，旋即落入冒泡的水中。黎剎回頭，看見船長正在對阿馬度尖叫，手指著甲板上的塑膠包裝紙，和隨著小船來回左右搖晃而滾動的瓶裝水。黎剎雖然聽不懂船長說些什麼，但他確信是那個水瓶惹他生氣。不是瓶子本身，而是黎剎和其他人留在瓶子裡的東西。

由於沒有一個隱密的地方解決他們的問題，他們決定輪流使用那個瓶子，一個接一個將它帶進駕駛室，清空體內可以排除的少許多餘的水分。阿文最後一個進去，他應該將瓶子扔出船外，但它仍在那裡，裝滿淡黃色的液體，幾乎是透明的。李一邊叫罵一邊搖頭，白色的唾沫從口中飛出。阿文低頭懺悔，彎腰撿起瓶子。李往後退一步，厭惡地指著船尾。阿文拿了瓶子扔出船外。它噗通一聲濺起水花，然後浮在那裡，陣陣氣泡使它半浮半沉。船長回到駕駛室，朝此刻正被收回的斜纜快速看了一眼。他再度望著大海，一隻手擱在油門上，先是將船慢慢引開，再稍稍用力將它推到離岸壁數英尺的地方。阿馬度回頭看他被扔掉的運動鞋，鞋面依舊向上地漂浮在水面上。當他們朝防波堤的方向移動時，海風吹在船員幾近裸露的身上，激起了雞皮疙瘩。他們穿上已經曬乾、發臭的衣服，聽著隆隆的引擎聲，呼吸著油煙和臭魚腐爛的氣味。

他們第二次出海的時間似乎更長，小船在水流遲緩、比前一天晚上更遠的大海邊界線航行。李船長仍在掌舵和操控油門，船員在船尾，坐著看在頭上盤旋的海鳥數量越來越少，然後消失。夜幕降臨，帶走了一切，只留下天上的星星和遠處其他船隻的燈光，在漆黑的大海和天空的某個地方發光。船員們累得說不出話來，頭腦因過於疲憊而無法注意令他們無法休息的聲音和無言的焦慮之外的更多東西。腦袋垂下去後又猛然抬起。肌肉痠痛、痙攣，又在痙攣中緊縮。心靈試著轉移到舒適的地方，但徒勞無功。身體為即將來臨的痛苦而緊繃。

出海兩個小時後，李似乎找到他在尋找的地點。他忽然將油門拉到拖網速度，大踏步走出駕駛室。船員們站起來，肉體百般不情願。前一天晚上的單調乏味和工作又開始了。魚鉤掛上魚餌，支線固定，燈和浮標綁好。黎剎擊退了暈船，前一天晚上運行全身的腎上腺素使他變得遲鈍。他用沾了魚血而顯得光滑的手背壓制作嘔和嘔吐。他對面的阿馬度也一樣。有一次，在無休止的作業中，黎剎聽到他右邊的達圖在嘟囔，沮喪地將一根支線扔在甲板上，一根怎麼也無法插入腐爛的魚餌的帶鉤支線。第一天晚上船長和他們一起勞動，但今晚他站在一邊袖手旁觀，抽著濃烈刺鼻的香菸。達圖的眼睛盯著燃燒的灰燼發光的菸頭，黎剎知道他也想要一支菸，內心不禁暗暗祈禱，達圖不要傻到向船長要菸抽。黎剎的手指摸索著，兩眼看著達圖盯著船長。李自己的一雙眼睛則望著那對表兄弟。阿文動作最慢，阿馬度也不遑多讓。黎剎默不作聲地試圖警告達圖，故意讓一根支線掉在甲板上希望引起他的注意。當此舉不成功時，他對著自己的手咳一聲，清一清喉嚨。但達圖仍然沒發現。當黎剎看到他的同夥船員皸裂的嘴唇張開時，他全身都繃緊了。

「老闆，」達圖說，忘了他們被告應該如何稱呼李。「香菸？」他將兩根手指放在他的嘴唇上，作勢將一口想像中的煙噴到沉悶的空氣中。李表情怪怪地看了他一會兒，他的頭猛的往後一仰，唯一的聲音是海浪拍打船身的聲音。幾隻手都停下裝餌的動作，所有目光都集中在船長身上。達圖臉上的笑容消失了，在他主人的注視下變得委靡不振。李走向他，腳下的甲板配合他的腳步發出輕快的聲音。達圖雙手插進他的口袋，眼睛盯著甲板。霧氣漫過船舷籠罩著他的背，嘶嘶聲瞬間吸引達圖的目光，就在那一瞬間，他被往後推，脊椎喀的一聲撞在欄杆上。他看看背後距離他的臉只有幾英寸的翻騰的黑水，再看看前面距離他的臉只有幾英寸的船長那張峭壁似的臉。李把他釘在那裡。達圖扭動，想要掙脫，但老人雖然年紀大，身體卻很強壯。其他人站在那裡，穩定自己，對抗海浪規律的搖擺。李對達圖又叫又罵，從口中射出連番話語，但被強風吞沒。李將一隻手伸進他的上衣前胸口袋，掏出一包香菸，在達圖驚恐的眼前揮舞著。

「你要這個？」李大吼大叫，拿出一支菸，再一支，接著又一支，然後把香菸扔進海裡。黎剎慢慢移向兩人中間，李猛然轉身，用手指著黎剎的胸口，「你，走開！」他下令，指著船頭。同一根手指又指著阿文和阿馬度，命令他們全部去船頭。他們服從命令，兩眼緊盯著欄杆上那兩個人。達圖雙手抓著欄杆想站起來，但李又逼著他，將他往下壓。「你要這個？」他又問。「一？二？三？」他每數一次，就往水中扔一支菸。「你要我給你全部，對不對？」他問，揮舞著那包剩下的香菸，然後全部扔進海裡。達圖搖頭，鹹水濺在他臉上，從臉頰流下。

「對不起，老闆，」達圖結結巴巴地說，「對不起，不要香菸。回去工作，回去工作，好嗎？」他哀求。李的臉色緩和下來，抓住對方柔軟肩膀的手放鬆了，然後放開他。他從欄杆往後退，然後又突然大步向前，張開兩隻手掌再度抓住達圖的肩膀，讓他一頭向後栽進黑水裡。達圖消失在波濤下。船員急忙衝向欄杆，李站在後面，雙手抱胸。船員呼喚達圖，狂亂地尋找他的蹤跡。

達圖在絕望中用力讓他的頭突出水面，肺部吸入等量的空氣和水。他嗆水，氣急敗壞，雙手瘋狂地拍打波濤起伏的海面。「督籠（Tulong，譯注：救命）！」他大聲呼救，恐懼和本能使他恢復他的母語。他的頭又沉到水面下，舉起的雙臂將他拉回到水面上，卻又喝進更多的水。他在海中嘔吐、咳嗽、掙扎著呼吸。「救我！」他大叫，第三度沉入水面下。黎剎的目光快速橫掃甲板四周，看見駕駛室旁的白色救生圈和纏繞在一根木樁上的繩索。他想過去拿，李船長上前攔住他的去路。

「不行！」李命令。黎剎楞住，目光在救生圈和欄杆外掙扎求生的達圖之間來回移動。一個浪濤蓋過達圖的頭，他又被吞噬，這次他上來的速度較慢。阿文和阿馬度一直望著大海。小船從達圖身邊漂開，黑夜連同強風與海浪使他成為一個鬼魅，他的呼救聲是顯示那邊有人的唯一標誌。其他船隻的燈光在漆黑與寂靜的虛空中某個地方閃爍，如衛星般遙遠。阿文聽到駕駛室內傳出無線電的雜音，正想移動，但李比他更早一步，大步走向駕駛室外牆。當他走到救生圈那裡時，他轉身面對他們，鍾愛地拍拍它，對水中的人大聲說話。船上的人仍然可以聽見那個人疲憊的雙手在緩慢拍水，徒然抓著無形與冷漠的東西。

「你要這個嗎？」船長將一隻手掌圈在嘴邊大聲說，又拍拍救生圈。

「拜託！」達圖從黑暗中的某個地方大喊，嗆水、咳嗽。李哈哈大笑，從他的長褲口袋掏出另一包香菸，不慌不忙點燃。他得意地吐出一口煙，然後取下救生圈走到欄杆，將救生圈交給阿馬度，手指著落水的船員，手臂無精打采地抬一下，旋即落在身邊，像死人那樣，然後走開了。黎剎迅速移動，協助將一盞燈照向黑暗，尋找他們失落的人。阿馬度拋出救生圈，引出繩索，達圖拚命划向救生圈並抓住它，三人合力將達圖拉過來，磨損的黃色繩索拉上船時仍在滴水。接著，達圖來到船邊了，他顫抖的手伸向他們，他們使勁將他拉上來。達圖砰的一聲倒在欄杆上，大口喘氣、嘔吐。他們都坐在那裡，在船長的注視下氣喘吁吁。船長靠在駕駛室牆上，享受從新包裝中抽出的香菸。他又吐出一口煙後將菸屁股扔到船舷外，橘色的火花在飛行途中熄滅。然後他走進駕駛室，推動油門。黎剎的頭在暈眩，他因飢餓與口渴而頭昏眼花，跌跌撞撞走過甲板後撲倒在達圖身邊，背靠著船舷。他們在那裡默默地坐了一會兒，直到李從駕駛室出來命令他們回去工作。這次是用銼刀把架子上的備用魚鉤磨尖。疲倦的手工作了一整夜，將魚鉤磨尖，然後把拖曳的支線收回船上，直到一絲光芒從海的邊緣升起。返回港口的旅程籠罩著捕撈徒勞無功的陰影、鳥兒聒噪的叫聲，以及皸裂顫抖的嘴唇上一股濃濃的鹹味和鮮血味。

第九章

一個月過去了，每天在或多或少固定常規的監獄中凌亂地度過，黃昏時出海，無休止地工作，將魚餌掛到魚鉤上，綁支線，將主線放入海中拖曳，把線拉上來，把無意中捕到的死去和奄奄一息的生物拋回海中，把值錢的漁獲拋入冷凍庫。自從第一天晚上直到現在，他們沒再見過另一條鮪魚。每次拉上來的線沒有釣到他珍視的魚，他的情緒就一次比一次惡劣凶險。一旦他的船員似乎能掌握他們的工作後，他就不再和他們一起工作了；他只是掌舵，帶他們出海，拖曳、放線，繼續前進。他看著他的船員，一邊吞雲吐霧，一邊用無盡的斥責咒罵他們。經過三十天後，船員們對這些咒罵已熟悉到能毫無瑕疵的模仿它們。

幹你娘！快一點！快一點！

每天早上他們緩緩回港，冷凍庫貨量稀少，船長的脾氣暴躁，一觸即發。然後，他們會在市場上，在其他船長、船員、小販及顧客眾目睽睽之下卸貨。把浸水的白色容器卸下後，船長會開車送他們一小段路回到船上。在那裡，他們被期待在烈日或傾盆大雨下休息。回到港口幾個小時之後，船長會回到船上，將幾包速食麵或薯片扔到甲板上，拋一兩瓶水讓他們分著喝，給一卷衛生紙。和第一天一樣，食物經常過期，而且難以下嚥。他們時常生病或腸道不適，唯一能讓他們解手的地方是他們自己的水瓶或船舷外。他們不敢離開船，甚至不敢去找一個也許可以讓他們得到迫切需要的擦洗的地方，或去找一間廁所。他們沒有錢，連買一瓶什麼飲料，或買一點食物的錢都沒有。其他船隻的船員似乎都不與人交談，被他們自己的種種問題所困而臉色陰沉，眼睛下面的黑眼圈顯示靈魂深處的悲傷與冷漠，這些悲傷與冷漠逐漸滲入他們的性格，將感官縮小到只求生存。船上的腐臭味變成他們自己的氣味。幾個人輪流蜷縮在駕駛室地板上睡覺以阻擋惡劣的天氣，在那裡休息大約一小時，可能是他們從第一天到第二天的唯一真正睡眠。

剩下的幾個小時裡，他們只有半睡半醒的麻木和沮喪，痛苦地渴望不曾到來的舒適。飢餓阻止任何反抗的商議，只有說幾句憤怒的話。他們的弱點阻止了他們對船長的殘酷進行報復的本能；二來是怕被驅逐。和家鄉墓園那些人一樣，黎剎心想，他們被某種看不見的力量塑造成必須忍耐，所以他們會忍耐。

我們現在就是無名死者。

然而，有些夜晚他們沒有出海捕魚，相反的，船長會載一貨車的桶子出現，儘管它們被密封得很嚴，但燃料的氣味仍然很重。船員們將桶子搬到船上，圓柱體笨重、會晃動的龐大體積壓彎、壓疼他們的背。在那些夜晚，他們會出海，去到比捕魚時更遠的地方，黎剎、達圖、阿文、阿馬度——他們第一次運送這批神祕貨物時，誰也不知道是怎麼一回事，只知道他們在黑暗中度過一個小時又一個小時，看著在甲板上綑綁成方形的桶子，當海浪把船從這邊搖向那邊時，它們也不會傾倒。

日落很久之後，在外海的某個地方，船長會關掉引擎，熄了燈，然後等待。他將一根手指放在唇上，示意他的船員閉上嘴巴。然後他們等待，小心呼吸，以免一個輕率的呵欠或咳嗽會激怒船長，或使任何他企圖迴避的人提高警覺。最後，他們終於聽到了，一艘船朝著他們隆隆而來，遠處的引擎慢慢接近的聲音。當聲音聽起來似乎這艘船幾乎在他們旁邊時，李吹口哨，刺耳的聲音引來相似的回應。這時他才再度亮燈，顯露出對方——一艘懸掛不同於他們的旗幟的更大船隻。兩艘船的船舷靠在一起，黎剎和其他船員將桶子傳過去，交給另一邊的船員。在船長比手勢的命令下，他們默默地工作。

工作完成後，另一艘船的船長匆匆數了幾張鈔票，李接過去後也快速地數了數，接著兩人生硬地向對方點頭，低聲交談幾句，然後他們就分道揚鑣了，剩下的就是回港的漫長、緩慢的煎熬。黎剎雖然對海洋或外面的世界沒什麼經驗，但他知道他們做了什麼。他無需說出口，其他人也不需要說，他們不只是做誠實的夜間工作的漁民，他們還是走私者。

大部分時候黎剎試著不去想，但在漫長、炎熱的日子裡，很難使他喋喋不休的內心保持平靜。許多次他發現自己想著他的母親和基拉特、他的小女兒，想著他們正在做什麼，沒有他，他們如何過日子。他自問，如果沒有他，他們的生活會有什麼不同，應該永遠不會有口渴與飢餓、要求吃飽的暗黑問題。他把這些問題推開，只以最籠統的方式談這些事，因為日復一日，他和其他船員都見證了他們自己的衰退。

但他們已倖存了一個月。在硬木板上翻來覆去，輾轉反側，背靠著船舷，在相對豪華的駕駛室中倦怠乏力地度過的時間，似乎都比先前過得更快，痛苦更少。一個月了，魚鉤刺破他們的指尖，鼻孔裡充斥著魚腥味和腐臭的血氣，以及散發酸味和辛辣味的冷凍冰塊。黑色的柴油煙滲入他們的頭髮，卡在他們的指甲縫內。三十個白天與黑夜的痛苦，現在被對第一個月薪資的期盼消除了。達圖尤其被金錢的狂熱所影響，他在甲板上踱步，興高采烈地問其他人。

「會是現金或支票？帕克洩，我都不記得在口袋裡找到一點現金是什麼感覺了。我們要如何寄錢給家人？你想我們應該問船長嗎？這可能會惹他生氣。你應該問他，黎剎，畢竟，你是船長的小普搭。」他開玩笑地說。其他人都笑了，短暫的快樂甚至能把飢餓和疲憊削減到只有先前的一小部分。他們異口同聲大叫：「幹你娘！快一點！快一點。」然後笑得更大聲。

「我不在乎他怎麼給錢，只要那個佩斯特（peste，譯注：害蟲）給錢。」黎剎說。阿文和阿馬度點頭。他們坐直了身子，面對黎剎，背靠著船舷，目光隨著達圖從船的這頭踱到那頭。「雷切（leche，譯注：他媽的），達圖，在你把甲板踏出洞來害我們沉下去之前趕快坐下。」黎剎啐罵。

「你太胖了，不適合在船上工作。」阿馬度跟進，「你不知道船長僱用你是讓你當魚餌的嗎？」

達圖揮揮手，將他們的嘲諷一手揮開。「隨你們說去，我不在乎我的肚子大不大，只要給我一份和工作相等的薪資就行了。」他在黎剎旁邊停下腳步，最後終於一屁股重重坐下，小船向他那邊傾斜濺起水花，引得阿文尖聲咯咯笑，他立刻用一隻髒手捂住他的嘴。他們坐著等待，內心充滿期盼，頭一次渴望太陽下山，船長出現。黎剎想像那一幕，李的手中拿著一疊支票或現金，數著鈔票，或者分發爽脆、乾淨的支票。他伸展四肢，現出微笑，這才發現他們忘了輪流進駕駛室休息。

「你們這些塔蘭塔多（tarantados，譯注：傻瓜）顯然太興奮，都忘了要睡覺。」黎剎嘲笑，「你們整天都在撫摸布拉特（burats，譯注：陰莖），心裡想著錢。我要去睡覺了。」

黎剎走進駕駛室時小腿肚碰到一個空水瓶，他沒有理會它，躺下來，把頭枕在舵輪下面一隻壓製成型的運動鞋的軟鞋頭上。他閉上眼睛，努力對抗扭曲的身體上的疼痛，以及汗水黏在皮膚上發癢的感覺，睡了一會兒。大部分時候他這裡抓抓那裡抓抓，扭一扭，翻身，每動一下似乎都有什麼東西扎著他的身體。一個小時過去，他放棄了，又去加入其他人。太陽落到山的那一邊，兩座礁岩部分被即將來臨的黑暗籠罩，有些模糊不清。黎剎在達圖旁邊他的位子坐下，其他人都沒有再起身輪流進入駕駛室，它的吸引力隨著陽光減弱而削減。很快的，他們聽到藍色小貨車減速煞車的聲音。船長從車上出來，黎剎看到第三個人移向乘客座車門。那個人下車，他們認出那是陳先生，上身穿著一件筆挺的白色襯衫，下身是一條黑色西裝褲，腳上穿著一雙帶釦紳士皮鞋。長長的夕陽照亮一只銀色的婚戒，一個深綠色的玉珠手鍊套在他的手腕上，脖子上掛著一條細金鍊子。

司機把車開到港口的另一端，下車，然後跳到另一艘船上。同時，船長從他的工作服口袋掏出四個信封翻弄著，低著頭走向船員。他們起身迎接他。阿文和阿馬度謙卑地雙手在背後交叉。李靈活地跳到甲板上，遞給每個人一個信封。「錢。」他面帶微笑用英語說，這個字他們每個人都聽得懂。李用比了一個撕開信封的手勢敦促他們。船員們撕開他們的信封。陳留在馬路上，看著。黎剎先打開他的信封，發現裡面有一疊紅色鈔票。他將鈔票拿出來，研究那張陌生的臉孔，那是一個髮際線往後退、蓄著淡而稀疏的鬍子的中國人。然後他研究數字，一百。他數了數鈔票，一共十六張。他將鈔票一張張從一隻手滑到另一隻手，面帶微笑。他看其他人，阿文和阿馬度也在笑，只有達圖皺著眉頭。他手上拿的不是鈔票，而是一張白紙。白晝的最後一點陽光透過紙張，黎剎可以看到紙張的另一面列出一些數字和幾個字。他小心翼翼地將他的現金塞進口袋，也從他的信封內取出一張白紙。他展開，上面同樣列出一些數字。他凝視著，只看懂那些數字。數字旁邊的字是英文字。阿文和阿馬度不再微笑，看著他們自己的表單，默不作聲。然後，他們一個個把目光投向陳。

「現金是你們這個月的薪資，」陳說，「當然已扣掉費用。」他小心翼翼地走下甲板，一手扶著年紀比他大的李剛才靈活地一躍而下的岸壁。陳站在黎剎旁邊，從他手中拿走他的逐條列舉的清單，其他人都圍過來。

「你們看這個數字？」他指著清單上的第一個數字，上面寫著新台幣一萬七千五百九十八元。「這是你們的基本薪資，也就是你們一個月的工資。明白嗎？」

達圖盡他所能為其他人翻譯，他們點頭。陳繼續一項一項解說。達圖翻譯。

「這是你們從班吉先生那裡貸款的每月償還金額，這一項每個月會扣除，直到完全償還為止。」

「這是食宿費，你們每個月都要付。」

「這是簽證手續費，一次付清。」

「這是外僑居留證手續費，一次付清。我替你們保管居留證和護照，為了安全起見。」

「這是你們的健康檢查費用，同樣只要付一次。」

健康檢查？黎剎心想。

「這個，這是服務費，我提供協助，你們要付錢給我。你們每個月都要付。」

「這是健康保險，你們每個月都要付，萬一你們去看醫生。」

「這是就業保險。就業保險是一旦你失業，你可以領到錢，這是每個月要付的。」

「這是你們的國民身分證費用，一次性費用，我替你們保管身分證。」

陳停下來，黎剎聽得暈頭轉向。從其他人臉上震驚的表情，他知道這種感覺是共同的。

陳的手指著最後的數字。

「這是結餘，一千六百元，新台幣。現金。不過別擔心，下個月會多一些，不再有一次性費用了，你們會領到更多錢，好嗎？」

「一千六百。」阿馬度小聲說。他用他加祿語問達圖，「那是多少披索？」

達圖快速計算了一下，「大約兩千。」

幾個人都垂下腦袋。黎剎感覺一隻手輕拍他的肩膀。陳又開口了。

「啊，不要難過。我知道這不是很多錢，但它會越來越好，繼續工作。你們是來工作的，對吧？一個人努力工作就能賺大錢。它只是需要時間，你們會看到的。」說著，陳將黎剎的薪資單交還給他。黎剎接過去，脫口說了聲「謝謝」，儘管他不知道為什麼要謝。

陳把自己用力撐上岸壁時，其他船員的眼睛依舊盯著他們的清單上的數字。陳朝著港口另一端的藍色貨車走去，連一聲再見都懶得說。黎剎想著他口袋裡的錢，一個月的工作所得兩千披索，比他在墓園挖掘墳墓和維護他的小墓穴清潔工作所得還要少。他的內心生起疑惑。

「班吉先生不是告訴我們包含食宿嗎？他是怎麼告訴你們的？」他問他們。阿文聳聳肩。

「合約是英文的，我不記得它說了什麼。」

「他只給我最後一頁叫我簽名，」達圖說，「他叫我不要擔心，叫我快點簽名，否則他要把工作讓給不會問這麼多問題的人。」

「你們有誰做了健康檢查嗎？」黎剎問。他的問題沒有得到答覆。

當李在他們背後發動引擎時，阿馬度站起來，搖頭。「我父親告訴過我，會發生這種情況。」他苦澀地說。

「告訴你什麼？」達圖問。

「他告訴我，他們一有機會就會欺騙移工。」

第十章

下個月的薪資還是一樣；許多費用都經過精心安排，以便將應該給船員的金額藏在狗扒泥土中。再下個月還是一樣。沒有人抱怨，沒有人多說一句話。漁工的世界是個安靜的世界。一個默默生存的地方。害怕，始終存在；怕被遣送回國，怕被削減食物配給，或者，假如他們決定反抗，可能會帶來什麼後果。害怕如果他們起而對抗船長，李會迫使他們殺了他。

「那又怎樣？」當他們再度提起是否應該起來對抗船長的問題時阿馬度說，「我們殺了他，我們被抓，我們去坐牢，說不定我們在外面的監獄吃得比這裡好。」

黎剎和阿文點頭。

「他們這裡有死刑，」達圖說。他餓得快說不出話來，「四個棕色皮膚的人殺死一個台灣籍船長，你們想會有什麼後果？」

船上一片默然。叛變的話題從此沒再被提起。

黎剎把他每個月領到的十六張百元紙鈔放在他的長褲口袋內。每天晚上鈔票濕了，變得軟爛，白天在夏季熱浪的烘烤下乾了，又變得爽脆。

熱浪帶來風暴。第二個月的月底颱風來襲，港口內停滿船隻，比黎剎和其他人在蘇澳看過的船隻還要多。口中說著黎剎聽不懂的語言的船員迅速將他們的船牢牢地繫在岸壁上，和其他船隻並排靠在一起。李也讓他的員工加倍工作，確保船隻安全。當他把繩子綁緊，並在艙門釘上鐵釘固定它時，黎剎想起家鄉颱風來臨前的情景。暴風雨的前一天晚上，在即將到來的狂風之上唯一聽到的聲音是墓穴的水泥封板鬆動掉落地上碎裂的聲音。當旋風平息時，陣陣切風帶走斷斷續續的主禱文，納沃塔斯居民一邊哀嚎，一邊慌亂地尋找遮蔽之處。與屍體同眠勝過被逐漸入侵的海浪和無盡的洪澇沖走的機會。當大水漫過堤岸，激起泡沫、嘶嘶作響、水霧蒸騰，把海灣沖進內陸時，只記得一半祈禱詞仍勝過完全沒有祈禱。

颱風來臨時，黎剎和他的母親會冒險爬到陵墓的上層。黎剎小時候，每當熱帶風暴來襲時，他會和媽媽抱在一起上去塞仄的二樓。他的雙眼緊閉，這樣就不必看到骨灰罈。只有當他感覺媽媽將他抱在懷裡，帶他下樓時，他才會再度張開眼睛。暴風雨過後，他的母親會出去，不理會他的哭鬧，將他獨自留在家裡。等他長大些後，他找到原因了。倖存下來的人要在暴風雨猛烈侵襲過後幾個小時內去清理墓園，收集沒有被沖走的屍體；在墳墓頂上找到它們鬆軟灰敗、扭曲的屍骸卡在大樹折斷的枝條間。每當颱風來襲時，黎剎內心會有稍許希望輪到他，讓他的時間被風和海浪帶走。

當颱風侵襲港口時，黎剎和其他船員就擠在駕駛室內，膝蓋頂著下巴縮在地板上。李把他們留在船上。「看著，」他要回家時說，指示他們留意那些東西。「明天，」他對著天上快速移動的雲說，「沒有了。」

結果暴風雨持續了兩天，經過港口之後又再繞回來，彷彿被它頑固的生存意志所激怒。強風持續將李的船隻從一邊晃到另一邊，撞擊岸壁上的一排輪胎。甲板積水，流進了駕駛室，幾個人身上都濕透了，但也只能對著強烈的雨勢乾瞪眼。然後是它的聲音。一聲咆哮，彷彿宇宙萬物都演化成一隻可怕的野獸，在這個濱海小鎮上吞吐著風和雨；一隻只知道死亡、破壞和混亂的怪獸。黎剎在等待風雨過去時一直閉著眼睛，輪到他時才打著哆嗦出去，將甲板上的水舀出船外。當時一個大浪從繫在一起、彷彿被鍊子拴在一起的囚犯似的船隻離合器底下衝過，幾乎把他們吞沒。其他船上都空蕩蕩的，船員們都安全的和家人在一起，或在鎮上宿舍的上下鋪房間，遠離致命的惡劣天氣。只有四個人——黎剎、達圖、阿文，和阿馬度——被留在戶外面對暴風雨。

當他能讓自己張開眼睛或輪到他出去甲板時，黎剎望向山上的樹林，看到樹木彎曲、折斷，樹枝被風吹得上下左右揮舞，彷彿懸絲木偶被瘋狂的主人牽動四肢擺盪。到了第二天快結束時，折斷的樹枝散落在港口道路上，有些地方泥濘不堪。終於，第二天日落後幾個小時，颱風過去了。黎剎和他的隊友離開駕駛室，檢視災害。甲板被飛來的殘破碎片砸傷，船身因多次撞擊輪胎，又受到港內後面船隻的重量擠壓，表面出現裂痕。他們知道，等船長回來後，他們有得忙的了。

隨著秋天的腳步接近，高溫的強度略有減弱，每天的氣溫大致相同。黎剎感覺他的心變麻木了，他歡迎，希望他的骨頭和肌肉也同樣變硬。他全身每一處地方都痠痛疲憊，肉體又餓又渴。他的長褲腰圍在他瘦弱的身上變鬆了，只好從港口水中找出一根魚線綁在腰上，免得他每隔幾分鐘就得拉一下褲子。他學會如何做一個善於聽從命令而不發問的人；聽從船長雷鳴般的指示而面不改色。一片空白地生活，讓別人去書寫每一頁，或折成兩半，或者扔掉，無論他們想要什麼。他成了一個沒有欲望也沒有希望的人。

他的衣服上沾滿鹽漬，仍藏在他口袋內的I.O.V.錄音帶裂開了，大概是在達圖落海時的混戰中或颱風期間受損的。在那漫長的日子中，他會掏出錄音帶，把卡帶從外殼拿出來，端詳裡面褪色的圖片。他做白日夢，幻想他參加他從未去過的演唱會，想像他躋身那些黑白的印刷顆粒，假裝他在人群當中聆聽音樂。但眼前的一切合力把他拉回現實：在熾熱的陽光下，痠痛的背貼著平直的木板，木板表面的白色油漆斑點從他們的皮膚和衣服上剝落。

對黎剎、達圖、阿文和阿馬度來說，這些日子大部分是沒有姓名也沒有數字的，唯一有任何意義的是發薪日。這一天，在短暫的片刻裡，他們可以做一些除了掛魚餌、綁線，或從魚嘴軟骨扯下倒鉤以外的事情。他們盡量不去想像或希望這一天到來；試著把它當作意外的驚喜來迎接它。但他們心裡明白，他們離看到他們的錢有多遠。一如往常，他們拿到的總是現金——紅色的百元新台幣紙鈔。黎剎仍記得他對母親的承諾，說他會帶足夠的錢回來，讓他們母子離開墓園。他摸著濕漉漉的口袋內那一小疊對折的鈔票，呼吸著港口陳腐、厚重的柴油味的空氣，等待船長回來，這樣他們就可以出海，重新再來一遍。

在等待之際，黎剎試著計算剩下的天數。還有多少趟航向那隱藏的死亡邊緣的黑暗旅程，三年才會結束，他才會得到自由？他在心中數著，但飢餓的陰霾一次又一次把他送回起點。他放棄了，又回去等待，試著放空他的腦袋，隨著思緒轉動。他站起來，踱步，把自己撐到岸壁上，然後跳下來。伸展四肢，用他的手指拍擊木板。手摸著欄杆跑步。踢塑膠瓶，把它們拋到空中再接住它。蜷縮在駕駛室內，再起身，爬到船頭上，遠眺防波堤外的大海。他想過跳入水中，讓自己沉到水面的垃圾底下的清涼平靜中。他的視線模糊不清。他回頭望著小鎮，大街只走過一次就被送回只許他們停留的地方。他真希望他在其他任何地方，一個他可以擺脫那個狹小腥臭的空間，他們在微波蕩漾、四周漂著熟悉的垃圾的海港私人監獄的地方。

暴風雨過後幾天，小船在重新刷過一層白色粉漆後閃亮耀眼，當船長回來時，他們只休息了一兩個小時，藍色貨車被一輛黑色轎車取代，亮閃閃的一塵不染，紅色絲帶從引擎蓋上一直拉到擋風玻璃，再延伸到後窗玻璃，然後勾在行李廂。當李從後座出來時，船員們都目瞪口呆。他穿著一套不太合身的舊西裝，黑色基本款、白襯衫、藏青色領帶。他向仍在車裡的人伸出一隻手。他握住的那隻手是纖細的、女性的手，指甲上塗著鮮紅色的蔻丹。一個女人下車，身上穿著一件從腋下開始收緊的白色七分長緊身洋裝。在黎剎眼中，她看起來不像台灣人。他心想，她的五官特徵和他比較相近。但她的膚色淡一點，眼睛在接近她的小鼻子的地方逐漸變細。李溫柔地扶著她出來。陳從轎車的另一邊繞過來，一名穿制服的司機盡責地站在他自己的車門旁，任由引擎怠速轉動。女孩兩眼望著地上，李對她說話時她緊張地傻笑，但這些話被引擎的雜音覆蓋。陳走向船員。他和船長一樣穿著三件式深色西裝，鮮豔的胸花用人造鑽石別針別在他的胸前，雙手捧著一個紅色紙盒，盒蓋上有燙金字樣。他走到港口岸壁，將盒子遞給下面的達圖。達圖看一眼後遞給那兩個表兄弟，他們好奇地看著，一邊聽陳的解釋。

「結婚喜餅，」陳說，指著盒子。「今天你們休假一天，」他現出一個大大的微笑，雙手插在他的長褲口袋內，「船長要結婚了。」

船員們打量這名婦女，她比她未來的丈夫至少年輕廿歲，也許更多。陳看看她，一邊咂舌頭一邊轉向船員。

「李船長為了這個付出很大的代價，越南新娘，不便宜。」他搖頭，「非常漂亮，會做飯、會打掃，不會抱怨，不像台灣女孩。」他笑著說。李笑容滿面，手指緊緊握著他的準新娘。「李船長要向你們炫耀他的新娘，他要我告訴你們，請休假一天，好好休息，明天復工。好嗎？」

同樣的，達圖擔任翻譯。船員們點頭表示理解。

「好……」陳從口袋抽出雙手，他張嘴，但欲言又止，只是聳聳肩，嘆一口氣，然後轉身對船長點頭。李牽著女人進入轎車後座，自己也上車，司機繞過來幫他們關上車門。陳上車，司機也為他關上車門，然後車子就開走了，留下一頭霧水的船員。他們望著道路，看著李的車子右轉，經過廟宇。一列外觀一模一樣的黑色轎車跟在後面，每輛車都拖著紅色絲帶在微風中飄揚。黎剎看看其他人，一邊搔頭。他現在常常覺得癢，不知道是長虱子或只是沒洗頭。他想說話，但喉嚨後面有個什麼東西卡住了，他對著手背咳嗽，這才開始說話。

「他為了那個女人付出代價？像個普搭？」

達圖在他後腦勺打了一巴掌，阿文和阿馬度哈哈笑。「講話小心點，阿納克，」達圖說，「你剛才談論的是你未來的皇后。」

黎剎從嘴角露出微笑。他用他的指關節摩挲臉頰上斑駁的鬍渣，想像媽媽如果看到他現在的模樣酷似馬嘎南庫曼，不知她會說什麼。他搖頭。阿文打開餅乾盒，他們研究那些小包裝，達圖冒險第一個先嚐，輕快地點頭證實可以吃。他們將餅乾平分，默默地吃了一會兒，然後黎剎再次提起船長新娘的話題。

「我不明白，如果她不是普搭，為什麼他要為她付出代價？」

達圖笑笑，「很簡單，阿納克，他是台灣人，她是越南人。他有錢，她很窮。他付錢給她的家人，他們給他一個妻子，他的孩子的母親。」他一口氣說下去，「一個廚子、清潔工、傭人、愛人。事情就是這樣，如果你有錢，你可以買到任何東西，萬事萬物都有它的代價。」

「甚至是人？」黎剎問。

達圖點頭。「看看我們，阿納克，你以為我們不是被買賣，和她一樣？」

阿文和阿馬度點頭。黎剎思索達圖的話，想到他正在償還的貸款，數字每個月都在下降，但沒有它應該降的那麼多，不是一直下降，根據他所領到的錢。他上學的時間不長，但他知道事情不簡單。這就是陳所說的「利息」——一個他仍無法完全理解的概念，雖然他嘗試過。他又在腦子裡反覆思索陳的解釋，最後決定還是想點別的。

「那麼，」黎剎聳聳肩，「休假一天。你們這幾個庫帕爾想做什麼？」

阿馬度環顧四周，小船、港口、開闊的水域。

「雷切，還能做什麼？我們被困在這裡，你最好習慣它，阿納克，只要我們在這裡，你看到的就是船和大海。」他指著，「如同陳先生說的，我們是來工作的，就這樣而已。」

達圖抬起他的下巴，瞇著眼睛看其他人。「我知道一個地方。」他徐徐說道。

「什麼地方？」阿文反問。

「一個我以前在家鄉聽說過的地方，」達圖回答，「一個玩樂的地方。」

黎剎看看四周，「我不認為這附近有任何像那樣的地方。」

「你說得對，阿納克，它不在這附近。」

「那在哪裡？」阿馬度問。

達圖伸手從他的口袋掏出他自己的一疊鈔票。他快速翻了一下，挑著眉毛看看其他人，拿出幾張鈔票揑在手上，其餘的放回原處。

「你們幾個塔蘭塔多要坐火車嗎？」

＊＊＊

「你說什麼？」

售票員從生鏽的鐵窗內說話。達圖再說一遍。

「中——壢。」他慢慢地說。那個女的研究她那張目的地圖表，眼睛掃視票價與城市、鄉鎮列表，邊喃喃自語邊搖頭，鉛筆筆頭順著列表往下移動，最後停在一個名稱上，用筆頭敲一敲。

「桃園的中壢？」她煩躁地問。達圖點頭，在他帶在身上的喜餅中的一塊鳳梨酥上匆匆咬一口，一面擔心這會使他說的話模糊不清而不易理解。他們走了很久才走到市區中央的車站，從南方澳沿著一條蜿蜒曲折的四線道公路走了大約一英里左右，公路西側的空地挖了一個個方形的小花圃，緊靠著山坡，東側則是靠海。

到了兩座港口以北的蘇澳市區後，一路上誤會連連，四個人尋找方向，邊走邊問路，當他們來到一座橋時，橋下有條小溪，溪旁有綠色的草坡和布滿石頭的淺河床，一名四十多歲的男子穿著一件高筒涉水褲和破舊的背心，嘴角叼著一根香菸。當達圖慢慢地向他問路時，他似乎聽得懂「火車」和「車站」，便指點他們經過一處拱廊，順著路往下走會看到一個寫著「太平山」的標誌，叫他們往那個方向走。果然，他們又走了幾分鐘後，找到了他們要找的地方。現在，在火車站，女售票員看著那三個怯生生地站在達圖背後的深色皮膚男子，其中一個不時低頭看他自己的腳。她也看，發現他光著腳。「四個人？」她問，舉起四根手指，看到那個人的腳趾縮成一團，她皺起鼻子。那個人蜷縮腳趾，似乎是想隱藏他的光腳。達圖又點頭。她告訴他票價，把一個計算機舉到玻璃板前讓他看金額。達圖轉身向其他三人收錢。他們從口袋掏出鬆散的鈔票，裡面同樣塞了幾包餅乾準備在路上吃。達圖把錢放在一個栗色的塑膠盤上，從玻璃板下推進去給她。售票員指一指入口和那個穿制服的、看守旋轉門的老警衛。達圖用英語向她道謝，轉身將車票遞給他們。他們研究車票，查看發車時間，然後看看入口處上方的數位鐘。入口後面有兩座月台，一座是北上火車月台，另一座是南下火車月台。

「再告訴我，我們要去哪裡？」黎剎問，茫然地看著他的車票。

達圖像走過自己家鄉附近的輕軌車站一樣走向剪票員。「我說過，我們要去中壢。」其他人跟著走，將他們的車票遞給表情嚴肅的剪票員，並在他驗票打洞時對他點頭微笑。剪票員伸出一根彎曲的手指指向遠處的月台。他們找到南下月台底下的地下通道，一路飛奔下樓。

黎剎問：「中壢有什麼？」

達圖持續往前走。「你會知道的，阿納克，不要擔心。」

他們離開地下通道來到有屋頂的北上月台，有幾個旅客坐在木凳上或靠著圓形水泥柱。達圖走到一處販售點心和其他雜貨的販賣亭，買了一個除臭劑。他轉頭看看四周，尋找其他同伴，發現他們在生鏽的鐵軌上方的月台末端。他走向他們，將那個除臭劑扔給阿文，叫他噴一點在身上，一邊看著阿文過去三個月來天天都穿的同一套衣服。那天早上阿文有搓洗過內衣，然後放在陽光下曬乾。

「等我們到了那裡之後再看看如何解決衣服的問題。」達圖有點尷尬地說。

他們站著等，不時將重心從一隻腳移到另一隻腳。一隻毛髮凌亂的貓躡手躡腳越過鐵軌，當一條老鼠尾巴鑽進地椿縫隙消失時，牠緊張起來。更多乘客來到月台，集中在另一端。其他人紛紛向達圖提出更多問題。

「到那裡要多久？」

「我們會過夜嗎？」

「我們在哪裡過夜？」

「我們明天來得及回去工作嗎？」

達圖舉起一隻手，笑著，「雷切！別擔心，」他說，「如果我表哥告訴我的是真的，那就不會太遠。也許幾個小時。我們就去看看會發生什麼。只要我們明天一早離開，我們甚至會在船長知道我們離開以前回來。」

黎剎、阿文，和阿馬度互相對看，從對方游移不定的眼神和緊張的微笑中幾乎找不到肯定。他們用疲憊的雙腳在月台上走來走去，直到旁邊的木凳召喚他們。他們坐了幾分鐘，一聲響亮的鳴笛又使他們站起來。他們走到月台邊緣的黃線，當站務員尖銳的哨音響起時，他們往後退。一列漆成橘色和米黃色的火車緩緩進站，停止，發出嘶嘶聲，車門滑開。達圖又看看他的車票，指著後面幾節車廂。「那邊，」他說，「三號。」他開始移動，其他人尾隨。他們跟著他來到車廂門口，猶豫了一下才踏上通往過道的台階，然後穿過另一扇嘶嘶響的自動門進入車廂。當他們跟著達圖走過幾排座位時，一些沒有閉著眼睛熟睡的目光一直跟隨他們。狹窄的走道兩側各有座位。

黎剎聽到阿馬度對阿文小聲說：「你以前坐過火車嗎？」

「沒有坐在裡面。」阿文小聲回答。

達圖在靠近車廂後頭的一排座位停下來，指著走道一邊的座位，招手叫其他人去坐。他自己吱的一聲一屁股坐在走道另一邊的位子。當達圖的座椅頭枕倒向坐在他後面的一個老太太時，她皺起眉頭，一盒芭樂像寶貝的寵物似的躺在她腿上。達圖舉起他的胳臂，將交握的手指擱在腦後。

「休息一下，享受旅程。」

黎剎坐在靠窗的位子，當火車開動時，他看到車站院落從旁邊經過，接著房屋的磚牆倒退到車站附近的鐵軌上。在去蘇澳的路上，他坐在麵包車後座睡了很久，這次他決心保持清醒，瞧瞧這個他已住了四分之一年，卻幾乎什麼也沒看到的國家。不匀稱的砌磚花圃與圍牆很快被一片綠意盎然的竹子、象耳蕨、相思樹和白千層樹取代。當他感覺他的耳朵「轟」的一聲，車廂似乎在他四周壓縮時，光線突然變暗。頭上行李架和腳下走道上的一排昏暗的軌道照明，為乘客投射暗淡的光芒，白色的光線從車窗外呼嘯而過。黎剎意識到他們已進入長長的隧道，穿過海岸邊的一段峭壁。他轉頭看其他乘客的反應，大部分人都睡得很熟，頭往後仰，嘴巴張開。阿文的臉頰上已有一道細細的、清晰的，從他的嘴角淌出的口水印。黎剎搖搖頭，靜靜地笑。當火車猛然衝出隧道時，他再度望著窗外，他們又回到夏季末明亮閃耀、照亮波狀起伏的海浪的光線中。他看著樹木、山巒和大海從窗外經過，直到他也陷入熟睡。

第十一章

他們走出中壢車站，忽然有回到家鄉的感覺。站前台階上有許多和他們相似的面孔，男男女女開懷大笑或微笑，用他加祿語交談。黎剎一行人從他們旁邊經過，目瞪口呆。火車帶著他們從島嶼偏遠的東部，北上繞過台灣的北部海岸線，再往南沿著西部平原進入桃園縣大城市的熱鬧人潮中。不知怎麼的，它竟把他們送回他們的故鄉。達圖眉開眼笑，他表哥所說的是真的，這裡有個地方，至少在星期日，菲律賓人可以稱之為他們自己的地方。但這裡也有其他人：越南人、印尼人、泰國人——都混在他們自己的群體中。男人啜飲大罐的啤酒、大杯的冰咖啡或茶。女人用扇子搧臉，驅趕熱氣。此刻是星期日的傍晚，他們還有幾個小時的自由時間。

台灣人從這群外國人中間擠過去，突然成為他們自己城市中的少數民族。黎剎看著站前一排黃色計程車，司機背靠著乘客座車門相互聊天，指指這個或那個女孩，說幾句話引來對方哈哈大笑或點頭。他們似乎不急著賺下一趟車資，也不擔心這些外國人可能聽懂對他們的評論。至於那些遠離家鄉的人，似乎沒有人急著做任何事，只是站著喝飲料，盡可能用他們自己的語言暢談；過去幾天、幾個星期、幾個月一直悶在心中的話。只有少數人震驚得說不出話來，黎剎、阿文和阿馬度就是其中之一。但達圖回到了他最好的撞球房環境。他拍拍一個陌生人的背，向那群人尋求資訊。「嘿，卡比甘（kaibigan，譯注：朋友），這附近哪裡有友善的喝啤酒地方？」

一名男子指著鐵道底下通往車站後面街道的地下道。達圖歪著頭往那個方向看，其他幾個跟著他走向地下道。進了地下道，嗡嗡的回音充滿能量，還有耀眼明亮的大眼睛與笑容。在過去幾個月內不斷聽到同一張嘴吐出短短幾句千篇一律的話後，黎剎的母語對他來說幾乎是陌生的。地下道內，人們背靠著凹進去的角落聊天，在人行道上張開兩隻腳。地下道有階梯通往另一邊的街道，他們來到一整排酒吧、餐廳、商店，用他加祿、印尼、泰國、越南……語言書寫的招牌。達圖指著一家服飾店，緩步過街。狹窄的人行道幾乎被吊掛T恤、短褲和長褲的金屬旋轉架阻擋，占用了摩托車和腳踏車的停車空間。達圖開始在一個貨架上尋找，其他人也加入。

「差不多該更新我們的外表了，嗄？」達圖說，拉出一件仿冒的Polo衫在他已縮小的腹部上比著，嘟著嘴沉思。「你覺得怎麼樣？」他問黎剎。

黎剎從他正在凝視的仿冒Levis抬頭看，圓形貨架上有個紙牌寫著兩件三百元。「古哇波，」他對達圖說，豎起大拇指。達圖將上衣掛在他的前臂上繼續瀏覽。阿文手臂上已經掛著兩件上衣和一條卡其長褲。阿馬度什麼也沒有。

「嘿，」達圖對他伸出下巴，「你穿得那麼破爛進不了酒吧。你至少需要一雙鞋子。」

阿馬度聳聳肩，「留點錢多喝點啤酒。」他說，從頭上掛的衣物中走出去，進入陽光中，抬頭望著天空。達圖搖頭，尋找適合那個頑固的人的體型的東西。

其他人買了他們自己的東西，在店內從天花板上垂下來像浴簾的布幕後面更衣。黎剎真希望他可以洗個澡，但眼前暫時換了一套衣服，又在胳肢窩噴了一點芳香劑，已足以使他感覺煥然一新。他穿著新衣服走出去，另外一套裝在一個塑膠袋內。阿文和達圖也一樣。阿馬度選擇保持原樣。達圖勉強說服他穿上他為他買的那雙便宜的七號布鞋。現在既然回到自己的同胞中，他在火車站感受到的羞恥感煙消雲散了。他們繼續往前走，達圖兩眼搜索著頭上探出路面的招牌。香腸在燒烤車上滋滋作響，帶輪子的陶製烤爐裝滿現烤的地瓜。令人興奮的綜合香氣讓人垂涎欲滴，他們的胃渴望吃點食物——真正的食物。他們來到一個十字路口，然後右轉，達圖手指著一個招牌，為他們讀出上面的名字。

「我們到了，巴當拉拉基（batang lalaki，譯注：小伙子），『馬尼拉北部』。」

商店的櫥窗亮著一圈紅色、綠色和透明的聖誕燈，還鑲著一個金色的花環。門外一塊黑板上列出正在優惠的啤酒和飲料。黎剎不需要識字也能認出紅馬牌啤酒標籤，本能地，他的嘴巴開始分泌口水。儘管在家時經常手頭拮据，但他通常能從附近的埃斯特羅收集到數量足夠的、從城市漂流到海灣的塑膠、金屬和玻璃賣給一家舊貨商店，賺取一點啤酒錢——這是他母親不知道的現金，因此無法審查他選擇的消費方式。達圖把門推開，門上的鈴鐺聲宣告他們已進入昏暗的室內。一台卡拉OK伴唱機大聲播放菲律賓流行音樂，一個搖搖晃晃的中年男子在歌手黎晶的歌謠聲中顫抖。一名女服務生迎上來，她的額頭上滿是汗珠，黑色的頭髮梳到腦後綁成一束馬尾。她一邊含笑問：「你們四個人？」一邊抓起四本菜單，然後帶他們到靠近廚房角落的一張桌子。透過旋轉門，他們可以聽到火爐和蒸汽的嘶嘶聲，並在門再度關上之前，聽到菲律賓廚子大聲吆喝點菜的聲音。達圖坐下，拿起一本菜單時瞪大了眼睛。他為其他人大聲朗讀。

「倫皮亞（lumpia，譯注：春捲）……班西巴拉博（pancit palabok，譯注：炒麵）……波克阿多波（pork adobo，譯注：醬醋豬肉）……奇查龍……波克西西（pork sisig，譯注：鐵板豬碎肉）……比賓卡（Bibingka，譯注：蛋糕）……」

「哈囉哈囉（halo-halo，譯注：綜合刨冰）？」阿馬度問。達圖點頭。阿馬度望著其他餐桌，看見地板上有塑膠箱，裝滿了紅馬啤酒空瓶。「去他的哈囉哈囉，」他說，舔著嘴唇，「我們喝點啤酒吧。」

達圖向女服務生打手勢，她走過來。忘了啤酒，也許是短暫的，他先點菜，挑選每道菜的名稱，陶醉在昔日最愛的聲音中。這和震撼他生長的札巴特路棚屋的十八輪大卡車一樣，都是家鄉的一部分。女服務生記下他挑選的菜，面無表情。當她要離開時，達圖伸手碰一下她的手肘。她停下來，微慍地回頭看。

「還有，小姐，」達圖說，指著旁邊的空啤酒箱，「請來六瓶大瓶的紅馬。」

黎剎挑起他的眉毛，阿文和阿馬度微笑，達圖的臉是一道光，照亮了他們在昏暗角落的桌子。「我要享受一下，」他說，搓著雙手。黃色啤酒箱先送上桌，女服務生立刻打開瓶蓋，讓他們自己傳遞酒瓶。達圖獲得這個榮譽，興高采烈地遞給每個人一瓶啤酒。他性急地自己先喝一大口，滿足地呼出一口氣。他凝視酒瓶上的標籤，就像凝視他的至愛一樣。黎剎自覺地啜一小口。阿馬度的第一口甚至比達圖的更大口，阿文稍微少一點。他們放下酒瓶，享受從他們空虛的肚腸中散放的溫暖。

達圖打量房間，現在比數分鐘前他們進門時人更多了。

「每個星期日，」他說，仍然左顧右盼，目光鎖定另一個菲律賓女服務生，「我表哥說，每個星期都是這樣，人們休假一天來這裡，或者去台北火車站。他告訴我，我一定要親自來看看。」

「你的表哥在台灣工作？」黎剎問，忘了他們在船上度過漫長的第一天時達圖曾簡短提起過。

「幾年前，」達圖抓抓他的頭，試著回想他是否提起過。「他現在回家了。」

「他說了什麼？」阿馬度問，「我的意思是，有關他在這裡的情況。」

「說得不多，他多半談星期日。他對工作幾乎絕口不提。他說它就是……工作。沒什麼好說的。『雷切，談論工作。』他會這樣告訴我。他的年紀比我大很多，我是個老是問東問西惹他生氣的小阿納克。難怪他不愛多說。」

「是他叫你來的？」黎剎問。

達圖又喝一大口啤酒，那瓶幾乎喝光了。「不完全是。我的意思是，他沒有鼓勵我，但也沒有叫我不要來。他說如果我想的話，可以試試看。他說沒有一個地方是天堂，但是要找份工作，我們有些人就必須離開。事情就是這樣，除非你有認識的人，或你認識的人認識某個人。」

他乾了最後一口啤酒，伸手又抓了一瓶。他打嗝，把氣吐在桌上。女服務生過來，放下第一盤菜，是滋滋作響的波克西西。達圖摩拳擦掌，傳遞餐具。他們開始進攻，貪婪地從鐵板上夾出切成小碎塊的豬肉，一次塞進好幾塊到口中，細細品嚐肉汁，津津有味地享受有嚼勁的口感。幾隻手上下交錯進攻，幾分鐘後，那盤菜就被夾光了，只剩下幾行油脂顯示那裡曾經有食物。阿馬度乾了他的啤酒，又去抓一瓶，手握著潮濕、冰涼的瓶頸。阿文也幾乎喝完他的啤酒。黎剎還剩下四分之三。他們注視他。

「不太喝酒，阿納克？」阿文問。和其他人一樣，他也臉紅了，兩個臉頰紅通通的。眼神迷濛，咧嘴微笑。他們往後靠，看著他們當中最年輕的船員。黎剎低頭看他的酒瓶，注視著朝向他湧出的啤酒泡沫。他將酒瓶湊到嘴邊，頭往後仰，當他咕嚕咕嚕地灌下酒精含量百分之八的剩餘啤酒時，喉嚨疼痛，胃部灼熱。他皺眉，放下酒瓶，兩眼緊閉。他向來珍惜他的啤酒，總是細細品味，因為不知道什麼時候才能再喝到。他不習慣大口大口地灌。但是當他睜開眼睛時，發現他的面前又多了一瓶啤酒——似乎是讓他和阿馬度共享的——以及三張笑咪咪的臉。阿馬度點頭讚許。就在卡拉OK機器大聲播放了幾首歌之後，他們的第一個啤酒箱已裝滿空瓶。達圖呼喚再來六瓶，女服務生同樣以冷漠的表情接受他們的訂單。等她離開後，達圖上身往前傾靠在桌上。

「你覺得她怎樣，嗄？」

「誰？」黎剎問。

達圖用他的圓下巴指一下，「當然是那個女服務生，普趟以納（Putang ina，譯注：粗話發語詞），我離開我老婆三個月了，如果不快點找個女人，我的蛋蛋會著火。」

其他人都揚起眉毛。

「你結婚了？」阿馬度的語氣幾近完全難以置信。

「有那麼難以置信嗎？」

桌上暫時沉默下來。阿文問他結婚多久了。

「十年，嘎戈（gago，譯注：愚蠢），」他們的第二輪啤酒送上來時，達圖嘆一口氣。他抓起一瓶酒，又猛灌一大口，喝完後凝視著酒瓶。「漫長的十年。」他把「漫長」兩個字拉得很長，不得不再吸一口氣才能把這句話說完。

「孩子？」黎剎問，慶幸他們的對話轉移了對他喝酒很慢的注意力。他的腦袋已經在暈了。

「三個。」達圖傷感地說。「兩個女孩，」他停頓一下，「一個男孩。」

他們點頭。達圖問其他人有沒有小孩，把問題引到阿文和阿馬度身上。他們搖頭。接著，惡作劇的成分大於禮貌，他對黎剎說：「你呢，阿納克？你有自己的小阿納克嗎？」黎剎笑了，臉轉向地板，搖頭表示沒有，但笑容迅速從他臉上消失，因為他想到他的女兒，以及無法將她的事告訴他們而感到羞愧。達圖眼中通常只有開玩笑時才會出現的閃亮光芒，現在已占有一席之地。當達圖喝完他的第二瓶啤酒，立即又伸手去拿一瓶時，阿文和阿馬度也努力跟上。黎剎握著他的酒瓶放在桌邊下，他的憂慮轉移到這餐飯將會花掉他們多少錢；如果他們不停地這樣喝啤酒，他們是否有足夠的錢付帳。但他把這個想法藏在心裡沒有說出來。

「你沒有回答問題，」達圖又轉向黎剎，「你覺得那個小甘達（ganda，譯注：美女）如何？」

黎剎環顧四周尋找她，發現她在吧台，正把飲料放進托盤。她很漂亮，眼神疲憊，但有一種即使疲憊也掩飾不了的親切感。她烏黑的長髮和多數女服務生一樣，梳成一根講求實際的馬尾，從她高顴骨、窄鼻子的臉龐往後梳，使她的嘴唇比她原本憔悴的臉部特徵可能顯現的更為豐滿。他看她的小腿，有四分之三露在黑色的短裙下面。黎剎左右擺頭，假裝深思。

「不錯，」他的語音輕快地上揚，「你看上她了，迪歐？」

達圖假裝觀察他的酒瓶。「啊，這對我來說已經過去了。『追女孩的事留給年輕人吧。』我老爸總是說，」達圖嘲笑這段記憶，「『你會活久一點。』這個老混蛋曾經說。」他搖頭，「這是他說的，這老狗。但是不，我的日子已經來了又走了。你，你去吧，阿納克。」

阿文和阿馬度點頭。一股冰冷的感覺使黎剎的胃收緊了。他又去看那個女服務生，在房間的盡頭找到她，正把她的最後一盤飲料放在一張堆滿空酒瓶的桌上。她將空酒瓶和玻璃杯疊放在托盤上，在餐桌間穿梭，再度走向吧台。顧客們搖搖晃晃、大笑、互拍肩背。黎剎上身往前傾。

「我該怎麼辦？」

其他人發出輕笑，笑聲被房間內的噪音淹沒。達圖清一清他的喉嚨。

「這很容易，」他說，「我們快要沒有啤酒了，我要做的是叫她過來再多點幾瓶啤酒，等她過來時，她會把空酒瓶收走端回吧台，在她收走之前，你就像個葛蘭迪阿納克（galante anak，譯注：英勇的孩子）一樣跳起來，自告奮勇幫她拿。不要接受她的拒絕，這樣她就會跟著你，等你到了吧台，你再跟她說話。」

「我要說什麼？」黎剎撕下他的酒瓶標籤，將碎紙片丟在桌上。

「呼哇摩阿工以尼辛（huwag mo akong inisin，譯注：不要惹我生氣）！一定要每件事都由我來想嗎？」達圖雙手往頭上一揮假裝生氣，「告訴她，她很美；告訴她你想回她的家鄉見她的父母；告訴她你不能沒有她，如果她不答應在這裡幫你生七個兒子，你就要打破吧台邊上的酒瓶，割腕自殺。」

黎剎瞪著他，睜大了眼睛直眨眼。達圖目不轉睛注視他。「真的嗎？」黎剎好不容易說道。達圖放聲大笑，聲音之大引來附近幾張桌子的注意，從他腹部發出的隆隆笑聲再現昔日榮光。達圖臉頰上散放著洋洋得意，他舉手招呼那個女孩。「小姐？」他邊笑邊喊。女服務生走過來，手上仍拿著空托盤，對他惡作劇的笑容感到困惑。當她抵達時，她冷冷地望著達圖，等待，內心暗自禱告他不是那種手腳不乾淨、會從後面拍她屁股的老傻子。她默默地站在達圖旁邊，每一秒鐘都讓黎剎的喉嚨緊縮。達圖保持沉默，然後聳聳肩假裝尷尬，彷彿這一刻才想起為什麼叫她過來。

「喔，抱歉，小姐，請再來六瓶啤酒。」他不怎麼慎重地對黎剎點頭。「黎剎……」達圖說，對著自己的拳頭咳一下，「你想幫這位女士做點什麼嗎？」

黎剎一聽，猛的從椅子站起來，開始笨拙地拿桌上的酒瓶，但是當他伸手去抓酒瓶時，卻反而將它打翻。他把塑膠箱裝滿酒瓶後拿起來，從女服務生旁邊與她擦身而過，走向吧台。她揚眉瞪眼，轉身看著他走過去。他將塑膠箱放在吧台上，酒保臉上同樣現出困惑的表情，然後黎剎又直奔他的座位，坐下來。

「好的，先生。」女服務生對達圖說，將她的筆塞在耳後，空托盤夾在腋下。「我馬上把你們的啤酒送過來。」她還沒有轉身，達圖、阿文和阿馬度已哄堂大笑，又引來旁邊更多人的微笑和目光，連黎剎自己都忍不住笑了。

「不錯，阿納克，不錯，」達圖邊笑邊說，「但你可能還忘了一件事。」他又開始暴笑，比上次更大聲。這種發作有感染力，不久阿文與阿馬度已全身無力，淚眼汪汪，笑得喘不過氣來。他們互拍肩膀，倒向對方的懷裡。黎剎對自己的無能搖頭。他站起來，其他人長長的笑聲逐漸變短，氣喘轉成笑聲，伸手擦拭眼角的淚水。他們看著他再度走向吧台。她站在那裡，酒保第三次在塑膠箱內裝滿他們的啤酒時，她背對著他們。黎剎站在她旁邊，等著她注意到他，見她沒動靜，他拍拍她的肩膀，她轉頭面對他，兩眼疲憊，半開半閉。

「什麼事？」她問，「你還要什麼別的嗎？」

他又楞住了。他張嘴想說話，卻只聽到一個被放大的咕噥聲從他緊縮的喉嚨冒出來。他吞一口口水，將手背放在嘴邊，舉起一根手指要求稍待片刻，好重新組合他要說的話。她注視他，挑起一邊眉毛，像剛才在餐桌時那樣。酒保將最後一瓶啤酒放進塑膠箱，但她不予理會，而是將她的目光停留在這個力圖鎮定的瘦弱男孩身上，一個緩慢、無聲的笑意推動她的肩膀，她伸出雙手去拿塑膠箱，但一隻手放在她的前臂上阻止她。她看著男孩，然後看著放在她的手臂上、不請自來的那隻手，她睜大了疲憊的雙眼。

「無論你來自哪個叢林村莊，你可以不先問一聲就觸碰女孩子嗎？」她責罵他，「但在我們那裡，你要把你的手放在自己身上，否則你會失去它們。懂嗎？」

黎剎的手發抖，他抽回他的手。「對不起，」他說，看一下門，看是否有任何逃脫的方法。他覺得他的五臟六腑都散開了，有那麼一瞬間，最終的尷尬似乎免不了。他用力嚥下口水。「我只是想跟你談談。」

她的手離開塑膠箱，打量他。「談什麼？」她回擊，「談我有多麼美麗？談你多麼想見我的父母？談如果我現在不答應和你生七個兒子，你就要割腕自殺？」

黎剎轉頭望著餐桌，看到三個傻瓜笑得前仰後合，又笑又鬧不由自主全身抽搐。他見狀搖頭，暗暗咒罵達圖洪亮的笑聲。他看著地板，「諸如此類。」他喃喃地說，想偷偷溜回去。這時一隻手抓住他的手臂。他低頭看到她的手指在他的前臂上。

「你可以先幫我拿這些，」她把一整箱啤酒交給他，「我要休息了。」她說著，將身上的圍裙拉到頭上脫下來。「如果你要跟我談，到後面外頭來找我。」她恨恨地瞪著達圖和其他人，他們仍在哈哈大笑。「但是把你那些小朋友留在這裡，好嗎？」

黎剎又噎下梗在他喉嚨的東西，被她半閉的眼睛弄得不知如何是好。「好。」他好不容易說道。女服務生將她的圍裙放在吧台上，然後進入通往廚房的旋轉門消失了。黎剎看看他的同伴，發現他們的笑聲終於停止。達圖詢問地舉起雙手，黎剎聳聳肩，面帶微笑。他將啤酒端回他們的桌子，但他沒有坐下，然後他轉身走向前門，三張目瞪口呆的臉看著他一步一步走出去。他加快腳步，經過模糊的櫥窗，消失在轉角處。那裡有一條窄巷，一條用來分流建築物之間的雨水的水泥陰溝。當他正在考慮找另一條可以繞到建築物後面的通道時，一隻流浪貓蹣跚地走在他前面，對著轉角某個看不見的東西大聲嚎叫，並拱起背部。黎剎決定跟著牠走。他破舊的鞋子越過大片淺水窪，避開一堆積水、泥巴和垃圾。他側著身悄悄走到建築物後面，繞過轉角，把站在那裡的女服務生嚇一跳。她停止正在做的事，一隻腳的鞋底平貼在凹凸不平的灰色水泥地基上。他發現自己又在看她的小腿，但沒有意識到自己正在看或已經看了多久。她低頭接觸他的目光，搖搖頭，笑了起來。

「你大可從廚房過來，」她說，「沒有人會對那裡的另一張棕色面孔多看一眼。」

黎剎抬起眼睛，感覺自己漲紅了臉。後巷內幾乎沒有任何空間。三個月來，除了船長的新娘外，他第一次近距離看到的女人使這裡的空間變得更狹小。她看起來不是很確定，彷彿剛剛才忽然想到，邀請他來也許是個錯誤的決定，儘管他看起來沒有惡意。後面鄰近建築的牆壁與餐廳只相距數英尺，黎剎走到那堵牆，手指摸著他的長褲口袋內的破洞，然後轉身，舉起他的一隻鞋底也貼在對面牆上，學她那樣站著。她又笑了。他沉浸在她的笑聲中，下巴低垂，試圖想點什麼來說，任何事都行，只要能把她留在那裡。他先問她的名字。

「你想知道我的名字？」

連黎剎都看得出她在捉弄他，她的聲音充斥著他對異性的無能。

「是。」黎剎害羞地說。

「是什麼？」

「我想知道你的名字。」

她微笑，像在品味香菸那樣吸一口氣。她讓他的一顆心懸在那裡，一會兒才回答。

「賈絲敏。」

黎剎抬頭，硬是嚥下一個使他的臉頰鼓起來的啤酒嗝。她又取笑他，使他在同一瞬間感到成功和失敗。「賈絲敏。」他重複。她點頭，把頭歪一邊，將她的腳從牆上移開，換另一隻腳。黎剎也學她這樣做。

「雷切，」她拉長了聲音說，「你就像個煩人的小弟弟，看到什麼就學什麼。」

這句話刺痛了他，但黎剎告訴自己她不是有意的。他把腳放下，試著想點別的說。他決定說他的名字。

「什麼？」她問，「你說話都這麼小聲嗎？」

他又覺得被刺傷了，有點難堪。「黎剎，」他重複，「這是我的名字，如果你想知道的話。」

她聳聳肩，然後說：「好吧，現在我知道我是否想知道了，不是嗎？」

黎剎不知所措。他想從原路溜回去，馬不停蹄直奔車站，然後他可以趕上開往蘇澳的火車，幾個鐘頭之後回到船上，蜷縮在駕駛室的地板上。他雖然比賈絲敏高，但他感覺她高高在上，聳立在那裡，雖然只相隔幾步路，他卻完全無法企及。他無法動彈，再度語塞。她看著他，問了一個問題，語氣似乎是：在沒有更好的陪伴的情況下，他們不妨聊聊。

「你在這裡做什麼，黎剎？」

「我在這裡做什麼？」

「我的意思是，你做什麼工作？你知道，工作？」

「我是個漁夫，」黎剎回答，滿懷希望。但她立刻又把他縮回原來的大小。

「那裡每個人都是漁夫。」她把頭轉向餐廳，「一個漁夫，一個工廠工人，一個護士，一個看護。我們在這裡還能做什麼？」

她看到黎剎眼中的困惑。「算了，沒事。」她說，「所以你是個漁夫，多久了？」

「三個月。」黎剎迅速回答。她嗤笑，臉上忽然變暗，一片雲飄過頭上的一小片天空，頭頂上細條狀的天空由藍轉灰。

「三個月……」她移開視線，然後又回頭望著黎剎，「你喜歡嗎？」

「喜歡嗎？」黎剎心想。在那之前所發生的一切，他都沒有空去想它。麻木的勞動夜晚慢慢變成輾轉反側的白天，像潮水一樣沖回更多的工作。日復一日，那些潮水進進出出，思考他們日日夜夜的潮汐，和思考其他許多他們無權支配的生活點滴一樣毫無意義。

「哈囉？」賈絲敏把黎剎喚回來，「我說，『你喜歡嗎？』」

「還可以，」黎剎回答，「那是一份工作，這就夠了。」

賈絲敏將雙手插入她的口袋，黎剎看著她大拇指的粉紅色指甲消失在她褪色的皮帶環黑色條紋底下。他偏著頭，用下巴朝她點一下。

「你為什麼來這裡？」

「我？」她用手指著自己的胸口，將他的目光吸引到那裡後又迅速移開。「我以前是看護，」她停頓一下，「但我不喜歡。我的老闆不是好人，他僱用我去照顧他的母親，她已經失智了，我每天都必須告訴她我是誰，我在那裡做什麼。我不認為她聽懂我說的話。無論我做什麼她都要反抗，我給她吃藥，她就把藥打到地上或吐出來，說我想毒死她。我拿毛巾幫她擦嘴，她就把我的手打掉。我每天都得餵她吃飯，幫她洗澡，甚至幫她換尿布。」她搖頭，面有畏懼。「我不必照顧她的時候，我的老闆就會派我去新竹他的哥哥家，他的司機會載我去那裡，我要打掃他們的整棟房子，四層樓。如果他的房子不需要打掃，他就會派我去打掃他的辦公室，或去他太太的服裝店當助手。在他們家，當我不照顧阿嬤時，我要煮飯，還要打掃。他們甚至叫我去屋子後面的花園拔草。我待了八個月，沒休息過一天，整天都在工作，日以繼夜，夜以繼日，如果能在這裡那裡偷偷睡一個小時，都算很幸運了。還有薪資，」她翻白眼，「我幾乎看不到任何錢，一切都用來償還我來這裡的貸款，仲介費，甚至食宿費，你能相信嗎？他們告訴我，我會有免費的食宿，等我來了之後才發現是從我的薪資中扣除。」

她現在生氣了，似乎很想朝地上吐口水，但她只是嘆一口氣，嚥了下去，閉一下眼睛，然後抬頭望著尚未飄過的烏雲。黎剎也學她的動作。

「它不是一個好人，我的老闆，」賈絲敏又說，又一次拉長了尾音。她兩眼無神，黎剎發現她往旁邊看，巷子的另一端。「所以我離開了，」她說，「我逃走了，我打電話給我的仲介，告訴他發生了什麼，但他說我逃跑，警察在找我。他說我必須告訴他我在什麼地方，他會來接我，帶我去警察局，然後我會被送回家，回到菲律賓，永遠不許再回來這裡。但我不能回去，我欠那麼多錢，而且那邊沒有工作，我該怎麼辦？我在街頭流浪了幾天之後才找到這個地方。這裡的老闆是菲律賓人，很年輕，像我一樣，甚至不到三十歲。她嫁給一個台灣人，丈夫家裡很有錢。她說我可以在這裡工作，領檯面下的工資。她說她不會告訴任何人，就像她對其他在這裡工作的人一樣。我相信她，我已經在這裡四個月了。就算我決定回家也不可能，我的護照在我的仲介那裡。如果我去報警，我會被遣送出境。所以我想我被困住了。」她又嘆氣，「我不知道我為什麼要告訴你這些，我根本不認識你。」

黎剎移開視線，望著他那一頭的巷子底，先前看到的那隻貓現在在那裡，舔著爪子，將它拉過頭頂。

「我很抱歉。」他說，聲音微弱，他真希望他沒說。賈絲敏聳聳肩。

「為什麼？」她問，「你又沒做錯什麼。」一陣風呼呼地吹過巷子，捲起一點塑膠碎片和紙張，把它們甩到牆上，然後扔在陰溝的汙泥裡。賈絲敏拍拍她的大腿。「好了，現在你知道我的悲慘故事了，漁夫黎剎。」她兩眼圓睜，走向他。黎剎覺得他的心在狂跳。他把兩隻手掌貼在背後的牆上。現在她在他面前了，嘴唇離他的臉不到一英尺。他用力嚥口水，盡量不讓自己現出很害怕的樣子。她嘟起她的嘴，「問題是，我能相信你不會把我的悲慘故事告訴其他任何人嗎？」

黎剎感覺他的額頭在冒汗，腋下也在流汗，汗水從他的手掌滲出，轉眼間他就全身濕透了。他感覺他的皮膚緊繃，骨頭發熱。他忽然覺得很癢，便去搔他的後腦勺，感覺他的頭髮又油又亂。賈絲敏第三次對他挑起眉毛。

「是。」他嗄著嗓子說，感覺自己的聲音破破的。

「是什麼？」賈絲敏嚴肅的表情中露出一絲微笑。

「是的，」黎剎的嗓子更沙啞了，「你可以相信我。」

第十二章

黎剎的眼皮緩緩動了一下。他頭痛欲裂。當他吞口水時，嚐到嘔吐物的味道。他的身邊是服飾店的袋子，裡面裝著他髒兮兮的舊衣服和第二套新衣。袋子旁邊是達圖，躺在火車站的長凳上酣睡。黎剎猛然坐起來，一陣腦充血和劇烈的疼痛使他不由得伸手觸摸他的額頭。長凳設在車站前的台階旁，遮住了陽光。四周人來人往，都刻意避開這四個外國人。黎剎環顧四周，前一天車站擠滿了菲律賓人、泰國人、印尼人和越南人，今天他們是唯一看得到的外國臉孔。他忽然覺得一陣噁心，這天是星期一，他們必須及時趕回蘇澳，晚上要工作。他推推達圖的背，阿文和阿馬度睡在旁邊的另一張長凳上，一個人的腦袋靠著另一個人的側臉。

「醒醒，」黎剎哀求達圖。達圖對黎剎揮一下手，腦袋往臂彎裡埋得更深。黎剎用力推他，達圖終於倏地睜開眼睛。他對著光線皺眉，坐起來，用手摸他的額頭。

「我們在哪裡？」他看著人們從他們旁邊經過，「問那個女的我們在哪裡，阿納克，我不……」

「我們在火車站！」黎剎用驚恐的聲音說，「轉頭看，庫亞，看到沒？」達圖轉頭，緩緩點頭。他把臉埋進他的手掌心，發出呻吟。

「我們是怎麼來的？」

「我不知道。」黎剎感覺有什麼東西扎著他的腿，他伸手從長褲口袋掏出一副刀叉，明白一定是他從餐廳拿的。他的胃往下沉並且開始反抗。他強迫自己站起來，說：「我們必須回蘇澳，如果我們遲到，船長會生氣。」然後他將餐具放回他的口袋，過去把阿文和阿馬度叫醒。兩人疼痛而困惑地起身，阿文擦拭從他嘴角流出的口水。

一個漂亮的年輕婦女匆匆經過，阿文咧著嘴笑，對她揮手道早安。黎剎知道這個人仍在酒醉。阿馬度似乎是他們幾個人當中受到影響最小的，他站起來伸展四肢，先彎腰碰觸他的腳趾，再起身後仰彎曲他的背。黎剎在瞬間的恐慌中把手伸進他的另一個口袋，發現裡面還有一點錢才鬆一口氣，這些錢至少要夠他返回蘇澳。他催促其他人動作快一點，幾個人才慢吞吞的步上台階去售票櫃台。

「蘇澳。」黎剎慢慢地對玻璃窗後的男子說，舉起四根手指。那個人按了幾個按鍵，將一個計算機舉到窗口。黎剎用手肘頂一下達圖，他看了數字後點頭，立刻又愁眉苦臉的閉上眼睛。黎剎向每個人收錢後付錢給售票員，拿了四張車票。他看看印在車票上的時間，再看看時鐘，發現還要再等四十五分鐘他們的班車才會出發。這時已接近中午了，他在心中暗暗詛咒。阿馬度緩緩走開，晃去找飲水機。達圖和阿文已在小小候車室內的兩張藍色塑膠椅上攤開四肢。黎剎過去和他們坐同一排椅子，阿馬度一屁股坐在他旁邊。達圖的呼吸緩慢而從容，說的還是那些話。

「我想我們昨天晚上玩得很開心吧？」他笑著說，立刻又愁眉苦臉地呻吟。黎剎試著回憶。昨夜是由大量只有一半記憶的場景串連起來的，那些場景也許從未發生，那些話可能有說過，也可能沒說過。達圖挑高眉毛問黎剎有關那個女孩賈絲敏的事。「有任何進展嗎，阿納克？」阿文和阿馬度身體往前傾聆聽。黎剎回想。他閉著眼睛努力回憶，搜尋他們之間可能發生的任何事。一個影像閃過他的腦際。一枝筆被一隻有粉紅色指甲的纖纖細手握著，在一張紙上快速書寫。那張紙的顏色很奇怪，在吧台昏暗的燈光下，淡紅色變得更深。紙條從桌面遞過來，黎剎看到自己伸手去接，把紙條折好塞進他的口袋。他猛然睜開眼睛，將手伸進他放錢的口袋，掏出幾張剩下的百元鈔票，它們被對半折。他以他浸泡過啤酒的大腦容許的情況下快速翻找，終於找到它了，那張有藍色墨跡的鈔票。他研究了一下上面的記號，然後交給達圖。

「它說什麼，庫亞？」

達圖接過鈔票，先瞪大了眼睛，接著瞇起眼睛，努力對焦。只見他哈哈大笑，又因大笑帶來的疼痛而立刻閉上眼睛。他把鈔票還回去，雙手擱在肚子上，對黎剎微笑。

「什麼？」黎剎焦慮地問，「告訴我它說什麼。」

達圖維持他那誇張的笑容，直到如此費力為他帶來更多的疼痛。「它是地址和電話號碼，阿納克，」他解釋，「我猜想她要你寫信給她，或打電話。」

黎剎內心為之振奮，但他想到自己沒有地址也沒有電話，一顆心又迅速往下沉。他滿懷期待地望著達圖，「你可以幫我吧，庫亞？」他問，「你可以幫我寫信給她？」

達圖笑了，伸手拍拍他的膝蓋，「當然，阿納克，」他說，「我會幫你。」

他們靠坐在弧形的椅背上，頭往後仰，凝視天花板或閉著眼睛，直到站務員的呼叫聲猛然將他們從不舒服的歇息中喚醒。他們的火車即將進站。它誤點了，雖然只慢了幾分鐘，但此時已接近下午一點。黎剎試圖回想他們前一天花了多久時間抵達這裡。他想問達圖，但達圖仍在宿醉中，黎剎決定不去打擾他。他們上車，在一車子與他們不同面孔的人群中找到他們的座位，那些人的眼睛一直跟著他們轉，直到他們坐下的那一刻。四個人兩兩坐在一起，中間隔著走道。他們像在車站那樣，靠在椅背上伸展他們的背部。車門嘶嘶地關上，米黃色與橘色的列車緩緩開動，鏽跡斑斑的車輪在軌道上發出緩慢的空咚聲。黎剎閉上眼睛，試著用意志力使自己從心中的高架下來睡覺，但一波波酒精糖分將他心中的高架籠罩在一圈明亮的光環中。他看看他的左邊，伸手越過隔壁正在睡覺的乘客，將窗簾拉下來。窗簾只能過濾光線不能阻擋它，但它使陽光不致照在他的眼皮上，平息醒來的衝動。

漸漸地，黎剎的心平靜下來，血液也以一種更放鬆的緩慢狀態運行。他從半閉的眼睛看到其他人都睡著了，阿馬度在打鼾，激怒坐在他旁邊的台灣婦女，她的手指在筆記電腦上啪嗒啪嗒地敲打著。黎剎忽然想到一件事，手伸進他放錢的口袋，把錢掏出來，然後取出賈絲敏的紙鈔，將它移到右邊的口袋。他想起她的臉，懷疑自己是否記得她的真實面貌。他的思緒斷斷續續湧現，像一個孩子把花園的水管折成兩截阻斷水流，再將它拉直那樣。他終究還是昏昏沉沉睡著了，雙手平靜地擱在肚子上。在夢裡，他會在醒來後幾秒鐘內忘記他發現她，站在他們第一次談話的巷子裡，背靠著牆，他看著她，她看著他。在那個夢裡，他會忘記他希望什麼——希望他可以回去，希望生命可以讓他只是站在那裡看著她。如果生命可以只是這樣，他轉瞬即逝的念頭說，那就不枉此生了。

幾個小時之後，黎剎感覺有人碰觸他的肩頭，將他從睡夢中喚醒。他張開眼睛，所有那些愉悅的念頭一湧而出，消失在乘客車廂的空調冷氣中。他抬頭，看到達圖的臉，他的眼睛仍然和那天早上一樣布滿血絲。火車正在減速，車輪的空咚聲間隔越來越長。黎剎轉頭望著窗外，發現太陽已接近地平線。他一陣恐慌，轉頭看達圖。

「我們遲到了！」他大聲說，聲音乾澀而沙啞。達圖仍保持冷靜。

「放輕鬆，阿納克，我們無能為力，火車誤點，我們在其中一個車站停了半個多小時，你一直在睡覺。」

儘管語氣平靜，這句話卻無法使黎剎安心。他看阿文和阿馬度，他們並肩站在走道上，背靠著前面座椅的椅背。黎剎回頭看車廂內部，發現幾乎是空的。他也站起來，彷彿起身的動作可以讓他看到火車早一點停下來，他們在返回港口的路上。如果上帝許可，他心想，他們會趕在船長之前回到那裡，一切都沒問題。

火車終於停下來了，黎剎帶頭衝出去，其他人跌跌撞撞跟在後面，從嘰嘰嘎嘎響的車廂跳到月台上。他們衝過地下通道跑到車站大廳，一名穿制服的年長站務員對黎剎說了一句他聽不懂的話，攔住旋轉門不讓他們通過，直到達圖解釋那個人要索取他們的車票。達圖從他的口袋掏出他的車票，黎剎和其他兩人各自在亂七八糟的紙片中尋找自己的車票。黎剎最後一個找到，它藏在賈絲敏折起來的紙鈔內。他急忙把車票交給站務員後通過。他們飛奔而下車站台階，從一個孤伶伶地靠在車門上的計程車司機身旁經過，然後右轉到通往港口的道路。黎剎帶路，努力回憶方向。他驚慌地拔腿狂奔，以致其他人，特別是達圖，無法跟上。他聽到達圖在他後面呼叫，但他繼續往前跑。隨著時間一分分過去，黎剎聽見自己的心臟在怦怦跳動，肺在燃燒；他仍然狂奔，他不理會疼痛，經過了公路盡頭的較大港口，接著經過他們自己港口附近的廟宇，然後轉彎，跑上通往港口開放端的小路。

當他停下來時，李停泊船隻的地方已經在望。看見那熟悉的藍色小貨車和站在車前的兩個人影時，他的胸口更痛了。即便在昏暗的光線中，他也能看出李那張憤怒的臉。陳先生站在他旁邊，雙手抱在胸前，嘴角帶著一絲輕蔑。半分鐘後其他人也趕上了，彎腰、喘氣，力抗運動與豪飲之後全身血液流動帶來的一波波噁心的感覺。他們在黎剎身後停下來，一個個從蹲伏姿勢站起來，意識到他們的麻煩大了。一個紅色與藍色的旋轉萬花筒照亮陳和李的臉龐，船員們轉身看見兩輛警用摩托車朝著他們騎過來。警察停下來，其中一個下車時用他明亮的手電筒照著他們四個人。兩名警察走向前，一手擱在他們的配槍皮套上。船員們站著不動，看著警察接近，聽到背後陳和李的腳步聲。陳先開口。

「李船長對你們非常失望，」他說，「他給你們一天休息，你們卻跑掉了讓他難堪。因為你們，他很沒面子。」

警察停下腳步，其他人都看著達圖等他翻譯。他保持沉默。其中一名警察說了幾句他們聽不懂的話，一隻手仍在他的皮套上。另一名警察抬手要求冷靜，手電筒現在塞在他的皮帶環中。船員們背對著船長和陳，警察現在離他們只有一步之遙，兩個人對四個人。黎剎腦中出現一個本能的聲音，逃跑的衝動。回家。跟著警察走的人通常不會回來。如果他們能回來，肯定是頭上纏著強力膠布，黑色塑膠袋滲出黑色的血水。他們被稱為「搶救受害者」——吸毒者、毒販和無辜旁觀者的諸多新術語之一，他們最終死於警察與職業殺手之手。這些受害者源於杜特蒂為了掃蕩毒品和轉向他們逃跑的窮人而發動的野蠻戰爭。黎剎的瞳孔從場地的這一頭快速掃到那一頭，然後鎖定在警察的配槍上。港口的燈光在散落著小石子、沙子和碎玻璃的道路上投下一層黃色的光暈，警察的配槍在燈光下散發金屬光澤。黎剎呼吸著魚內臟和鹹鹹的空氣。警察瞬間便將他拿下。他感覺有一隻腳從他後面分開他的雙腿；他扭了一下，倒在水泥地上，透過衣服感受到地面的熱氣。下一個是阿馬度，接著是阿文，達圖自己跪下，兩手高舉在空中。黎剎和阿馬度的雙手被戴上手銬，達圖和阿文的手被束帶綁住。他們面朝下趴在地上，抬頭看著高高在上站著的警察的褲管。李和陳過來和警察站在一起，陳開口說話時，船員們伸長脖子抬頭看他，但他靠得太近，他們只能看到他擦得雪亮的皮鞋。

「李船長來了發現你們不在，所以，他一定是打電話報警說你們逃跑。」陳停頓一下，給達圖時間翻譯，輕輕踢一下他的肋骨催促他。「逃跑是一件非常嚴重的事。警察要浪費他們的時間來這裡，又讓他們置身於危險中。你們可能都會進入監獄。」陳又停下來，達圖盡可能把他只懂得一點基礎的語言轉換成他們的語言。一提到監獄，他們都瞪大了眼睛，縮緊了肚子。陳見狀，舉起雙手要他們冷靜，一隻鞋子踩在小石子上嘎吱作響。「不過，我已經為你們和警方交涉了，他們非常生氣，但他們同意今天晚上不會把你們關入監獄，但是你們要繳納罰金，每人繳交一萬元，而且你們必須保證不會再逃跑。好嗎？」達圖翻譯。等他翻譯完時，四個人都微微點頭，下巴幾乎磕在水泥地上。李對警察點頭，他們過來解開船員的束縛。黎剎感覺鋼鐵從他的手腕上滑落，他坐起來，但仍坐在地上，其他人也一樣。他們抬頭望著那四個高高在上的人。

「現在，」陳說，「你們必須向船長道歉。」

達圖用他加祿語翻譯。陳用手指點一下黎剎，他抬頭看他的手，嚥下梗在喉頭的結，雙手抱膝，望著地面。達圖用手肘頂他，黎剎用眼角瞅他，達圖用嘴形無聲地說「對不起」。黎剎抬頭，小聲地說出來。李用手掌扣著他的耳朵，彷彿他聽不見，黎剎再說一遍，這次比較大聲。李點頭，皺著眉頭。他看著達圖，陳移動手指，一個個點下去，直到四名船員都說了李想聽到的話。李看著陳，再度點頭。陳對警察說了幾句話，警察向船長行舉手禮，轉身走向摩托車，車上的燈光仍在旋轉。他們上車，騎一小段路回到港口遠處的警察局。李和陳看著警察停車，緩步走進警察局，這才將注意力轉回船員身上。

「起來。」陳說。他們站起來。李的滿腔怒火在警察面前默默地沸騰，現在警察走了，他的怒氣一發不可收拾。李瞪著黎剎，在他眼中看到恐懼。他走向黎剎，後者像個小男孩似的畏縮。他伸出雙手抓住黎剎的衣領，破口大罵。李用力推他，黎剎跌跌撞撞，用眼色向其他人求助，但他們都站著不動。李又靠近黎剎，將他推向港口岸壁邊緣，用腳去踢他留在地上的塑膠袋——黎剎用來裝舊衣服和另一套新衣服的塑膠袋。李抓住黎剎穿在身上的新衣服，黎剎雖然聽不懂船長說的話，但他似乎在問這身衣服。嶄新的衣服似乎加深他們沒有得到允許便擅自離開的罪行。李彎腰撿起塑膠袋，往裡面看。

「是不是你的？」他尖聲問道。黎剎推想船長在問袋子是否他的。他急忙點頭。李又說了些什麼，再度指著他的新衣服質問他，然後他舉起塑膠袋，從後面將袋子用力扔進港口。塑膠袋落在水上，停了一會兒，直到平靜的海水從塑膠袋的一個孔洞滲進去，它才開始沉下去。黎剎轉身，想到他的I.O.V.錄音帶仍在他的舊長褲口袋內，現在即將沉到港口底部，內心不禁往下沉。他回頭看李，發現他仍怒火中燒，腦袋在他和其他三人之間晃來晃去。船長指著黎剎，然後指著其他人，接著又指著船隻，厲聲說話。

「現在，」陳翻譯，說，「船長說，該去工作了。」

第十三章

親愛的賈絲敏：

抱歉過了這麼久才寫信給你。我很慚愧地告訴你（或者，我們認識的那天晚上我曾對你說過？），事實上我不識字，不會讀或寫。我沒有上過學，總之沒有上很久。我想這是為什麼我最終來這裡，做我現在做的工作的原因。這封信是達圖幫我寫的，有點尷尬，但這是唯一的方式。紙和筆是跟其他船員要來的——另一群像我們一樣的菲律賓人。我們只見過他們一次，當時他們的船進港停靠在我們的船附近。幸好他們有我們需要的東西，並且願意分享。但從那以後我就沒再見到他們了。他們說，他們出海航行很久，一次要好幾個月。其中一位船員已經溺斃了，他們說。船長沒有設法將遺體撈上來，只是讓它留在海上。我希望至少能再見到他們一次，好好謝謝他們，送他們一點什麼回報他們。現在我沒有什麼可以給的，但我希望無論發生什麼，他們都很安全，不要遭遇那個溺斃，甚至沒有葬禮的人的相同命運。

自從見面後至今已經兩個月了，我每天都在想你。我希望你不要介意我這麼說，但想念你能幫助我度過在蘇澳的這些日子。在這裡，每天都千篇一律，我們整天坐在船上等出海。

夏天很熱，我們也只能坐在那裡流汗，試著睡一下。等天開始轉黑時，船長來了，我們會出海一整夜捕魚。船長老是對我們大吼大叫，我從他的語言中唯一學會的一句話是罵人的髒話。有時船長會毆打我們，甚至有一次把我們其中一人推進海裡。他有可能死掉。我以前從未真正想過這件事，但他有可能因此溺斃。現在每當我們出海時，我都有這種可能有人不會回來的感覺。我們會少了一個人，但我們什麼也不能說。我們的仲介陳先生甚至告訴我們，如果我們當中有人死了，船長可以直接把屍體拋進海裡。他說，我們的合約是這樣寫的。我們對此無能為力。我們會每天做我們該做的事，回來時少一個人，然後再少一個人，直到一個不剩。

現在已是秋天了，至少這表示不會再有暴風雨了，我希望。前幾個月颱風侵襲蘇澳，我們被留在船上，我這輩子從來沒有這麼害怕過。整整兩天兩夜，我們擠在一起對抗風和雨，每一次強風吹來，我都想：「就這樣，我的死期到了。」但奇怪的是，在那感覺離死亡最近的時刻，反而是我最不害怕的時刻。

現在天氣開始變冷了，即使白天也是如此。我們沒有毛毯，所以我們只能用我們的睡墊蓋在身上。在夏天，我們用它們來遮擋太陽，現在我們用它們來禦寒。我們用海水洗澡，但港口的水很髒。船長的新娘子現在每天帶食物給我們，但是和以前一樣，只是一些我們沒法子煮的速食麵和一點水，不夠我們四個男人吃。現在只要我起身太快，我就覺得頭暈。我一直都很瘦，但現在我真的只剩皮包骨了。我的母親如果看到我一定會心臟病發作。而且我經常胃痛，肚子餓得咕嚕咕嚕叫，但我們不能進城買任何東西。我們曾經去過一次，感覺上好像每個人都在監視我們。偶爾我會發現一輛警車緩緩開過去，或者兩名警員騎摩托車經過我們的船。我總是忍不住想，他們在監視我們。我們回來那天——就是我們見面那一天——有兩名警察和和船長及陳先生在等我們。他們給我們戴上手銬，還說我們必須為逃跑而繳納罰金。因為罰了很多錢，以致上個月我們欠的錢比賺的錢還多。我已厭倦做白工，五個月來，我的口袋裡只有幾塊錢，還得藏起來不讓船長知道。我怕萬一被他看到，他會從我手上搶過去扔進港口。有錢也不能花，我覺得我被困在這裡，我們都是，但是無法擺脫困境，所以我盡量不去想它。

達圖說還有兩年半，我們就自由了，我願意相信他，即便現在他替我寫這封信，他仍告訴我要有信心。我不知道，對任何事抱持希望似乎是愚蠢的。這就像在監獄裡。在我的家鄉，我認識很多進過監獄的人，他們說當你在裡面時，你不會抱任何希望，你只會度過你的時間，讓例行工作帶著你度過一天又一天，以及以後的每一天。所以，這就是我現在正在做的，度過我的時間，過完一天，離自由又更接近一天。等我的時間到期了，我將回家，回到納沃塔斯我的母親身邊。我會回顧我在這裡的時光，將它視為一種刑期，我想。也許我甚至會告訴人們，這就是發生的事，我被送走了。說我被送進監獄比實際發生的情況要好聽得多。有時我覺得自己好蠢，為何會落得如此下場？我應該知道它太美好，不可能是真實的。我應該知道像我這樣的人永遠不會有機會。

我的抱怨太多了，我想多了解你一點。你在這裡做得很好，無論如何比我更好。我想你一定非常堅強，你曾經遭遇困難，但你克服了它們。你讓自己擺脫了艱難的處境，找到更好的環境。如果我有你一半的勇氣，我也會這樣做。相反的，我只是坐在這裡，在這艘船上，日復一日，只做著白日夢。在某種程度上，這有點像我從未離開家鄉。在那裡，我也是每天做完全相同的事，心裡卻期待更好的東西。唯一不同的是，現在我有船長，而不是媽媽在對我大吼大叫。

我又在談我自己了。我告訴達圖把這一段刪掉，但他說留著吧。幫我寫信的人是他，所以我沒有太多選擇。那麼，請告訴我你這兩個月來過得如何，告訴我你都做些什麼。我知道聽到你的消息和你的生活情況會讓我覺得好過一點。它會給我力量度過這些漫長又漫長的日子。我希望很快就能聽到你的消息。我會給你鎮上那家便利商店的地址，達圖告訴我，可以透過這裡的商店寄信，他的表哥告訴他的，他說。我會偷偷離開船，把這封信寄去給你，然後偶爾偷溜回去看你是否寫信給我。不要為我擔心，納沃塔斯人是堅強的，我們和死人住在一起，墳墓就是我們的家和遊樂場。希望你一切安好。

黎剎

附記：這是我寫過的第一封信，希望你不會覺得我很奇怪。

第十四章

這是一個暫時的安息之地，黎剎，死者的家屬承租墓地五年，五年過後，如果他們能籌到錢，他們會在別的地方買一塊永久墓地，在這片圍牆之外。但是，如果期限到了他們籌不出錢，就會有像達圖這樣的人將屍骨拖出來。運氣好的放進納骨盒，就是一排排公寓式墓穴前面那些和鞋盒差不多大的小空間。大多數的遺骨則被放入米袋中，用黑色馬克筆在米袋上寫上家族姓氏，然後將它們扔在墓園後面那間破舊的棚屋裡，就是我叫你永遠不要去看的那個地方。現在你知道為什麼了，黎剎。那裡面有層層疊疊的袋子，堆在一起之後往下掉，頭骨、腿骨和我永遠叫不出名字的東西從袋子裡頭傾瀉而出，彷彿川流不息的瀑布，提醒你這……這就是我們所有人的結局。我知道總有一天你會不聽我的勸告，你遲早會去看。人都是這樣，人們被告知不要去做或不要擁有我們不能擁有的事物，而這些卻是我們最想要的。但是永遠不要不尊重死者，黎剎。讓其他孩子玩他們自己的遊戲，像玩「燙手山芋」遊戲一樣把一顆頭骨扔過來扔過去。但你不會，黎剎。你也許和他們不同，但那不一定是壞事，它可能是你最大的優點。

這是黎剎最近的夢境，他對母親、墓園和家的回憶；她盡力引導他，他則想盡辦法違抗她的勸告。現在他只想回到那個他熟悉的地方。現在他會聽了，他會尊重死者和生者，以及所有曾經盡全力引導他走上一條不會看到他的遺骨被裝入米袋，他父親給他的姓——這是他父親給他的唯一東西——寫在米袋上，好讓未來那些不聽話的子孫能找到他的道路。

他把信藏在他的口袋內，擔心如果他溜出去寄信，不知道會發生什麼。他想過試著把那折起來的紙張塞給船長的妻子，但後來改變主意，他推測她也許不明白他想讓她做什麼。他很少聽到她開口說話。她會在下午將食物拋給他們，有時在李的監督之下。當她拋食物時，她很少抬頭。而當每個人都注視她的時候——她相當漂亮——她似乎只看著她的丈夫。同時，李會瞪著她和每一個人，對任何一個將目光停留在他的新娘身上太久的人怒目而視。

達圖幫黎剎寫信後的第三天，黎剎發現自己在做白日夢，回憶他前一天晚上的夢境，這是真的——他的母親曾警告他不要接近墓園後面的棚屋和裡面堆積如山的骨骸。他站在他的新家的甲板上，感覺彷彿不僅船隻，連他自己也在漂浮；想到那些混雜在一起的骨骸，一個男人的一根肋骨垂直搭在另一根鎖骨上，也許是一個女人的鎖骨——兩個生前素昧平生的人，現在卻注定毫無理由地以這種方式死在一起，令活著的人失眠或凝望天空幾個小時。如果他們最後被裝入距離我大半生居住的地方一百英尺的一個米袋裡，或者，如果他們被拋入距離我所知道的任何地方一千英里遠的海底裡，那又何妨？他站在那裡，想著這些念頭，鎖定目光卻視而不見，絲毫沒有察覺他實際上正在凝視船長的妻子。她每天都來送餐。他感覺有手肘在頂他，於是從內心世界回到現實。在現實世界中，他望著船長的妻子發楞，但視而不見。船長本人就站在他的妻子身邊，怒目望著黎剎。黎剎立刻垂下視線，看到其他人——達圖、阿文和阿馬度——都坐著，唯獨他一個人站著。他們正打開他們的泡麵包裝，坐在遠處的船舷邊。黎剎回頭望著船長，向李點頭道歉，接著又向他的妻子點頭道歉。他始終不知道她的名字。我是漁夫，他心想，她是人妻。李的表情是既不接受也不拒絕他的表態，但他會記住。李的妻子，她臉上的表情述說著她也常常想著其他地方，也許此刻正在想——想她小時候曾經消磨時間的地方，長輩交代的話從一邊耳朵進去，從另一邊耳朵出來的地方。她聽過的那些話現在反覆出現，它們的意義在一個遠離可能使她的命運有點不同的地方悲慘地揭示出來。第三天傍晚他們再度出海，船長比平常更安靜。他連珠砲似的粗口——通常針對船員、他的駕駛室的儀器、大海本身——不見了。他待在駕駛室內，凝望著地平線。黎剎倚著船舷，兩隻手臂擱在欄杆上。李幾乎沒有眨眼，彷彿只有他一個人，被一個無形的外殼包圍，將他與外界隔絕。幾分鐘內，天空從黃疸橘變成黑色，大海變成一片厚厚的、膨脹的原油。李只用他的手指指著釣線和釣鉤，船員開始工作，安裝釣鉤、綁釣線，完全靠肌肉的記憶。他們放空大腦，面對即將到來的數小時沉默的重複性動作，以及所有那些夜晚將要發生的事。他們現在的世界是一個沒有聲音或氣味的世界，就連從魚餌桶不斷散發的濃濃惡臭深入他們的鼻孔，也只能聽到一個被毆打的人的嘆息。

船員們在工作時，感覺船長的眼睛盯著他們看。他站在那裡，背靠著駕駛室外牆，不停地抽著他通常一天兩包的香菸。他將餘火未盡的橘色菸蒂彈到從東面吹來的輕柔微風中。黎剎的手指沒有知覺地工作著，掠過顫抖的誘餌魚肉，倒鉤扎到指尖上的老繭，被變硬的老皮頂回去。準備放入海中的支線從他粗糙的、毫無感覺的手掌劃過。他看著主線源源不斷地流入朦朧的黑暗中，在泛光燈無法掌握的情況下逐漸模糊、消失，沒入大海中，直到它們被收回。

他們放出最後的支線，拖網速度加快，船隻隆隆地深入大海。船員們默默地坐在後面的座位上。今晚船長沒有派給他們任務，要他們把釣鉤磨利，或撬開並更換木板，或修補他們一竅不通、劈啪作響的引擎。無事可做，他們的腦袋便隨著船隻起伏點頭打盹，眼皮也隨著海洋的原始律動而變得沉重。黎剎感覺他的頭在往下點，猛的張開眼睛，一陣恐懼使他疼痛的雙腿不由得顫抖。他看過去，發現阿文正在對抗瞌睡，而達圖已經睡著了。阿馬度很快也睡著了。黎剎想出聲喚醒他們，生怕萬一船長轉身發現他們在打瞌睡，不知他會做出什麼。在海上不能睡覺，即使船隻循著釣線回頭的時候，那時無事可做，只有等待。船長命令他們只能睜著眼睛休息。但他們還是盡可能打瞌睡，在船長不注意的時候變得越來越大膽。

船上的老舊引擎阻塞發出劈哩啪啦的聲音，把他們都叫醒了。他們從船長口中聽到他出海後說的第一句話，他的習慣性粗話恢復了。他咒罵並關掉引擎。劈啪聲啪的一下停止，輕柔的海浪在近乎沉寂中托著他們。李大踏步從駕駛室出來，走到船尾的艙門。他掀開艙門，一股濃煙從引擎室衝出來。他又咒罵，像揮走一群黑頭蒼蠅那樣揮去眼前的一團煙，眉頭緊蹙。他回頭看那些船員，一個個凝視他們，彷彿在尋找罪魁禍首，一個承擔過失的人。

黎剎盡可能屏住呼吸，他的座位離艙門最近。船長看著他，懸掛在駕駛室旁的白熾燈泡的光使他的瞳孔放大。微風吹來，搖曳的燈影投射在船長臉上，彷彿肥胖的水蛭爬過他的臉，正在尋找一個吸吮的地方。其中一盞燈搖搖晃晃，來回碰撞駕駛室的老舊木頭與金屬裂縫，發出起步槍發射的聲音。聽到聲音，李放手讓艙門落下，它彈了一下後關閉，猛烈的力道驅散了最後一點濃煙。接著，只見他衝過消散的煙霧，瞬間撲向黎剎。當一隻手伸過來抓住黎剎的衣領將他拉起時，黎剎舉起兩隻手臂防衛。船長口中飛出一長串的話，以他自己的語言夾雜著斷斷續續蹩腳的英語。黎剎踹跚後退靠在欄杆上，感覺欄杆頂著他的背脊。甲板傾斜，他聽到水聲，短暫淹沒船長的連篇叫罵。當船隻又傾斜回正時，黎剎看到其他人驚恐的眼神。船長的話語從他身邊飛過，其中一句話似乎將達圖從恍惚狀態中驚醒。他搖搖晃晃地走向那兩個纏鬥的人，迅速對船長說話。李盲目地對他伸手一揮，手背從達圖的肩膀與下巴掃過。黎剎聽到達圖大叫。

「他的妻子！」達圖大叫，「他在為他的妻子生氣！」

黎剎的記憶立刻回到當天下午，他想起他如何盯著她看但視而不見，腦中想的是遠方的夢。接著他又想起船長怒目瞪他，以及他在出海的路上一直很沉默，直到引擎故障導致他突然發飆。黎剎睜得大大的眼睛看看達圖，再看看李滿口的唾沫和被檳榔染紅的牙齒。他立即道歉，但這些話被湍急的水聲和深沉的黑暗吞沒。一片虛空在他面前展開，他突然感到寒冷，他的四肢以慢動作揮舞，他意識到自己正在翻騰的水中，凝視底下無盡的深淵。他的喉嚨彷彿塞滿石頭，他拚命爬出水面，卻又被一陣浪打在頭上。他吐出海水，再次露出水面呼吸，抬頭望著若隱若現的船體和搆不著的欄杆。李站在那裡，兩隻手動也不動，像瘋子似的尖聲叫罵。其他人向船長求情，這些話語在黎剎身邊滾動翻騰的海浪中斷斷續續傳入他的耳朵。他拍打著變幻莫測的海面，已感到兩隻手臂疲憊不堪。鹹水灌入他的口鼻，打斷他一連串的道歉。船長在叫罵之際仍假裝努力聽，用一隻手扣在他的耳朵上。

「你說什麼？」他大聲說，身子探出欄杆外。黎剎看著船尾轉向他，船逐漸遠去。他游向它，但船長用手指著他，大叫：「不！」他用英語喊道。

黎剎腳踩著水，冒出水面呼吸，喉嚨深處嚐到鹹味。一陣浪又打在他臉上，他又吐出清澈、溫暖的液體。寒意開始使他顫抖，一種虛假的暖意從他的皮膚底下散發出來；他的四肢動作變慢了，冰冷的水面下波動越來越頻繁。他一忽兒在水面上，一忽兒緩緩沉入底下的黑暗中。他低頭望進那深不可測的虛無，看到了他的退路。他又一次冒出水面，望著船。他的三個同胞站在船長旁邊——這個人決心要讓他淹死。船員們站在一旁，既驚恐又無能為力。當黎剎又一次沉下去時，他放棄了，吐出一口氣，感覺能量從他身上流出。他的肌肉放鬆，腦子裡有覺知的生存念頭消失了。他對著水面逐漸縮小的光吐出最後一口氣，冒出泡泡。他閉上眼睛，感覺自己像掉入沼氣中，兩隻手臂在頭頂上漂浮，空蕩蕩的肺部從疼痛轉為一種平靜的、遍及全身的溫暖。現在我是無名死者了，他的念頭說道，死亡天使的手臂環抱著我。只要讓這些手臂抱著他，他就自由了。現在我躺下睡覺……主禱文，暴風雨來臨前的話。

他隨波逐流直到幾乎失去意識，身體一直往下沉，直到感覺自己像被裹在一個黑暗與溫暖的蠶繭中懸浮著，不上也不下。然後，有個東西將他拉上去，一隻看不見的手引導他回到他來的地方。他的手腳軟弱無力，搖擺不定。

死亡天使的手臂環抱著我，引導我去……

黎剎露出水面，感覺微風吹在他濕透的皮膚上。他的眼睛眨了幾下後睜開，他被兩雙手臂拉上去越過欄杆時排出幾乎使他的肺和胃窒息的海水，另一雙手操縱吊鉤將他從下面的世界拉上來。他仰天躺在甲板上，不停地咳嗽、喘氣。

三雙憂慮的眼睛注視著黎剎，然後船長的臉出現。李抓住黎剎，手指用力掐他的嘴巴，將他兩頰上的肌肉擠到鬆開的上下顎之間。船長咬牙切齒地講了一些黎剎聽了也無法理解的事。李用力搖晃黎剎的頭，在他臉上狠狠打了一巴掌後放開他。然後李走回駕駛室，邊走邊掏出一根香菸點上。他對達圖說了幾句話，達圖和其他兩人合力將黎剎扶到船邊的木板上，他坐在那裡，低著頭。慢慢地，他開始領悟他的身心是多麼容易徹底自我放棄。熱淚湧上他的眼眶。達圖在他旁邊坐下，阿文與阿馬度站著。黎剎感覺引擎的轟隆聲比他先前聽到的更有力。他聽到阿馬度在他頭頂上喃喃說著引擎過熱，需要一點時間冷卻。船隻掉頭，他們仍然要把釣線收回來，捕上來的漁獲還得分類。工作必須完成，無論是靠四雙手或三雙手。黎剎的頭繼續往下垂，他的心靈釋放了。他失去知覺，在陽光照在他的臉上之前他不會醒來，而且他會發現自己置身一個死亡曾經造訪過他的世界；一個死亡不再占有主導地位的世界。

第十五章

黎剎坐在駕駛室內瑟瑟發抖，下巴擱在膝蓋上，腳邊是那封達圖幫他寫給賈絲敏的信。墨跡呈波浪狀流向信紙底部，文字變成毫無意義的褪色斑點。黎剎僅剩的一點錢——在他們不幸的北上之旅，和他前一天晚上落海之後剩餘的少數幾張百元紙鈔——躺在信的旁邊。他有把它們撫平，手指順著紙鈔的長度推過去，將它們平鋪在木板上曬乾。現在，駕駛室外面，天空是灰色的，細細的雨絲被狂風吹成陣陣細雨。其他幾個人都同情黎剎，讓他一個人獨享駕駛室的庇護。他坐在那裡，呼吸著油膩的空氣，思考一些應該會帶來某種感覺的想法。然而什麼都沒有，沒有憤怒或悲傷或甚至痛苦，只有想離開的衝動，回到他抵達這個新世界後讓他感到快樂的地方，即便只是一個晚上。

黎剎穿著他濕透了的衣服站起來，然後彎腰拿起他的錢，那封信則留在原地。其他人站起來，擔憂地看著黎剎，彷彿他隨時都可能昏倒。這時已接近中午時分，但還要再過幾個鐘頭李的太太才會在下午送食物來。他們現在已習慣了飢餓，就像有人可能習慣了用這種方式剝去靈魂的感覺一樣。他們圍著黎剎站著，他看著他們所有人，與他們的目光對視，寒冷而認命。

「我要離開，」黎剎斷然說道。沒有其他話了；多餘的聲明就像說他會繼續呼吸一樣。

這是一種禮貌，一種友誼的姿態。他又加一句：「你們可以跟我一起走，如果你們願意的話。」其他人瞪著他看了一會，以眨眼消除震驚。

阿馬度問：「你要去哪裡？」

「中壢。」

阿文接著問：「你要做什麼？」

「只要我做得來的都行。」

「你要住哪裡？」達圖問。

「任何地方，只要不是一艘帕金（paking，譯注：耳聾）的船。」

其他幾個人輕聲笑，笑中帶著悲傷，它告訴黎剎他們不會跟他一起走。

「船長會舉報你，」達圖說，語氣帶著擔憂，「警察，他們會尋找你。」

「我知道。」

「他們會把你關進監獄，」阿馬度說，「然後他們會把你趕出這個國家，你不能再回來。」

「我知道。」

「你為什麼不試試和陳先生談談？」達圖懇求他，「也許他可以就這件事做點什麼。他可以把我們轉到一艘更好的船，或者幫我們找另一個工作。我們可以告訴他李如何虐待我們，以及所有那些發生的事……」他瞥一眼大海和大片灰濛濛的雲層。黎剎越過他望著陸地——它的皺褶從海中升起，陡然伸向群山，此時籠罩在一片呢喃的薄霧中，似乎使這個世界充滿白色的寂靜。任何地方，他的想法在說，即使上山進入另一邊空曠的山谷。任何地方，他重複那句話，都比這裡更好。

「你什麼時候離開？」阿文問。

「今天。」

「你要搭火車？」達圖這句話少了一些他們的擔憂，多了一些更實際的問題。黎剎點頭。

「你要盡量低著頭，阿納克。」阿馬度說。

「我的另一套衣服是乾的，」達圖指著船頭長凳底下的收納空間說，「我把它們藏起來了，你應該帶走。」

黎剎點頭表示感謝，並為自己沒有什麼東西可以回報而感到尷尬。然後他想起他從賈絲敏的餐廳帶走的餐具。他走到駕駛室將刀叉拿出來，他把它們藏在李棄置不用的一隻舊橡膠靴內。他把刀叉拿來，遞給達圖。

「交換，」他說，「跟你的衣服。」

達圖哈哈大笑。這是自從他們在馬尼拉機場第一次見面那天，黎剎就牢牢記住的笑聲，一個與眾不同的男人的笑聲。黎剎此時注視著這個男人，他的身體被過度搾取，只剩鬆弛的皮膚和一張憔悴凹陷的臉。達圖接過餐具，走去拿衣服給黎剎。黎剎在駕駛室更衣，用一小段釣魚線繫在寬鬆的褲腰上，達圖的大襯衫蓋過他的腰。乾燥的布料（呃，幾乎是乾的）貼在皮膚上的感覺很奇怪。他用手指觸摸，彷彿觸摸一段記憶猶新的往事。從駕駛室出來，他又看著其他三個人。

「你們確定你們不會來，馬嘎卡巴地（mga kapatid，譯注：兄弟姊妹）？」黎剎問。

他們互相對看，各自聳肩，達圖替他們回答。

「抱歉，阿納克，」他降低聲調，目光下垂。然後他抬起眼與黎剎的視線相接，「我們祝你好運，」他停頓一下，「但這太危險了，你將到處躲藏。」

黎剎聳肩。「我知道。」

「你能接受這種風險？」

「不會比我留在這裡的風險更大。」

其他人都點頭。黎剎再最後一次嘗試。「你們應該和我一起走，」他說，「外面也許不安全，但總比和他待在這裡更好。」

阿馬度嘆氣，「兩年半，」他說，沒有看任何一個人，「再過兩年半，我們就自由了。」

他又嘆氣，「這裡沒那麼糟。」

他們分開站，黎剎和他們一一握手。他們對他點頭，然後他撐起身子用力一躍攀上岸壁，因為用力過猛而頭暈眼花。他轉頭看他們最後一眼，新衣服已經開始濕了。他們站在那裡，睜大了眼睛，淚眼盈眶，衣服和皮膚都濕透了，小雨滴在他們深色、脫皮的額頭上。黎剎最後一次對他們點頭，轉身走到路上。他們目送他離開，直到他朝廟宇的方向右轉。經過廟前，然後便利商店，他就看不到南方澳港的小世界了，一個世界以外的世界；一個死神祕密降臨、一聲不響奪走生命或幾乎奪走生命的地方。黎剎走了，其他人都懷疑他們是否還能再見到這個男孩。

黎剎又一次從被雨淋濕的公路走到火車站，經過花圃，然後走過淺水溪上的橋梁，一路上雨水逐漸減弱，所以他沒有完全濕透。他身上除了達圖的衣服和剩下的幾百塊錢之外別無其他。當他走到車站時，兩隻流浪犬懶洋洋地躺臥在台階上，棕紅色的毛皮混雜著黑色，一排粗硬的毛沿著因飢餓而瘦得突起的脊椎豎立著。黎剎抬起手摸摸他自己突出的肋骨，其中一隻流浪犬微微抬頭後又把下巴擱在台階上，對著幾乎空無一人的交通圓環眨眼。一輛計程車停在台階前，司機坐在裡面，椅背放平，兩隻光腳擱在方向盤上，張大了嘴打鼾。黎剎環顧四周，車站也是空蕩蕩的，以它為中心而繁榮的小鎮被關在鐵門後面。年老的漁夫與他們的妻子和慵懶的老狗在家中。商店老闆在屋裡避雨，在黑暗中聽收音機、嚼檳榔，啜飲冰啤酒或淡淡的熱茶。年輕人都走了，離開小鎮去了城市，很快的，黎剎也要走了。他的思緒已飄回船上，男孩們在雨中坐著，輪流去駕駛室休息，等待他們的食物被拋給他們，就像一群長滿疥瘡的山羊在等待餵食時間一樣。他想回去，想再試一次勸他們改變主意，但他知道他們不會來。

他去售票處買了車票，然後到附近的便利商店買了一小罐可樂和一包花生米，以防腳步踉蹌。回到車站，他在一張一體成形的硬塑膠椅上坐下，旁邊還有幾個乘客在等車，沒人在意他。他小口啜飲他的冷飲，細細品嚐食物的味道，而不是像吃塑膠塊那樣嚥下去。他想著等他抵達他要去的地方時他會做什麼，猜想賈絲敏是否會在那裡。她說不定會生他的氣，他心想，氣他沒有實現承諾寫信給她。他勢必要解釋。他希望他有機會解釋，因為他一直都知道，當他抵達那裡時，她有可能已經離開了。也許她和他一樣，有她自己逃跑的理由。又或者她已經被找到，已經被送回家，沒有帶著比她當初抵達這裡時更多的東西回到菲律賓。

其他乘客似乎都不理會他和其他人，兩手在胸前交叉，坐著直視前方。車站有沙塵與消毒的氣味，一種氣味粗陋地覆蓋在另一種氣味之上。它們和機油的氣味混合在一起，被依然溫熱的鐵軌散發出的霧氣和來自火車的柴油味壓在地上；鐵路枕木上令人愉悅的工業用焦油的香氣。空氣很悶，黎剎感覺它充塞他的腦袋，堵住他的口鼻。他深深吸一口氣，發現自己在出汗。掛在天花板角落上蒙著厚厚一層蜘蛛網的擴音器傳出鈴聲讓他嚇一大跳，坐在旋轉門旁的站務員大聲呼喊，黎剎聽到火車車輪減速、停止。他站起來，核對他的車票上的數字和告示板上的數字，確認是他即將搭的班車。然後他經過柵門，來到和他之前站立的同一個北上月台，沿著長長的車廂走一段路，直到他找到和他車票上的數字相吻合的車廂，然後上車。

和車站一樣，火車上也幾乎是空的。黎剎找到他的座位，一屁股坐進去——一整排只有他一個人。他選了靠窗的位子。當火車從蘇澳緩緩前進時，他感覺他的呼吸恢復正常，心跳也隨著車輪在軌道上加速的喀嚓聲而逐漸慢下來。他看著灰色的世界穿過雙層玻璃，在它們中間形成一層薄霧。在一個短暫的瞬間，他看到港口的閃光；船隻、被丟在路邊的繩索、成堆發黃的舊浮標、防風堤外的雙峰岩。然後它們消失了，火車進入第一個隧道，世界一片黑暗。到了隧道另一頭，黎剎試圖回頭看，但沒什麼可看的，只有那座不會動的山，雨水將樹葉中間光禿的黑色露頭變得油亮油亮的，宛如屠夫地板上的血水。黎剎轉身面對他前面座椅的頭枕，想不出保持清醒的理由，於是他閉上眼睛睡覺，時而清醒，時而意識模糊，直到聽到擴音器傳出他等待的站名。

他從那堆他聽不懂的混合語言中聽到那個聲音——無意義中的一絲意義。不多，但已足夠讓他起身離開座位，驅動他的雙腿走過中間的通道。有那麼一會兒，他站在車門口，站在最上面的台階，心想他是否應該下車或者回去坐下，讓火車帶著他環繞台灣一周再回到蘇澳。然後他可以接受對他的拳打腳踢，或船長準備的任何懲罰，再繼續服完他剩下的兩年半刑期。車站的鈴聲響了，他知道做決定的時刻到了，回到他知道的那個地獄，或在中壢碰碰運氣。

下了火車，黎剎發現中壢和他離開蘇澳時一樣，天灰濛濛、陰沉沉的。那裡有排班計程車，司機從報紙上方抬頭看從車站出來的潛在乘客。沒有人叫他。他走過去，努力回想他要去的地方。他記得它在另一邊，在車站後面。他鑽進鐵道底下通往另一邊的地下道，在潮濕的台階底下暫時停下腳步。雨水在人行道旁的淺水溝內流動，溝裡塞滿菸蒂。地下道另一端有個年輕婦女走向他，頭上包著頭巾。黎剎開始走向她——不對，那是個老太太。他走近了，看清楚後才發現。在太陽下待太久了。他心想，陽光傷害了他的眼睛。以前的世界一直很清晰，現在它是模糊的，凹凸不平。

婦人從他旁邊走過，眼睛找了個藉口研究貫穿地下道的磁磚壁畫。黎剎也不理會她。他緩緩走上階梯到另一邊，出現在達圖之前帶他走的那條後街。他看到一排排的酒吧與餐廳、服裝店。餐飲店仍在營業，但許多商店都關門。此時已近黃昏，天氣不佳。黎剎走在街上，望著大部分空蕩蕩的場所，店門滑開之後像沒有眼球的眼窩。有些場所的椅子仍疊放在餐桌上，四腳朝天。男的女的工作人員把它們搬下來，動作緩慢但穩定。黎剎在他們的步調中找到一點熟悉的東西，疲憊的動作，認命的表情。他尋找燈光，再過幾週，明亮的燈泡就會適時點亮。他記得那個名字，雖然他不識字。「馬尼拉北部」。裡面有花環的窗戶。

他離開雨棚走到街上，小雨淋濕了他的頭和肩膀，他在隨意停放的摩托車之間穿梭，它們橫豎亂停，使後來的摩托車也跟著橫七豎八排成一列彎道。他的腳趾踢到一個支架隱隱作痛，他忍不住咒罵。就在他咒罵時，他看到一個熟悉的東西。燈泡、花環。就是這個地方。他微微一拐一拐地推開門走進去，裡面很暗，和他記憶中一樣，但比以前安靜些。員工都在午休，餐廳在中午和晚上尖峰時間中間暫時休息幾個小時。工作人員在後面廚房邊的一張桌子打混，男、女服務生、廚師、打雜的、洗碗的，所有面孔都長得像他，有的趴在手臂上休息，有的直接趴在桌板上。醒著的人注視他，他睜大眼睛尋找一張熟悉的面孔。一名婦女站起來，用她自己的語言跟他說話，問他有什麼需要幫忙的。這句話他也聽得模糊，因為他從婦女的背後望過去，想看賈絲敏是否在那裡。然後他聽到有人喊他的名字，起初是疑問句，接著是陳述句。他看見她站起來，從那名婦女背後走出來。賈絲敏站在他面前，而他能做的只是呆呆地看著她。他又想起以前生起過的一個念頭，就是生命中除了站在那裡看她美麗的臉龐外別無其他。她一臉關心地望著他，他幾乎覺得像在道歉。另外那名婦女問賈絲敏是否認識他，是否有問題。賈絲敏說她認識他，沒有問題。那名婦女回到她自己的座位。賈絲敏拉著黎剎的手臂，將他帶到另一張靠牆的桌子，遠離她的同事。他笨拙地在她對面的椅子坐下，整件事感覺上就像一場奇怪的夢，他懷疑這是否是真的，他是否仍在蘇澳那艘船上，在駕駛室內做白日夢，雨水浸濕了他的大腦，使他的思緒短路。他懷疑他是否終於失去理智。一陣悲傷的浪潮襲擊他的全身，他唯一能做的就是不要哭出來。賈絲敏隔著桌子對他伸手，他感覺她溫暖的手指握著他的手。

「你看起來瘦了。」她告訴他。他謝謝她，她笑了，悲傷從他的腦中消失了。她停頓一下，久久打量他，令他感到尷尬。他四處張望，就是不看她。她用銳利的眼神逼他，直到他別無選擇迎接她的目光。「你為什麼來這裡？」她問，語氣帶著關切，「你都沒有回信。」

「我離開了。」黎剎說。

他感覺她的手指掐緊了。

「你逃出來？」

黎剎點頭，垂下視線。她放開她的手，身體往後靠。

「發生什麼事？」

黎剎把他的事對她和盤托出。他在信中說的每一件事，以及他如何被拋入海中後那封信被毀了。她聆聽，點頭，再次握住他的手。他在敘述時一直低著頭，滿腔的悲痛打擊著他的肋骨。敘述完畢後，他搖頭，這才有勇氣看著她的臉。她的眼睛濕了，睫毛因為眨眼強忍淚水而沾在一起。她輕輕撫摸他的手背，他感覺她的手指劃過的地方是熱的。

「你現在怎麼辦？」

他嘆氣，想了一下。

「我不知道。」

她往後靠，他的手從她手中滑出。她望著他的背後，廚房門邊的桌子。坐在那裡的幾個男女員工都盡量裝出漠不關心的樣子，彷彿沒聽到。賈絲敏用一根指頭輕輕敲打她的臉頰，然後突然起身。她走到那張桌子，黎剎聽到她對第一個和他打招呼的婦女快速地小聲對談，兩人交談一分鐘後她回來，在他對面坐下，面帶微笑。他揚起眉毛，兩隻手在他面前的桌上交握。

「你今天晚上開始。」賈絲敏說。

黎剎望著她的笑容，毫無概念問開始什麼。

第十六章

「黎剎，六號桌。」

黎剎瞪著蘿西。

「那桌！」她指著。

「是，老闆。」

黎剎急忙去拿灰色的深托盤，笨拙地在桌子和顧客之間移動，手肘差點撞到一名男子的頭。他清理盤子，刮除殘餘的食物，收集餐具和玻璃杯，然後又端起托盤，它沉重地壓在他瘦弱的手臂上，如同家鄉的水桶那樣。他已在餐桌間忙了一個小時，上衣已經濕透了。蘿西讓他先去洗澡才讓他靠近顧客。他很高興幾個月來頭一次有機會真正洗個澡，然後換上一套乾淨的衣服——一件來自餐廳失物招領處的上衣，和一條向餐廳的廚師之一借來的長褲。目前，一雙便宜的藍色塑膠夾腳拖暫時權充鞋子。他把托盤端回去給蘿西後又看著她，她挑高眉毛，用她的大拇指指向廚房。他羞赧地點點頭，走向雙開門，踏入充滿熊熊的瓦斯爐火與蒸汽的嘶嘶聲的超高溫空間。幾個廚師相互說著、笑罵著，火焰舔著鍋與鑊的底部。黎剎發現自己呆呆望著其中一位廚師拋鍋，將一個裝滿炒蔬菜的平底鍋往上拋，再接住所有落下的的蔬菜。他轉身，差點撞上一個女服務生。他微微點頭致歉，將托盤交給洗碗工，那是一名年長的台灣人，大約六十歲左右。黎剎曾被告知他的名字，但印象模糊。當然，他記得老闆名叫蘿西，賈絲敏曾向他介紹她的情況。蘿西是菲律賓人，以前是個看護，後來嫁給她負責照顧的病人的兒子。現在她經營這家餐廳，為前來品嘗家鄉味的菲律賓人提供餐飲服務。蘿西待人親切，賈絲敏說，雖然強硬，但有一顆善良的心。

「工作快，你跟她就不會有問題。」

於是黎剎試著動作快一點。他哐啷一聲放下托盤，洗碗工搖頭，說了幾句黎剎從李船長口中聽過幾百遍的話。老人甚至穿著高筒涉水褲，和李船長一樣。黎剎發現自己又在盯著他看，老人指著一個空托盤後就退出雙開門。黎剎從恍惚中回過神來，拿起乾淨的托盤退出去，在桌子之間移動，尋找空的盤子與玻璃杯。他發現賈絲敏從吧台注視著他，便迅速對她微笑。她也回他一個微笑，然後指著附近桌上的一個空啤酒瓶。他拿走空酒瓶，然後走到廚房門邊的一個角落。蘿西指示他站在那裡，這樣可以看到整個房間，看有什麼需要做的事，而且不會擋路。那裡有個轉運台，放置乾淨的玻璃杯、馬克杯、盤子和銀器。他放下半滿的托盤。一名男子要一把乾淨的餐刀，黎剎拿給他，順便取走掉在地上的餐刀。當他回到轉運台時，蘿西站在那裡。

「你學得很快，」她點頭，「反應也快。」

「謝謝你，小姐。」

「繼續保持下去，你在這裡就不會有問題。」她說，接著話鋒一轉，有點嚴厲，「我支付最低工資，晚上打烊後當場領現金。後面有一間小辦公室，裡面有張小床，你可以睡那裡，直到你攢到足夠的錢找到住的地方為止。」她轉過來面對他，兩眼炯炯有神，「但是記住，如果我認為你從我這裡偷東西——我的意思是，如果我發現少了一支叉子、一條餐巾，任何東西——你就完了，回到街上。一旦你惹毛了蘿西小姐就沒有回頭路了，明白嗎？」

黎剎喉嚨立刻堵住，感覺像嚥下一個冰冷的腫塊。「是的，小姐。」

「好，」她的表情一亮，「抱歉，阿納克，我不是有意要嚇唬你，但你知道這是怎麼回事，有時你給人一寸善意，你一轉身他就用它來扼殺你。你明白我的意思嗎？」

黎剎楞在那裡，不知該如何回應。她笑了，一隻手輕輕碰一下他的手臂，「放輕鬆，巴搭，」她注視他的眼睛，「我有觀察你，我看你不是那種人。」

蘿西走開，去找一名女服務生談話。黎剎做了個深呼吸，吸進滿滿的油煙。坐在桌邊的男人大多數都在抽菸，頭上的通風扇來不及把煙抽走。但黎剎不介意，他很高興能聞到除了令人窒息的魚內臟臭味之外的任何東西。當一名婦女舉起一個空的咖啡杯時，黎剎從轉運台抓起一壺新煮的咖啡拿過去。他緊張地接過婦女的馬克杯倒滿，輕輕放在她面前。他邁著緩慢、謹慎的步伐，將咖啡壺送回轉運台。然後他又回去巡視房間，收集盤子，刮除丟棄的骨頭和殘羹剩菜，倒在轉運台的黑色大塑膠袋內。塑膠袋很快就裝滿了，他把它拿到後面的垃圾箱，晃了兩下才把它扔進去。它砰的一聲落地，他再次為完成一個工作的簡單樂趣而微笑。

那天晚上大約十點左右，最後一批客人慢吞吞地站起來結帳。門關上，黎剎幫忙清理桌子和吧台，並將椅子堆放在桌上。他把垃圾拿出去，然後幫忙廚房工作人員用水管沖洗地板。他甚至幫忙洗碗工清洗最後一堆盤子，在不鏽鋼深水槽內刷刷洗洗。等他們把事情做完後已接近深夜，外場的服務生都回家了，接著是廚師，洗碗工緊隨其後。黎剎走進空蕩蕩的餐廳，發現連賈絲敏也離開了，內心一部分為她沒有留下而感到難過。他精疲力竭，但幾個月來第一次盼望到真正的休息使他的胸中充滿了滿足感。他深深吸一口牆上的尼古丁味，幾乎可以感覺到這個地方是活的，正和他一起呼吸。他聽到身後有腳步聲，轉身看到蘿西在那裡，她的眼睛下面的皮膚又腫又黑，手指間夾著一支點燃的香菸，她舉起香菸深深吸一口。

「來吧，」她朝吧台再過去的一扇門點頭，吐出一口濃濃的煙，「我們去安排你睡在辦公室。」

他跟著她穿過那扇門，聽到它在背後關上的聲音。門後是一條短而黑暗的走道，通往建築物後面的另一扇門。蘿西把門打開，開燈，辦公室內除了一張小桌和一個灰色的檔案櫃外幾乎沒什麼東西，檔案櫃上層的抽屜上鎖，鑰匙插在鎖孔中。蘿西拔出鑰匙，指著牆角的一張折疊小床。黎剎把它拿出來展開。折疊床接合的地方嘎吱作響，鐵架在濕氣中已出現鏽跡。薄薄的床墊用彈簧固定；當它展開時他試了一下，用兩隻手往下壓。蘿西笑了，將一口煙對著從頭頂上的燈具垂下的鍊條吐去。

「它可以承受像你這麼瘦小的人，別擔心。」她含笑說，伸手從一個大部分裝活頁夾的書架上頭拉出一床舊毯子扔在小床上。「以防萬一你感冒。」她說，環顧四周，看他是否還需要其他東西。她在一個菸灰缸中捻熄她的香菸，菸屁股繼續在悶燒。黎剎坐在小床上，上下彈了幾下，發現她瞪著他才停止。

「你知道浴室在哪裡，」她說，「如果你想洗澡，儘管使用，但是沒有任何乾淨的毛巾，所以你必須自己想辦法擦乾。你知道員工冰箱在哪裡嗎？」黎剎點頭，想起賈絲敏曾經指給他看，在廚房外的小休息室內。「我請一位廚師幫你準備了一盤食物放在最上層，」蘿西說，「你自己去拿。如果你要的話也可以拿一罐飲料，但是不要拿其他任何東西，瑙納萬（naunawaan，譯注：明白）？記住我說的話，從我這裡偷東西的人會有什麼結果。」

黎剎緊張地點頭，蘿西忍不住又笑了。

「好孩子。」蘿西伸手拍拍他的臉頰，「很不幸，你將困在這裡，直到我明天早上回來。如果有什麼緊急情況，你從後門出去，但如果你出去，後門關上了，你會被關在外面，知道嗎？我現在還不打算留一套鑰匙給你。」

黎剎又點頭。

「好吧，」蘿西說，又看看四周。她在書桌上短促敲了幾下，然後將她的拇指伸進她的長褲口袋，穿平底鞋的雙腳緩緩來回晃了幾下。「我想你都準備好了。你要睡覺前把燈關掉，並且盡可能不要把這個地方燒掉。」

黎剎低頭對著地板微笑，「我不會的，小姐。」

「晚安，黎剎。」

「晚安，老闆。」

蘿西走出去，留下黎剎一個人在辦公室內。他看看四周，這地方現在空無一人，他又在連續活動了數小時之後甫停下來，一時覺得空氣中有點涼意。儘管他的胃在吵著要食物吃，但他決定先去洗澡。他找到浴室，脫下衣服掛在門內的掛鉤上。當天稍早，即將開始上工前，他不得不趕時間倉促淋浴，現在他可以慢慢來了。磁磚地板很冰，他在水開始變溫前用兩隻腳後跟站立，接著水就幾乎是燙的了。他放下腳底板，當熱水澆在他身上時他深吸一口氣，讓它流遍全身，並且將身體轉一圈，吸入又悶又重的蒸汽。一個裝有小罐洗髮精、潤絲精和一小塊肥皂的籃子掛在一個銀色金屬掛鉤上，由一個透明塑膠吸盤吸附在牆壁上。他湊巧先抓到那瓶洗髮精，壓出幾滴在他的手心，然後抹在他的頭髮上。他感覺打結的地方逐漸鬆開，不再緊緊沾黏在一起，直到他的手指可以穿過，纏結的地方消失了。花香隨著蒸騰的蒸汽往上升，他深呼吸，讓它充滿它的鼻孔。然後他拿起那塊肥皂，搓出泡沫，塗抹在他的雙手可以搆到的全身每一吋肌膚上。他低頭看著汙水流進排水溝，看著它被沖走。他在那裡站了很久，直到水開始變冷。他把水龍頭向左轉到底，想讓它流出更多熱水。當它不再給他熱水時，他關上水龍頭，站在蒸騰的水汽中。

開門時，一股冷空氣衝進來，他才想起蘿西說過他得自己想辦法把身體擦乾，便急切地四下張望，尋找可以擦的東西，於是將目光鎖定在一捲紙巾上。他小心翼翼、慢慢地跨過冰冷的磁磚走向那一捲紙巾，抓了幾張紙往身上拍，直到紙巾都濕透了。他又抓了幾張，將幾張紙疊在一起重複拍在身上，直到擦乾為止，然後他穿上衣服，渾身發抖。他的身上是濕的，但是乾淨了。他走到冰箱打開門往裡面看。果然如蘿西所說，那裡有一個盤子，一張保鮮膜裡面凝結著水珠覆蓋在一堆食物上。黎剎嘆一口氣，拿起盤子，揭開那層保鮮膜，將盤子湊到鼻子聞，炒豬內臟，上面還多了一個煎蛋。他拿了一罐可樂，關上冰箱，然後把食物拿回辦公室，沿路關燈。他獨自坐在辦公室內，細細品嚐食物，避免狼吞虎嚥的誘惑，直到再也忍不住，幾分鐘內盤中的食物就一掃而空。他喝一大口飲料，然後呼出一口長而飽滿的氣。他把盤子放在桌上，微微發抖，部分因為血液中的糖分和咖啡因快速增加，但同時也因為房間有點冷。他把毯子拉上來蓋在肩膀上，慢慢地喝。這時他的思緒又飄回蘇澳，飄回達圖、阿文和阿馬度身上。他們此刻應該在海上了，綁魚線、固定釣餌，把線放進水中，再將它們拉上來。拚命工作以償還他們為了工作權積欠的債務。

當他想到他們時，黎剎還能感覺房間似乎在搖晃，彷彿船隻在他的腳底下。小床似乎在搖晃，它的四個角落朝地板下沉再上升。他感覺他的胃像在李輕蔑的眼光下工作時的那些夜晚一樣不舒服，頓時以為他即將嘔吐。他站起來，一隻手摸著突然腫脹的胃。他放下飲料，打嗝，先把一股氣悶在口中，然後才將它吐出來。不舒服的感覺消退了，他在小房間內踱步，再度接受他的新環境。他舉起他的前臂湊到鼻子上聞肥皂的香氣，拉起仍在他肩膀上的毯子，將身體裹得更緊些。空蕩蕩的建築幾乎完全寂靜無聲，地基安定的聲音、管道偶爾發出的咔嗒聲，是唯一聽得到的聲音。他累了。他又坐在小床上，躺下，將他的頭靠在薄薄的枕頭上。但睡意仍與他保持距離。他的心有點不安定，思緒從賈絲敏跳到蘿西，從中壢跳到蘇澳，又越洋跳到馬尼拉、納沃塔斯、他的母親、他的女兒。然後他想像他的母親，獨自一個人在墓園裡。現在情況不同了，他想也許他可以試著寫信給她，至少告訴她發生了什麼。當然，他會對一些片段略而不提，沒有必要讓她為李把他扔進海裡、毆打他、給他吃過期的食物，以及日復一日聽任他在陽光下、風吹雨打，和清晨籠罩海港喪葬般的薄霧中憔悴腐敗。她可以找人為她讀這封信——也許可以找彼拉皮爾太太——然後聽到一個他的真實版本，一個不如實際上那麼悲傷與淒涼的版本。

黎剎又站起來，從口袋掏出他當天晚上領到的工資，數著皺巴巴的鈔票。他心想，再過幾個星期，他終於可以像他所承諾的那樣寄一點錢回家了。即使他的母親看不懂那封信，她也會很高興收到這筆錢，並且知道她的兒子過得很好，在他的生命中頭一次做了一件對的事。或許，他心想，她甚至會以他為榮。他嘆一口氣，走到辦公室門口，經過走道進入每張桌子上都疊放椅子的餐廳，然後進入廚房，那裡堆滿乾淨發亮的盤子。他想起他自己的盤子還在辦公室便折回去拿，拿到廚房刷洗乾淨，然後擱在一堆白瓷盤的最上頭。他又走進餐廳，在那裡站了一會兒，出口標誌投射出餘火未盡的紅光，紅色似乎讓他的心充滿溫暖。他意識到毯子仍然披在他的肩上，他再一次把它拉上來，用雙手把毯子的兩個邊角拉到胸前。不再過幾個小時蘿西就會回來，賈絲敏也會回來。他轉身從走道進入辦公室，躺在小床上，不消片刻就睡著了。他疲倦的腦袋纏繞著一千個想法、夢想和感覺，全部壓縮在一個模具裡。頭上的保全監視器看著一個男孩——一個一頭亂髮的男孩——終於臉上帶著微笑睡著了。

第十七章

第二天，黎剎在蘿西進入辦公室時醒來，害羞地將毯子拉到他光著的臂膀上，而她也很尊重他，在他穿衣服時轉身背對他。當他套上上衣時，發現她已為他帶來早餐：一些潘德薩爾（pandesal，譯注：鹽麵包）和尚波拉多（champorado，譯注：巧克力糯米粥）。

「我自己做的。」她說，將早餐放在桌上，請他坐下來吃。她看到黎剎狼吞虎嚥地吃著食物，便揶揄說黎剎上一次正式吃早餐大概只吃了一半就停下來。黎剎假裝沒聽見，傾著碗，將最後一點糯米粥全部送進嘴裡。他問她幾點了，她告訴他快十點，廚房員工即將報到準備上工，外場服務生會晚一點，在十一點時為忙碌的午餐時間做準備。她問黎剎睡得好不好。他因為很快就昏睡過去，以致必須想一下才回答她從來沒有睡得這麼香。他不等她開口便自行收拾碗盤拿到廚房刷洗乾淨。她帶著困惑的表情跟在後面，看著他在她的注視下笨拙地行動。

「放輕鬆，黎剎，」她說。男孩尷尬地微笑，「慢慢來，你還不到上班時間呢。」

黎剎放慢動作，有條不紊地把盤子擦乾放好。蘿西說她在辦公室有些工作要做，叫他先去把小床收好放在角落裡。他看到桌上還有點食物碎屑，迅速抓起來塞進自己的口袋，希望蘿西沒看見。她對他搖頭，兩隻手掌往下壓，示意他冷靜下來。他的臉漲得通紅，凹陷的臉頰因突然充血而顯得飽滿。蘿西伸手從她的黑色皮包取出一本雜誌遞給他，黎剎接過去，盯著封面看——一個眼睛亮閃閃的女人張著紅豔豔的嘴巴回望他。他看著蘿西，喉嚨突然變得乾澀。

「你上班前還有一些時間，」蘿西說，用貼著淡藍色指甲片的手指敲敲雜誌封面。她的服裝、化妝和配飾都是粉彩色。「這是讓你打發時間的東西。」

黎剎感覺從他的衣領冒出一股熱氣，他顫抖著手將雜誌交還給蘿西，輕聲說，「我不能，小姐。」

她將雜誌推回給他，「你當然可以，我只是借你看，我還沒有時間閱讀。你可以先看，等你開始值班時再把它放在我的桌上，好嗎？」

黎剎取回雜誌，再度低頭注視封面，「謝謝你，小姐。」

蘿西繞到辦公桌前坐下，黎剎仍站在那裡，翻開雜誌看內頁的圖片，嘴唇無聲地蠕動著。她的聲音打斷這場無聲的猜謎遊戲。

「我們最終會想出一個更好的辦法，但現在你必須睡在這裡，警方可能正在尋找你，你明白嗎？因為你離開你的工作崗位。」

黎剎點頭。

「只要你願意，歡迎你在這裡工作，只要你遠離視線。移民署有時會突然進來檢查，但我的丈夫和市議會的一位人士有些關係，當警察計劃進行移民掃蕩時，他會事先讓我丈夫知道時間。事實上，我的丈夫正準備親自參加下一次競選，如果他當選了，對我們更有利。但無論如何，如果移民署警察要進來，我們會在他們到處察看時把你藏起來。」她停下來。「你知道我說的關係是什麼意思嗎？」

黎剎搖頭。

「它就像幫忙，」她解釋，「我幫你忙，你幫我忙，這類的東西。整個國家都靠它運行。」她笑道，「好吧，也許有點誇張，但它就像我們靠行賄來運作一樣。」

黎剎羞怯地微微笑著。

「但如果你想離開這裡，去庇護所什麼的，你儘管告訴迪歐蘿西，好嗎？我知道獨自在一個陌生地方的感覺。」

黎剎點頭，嘆一口氣，胸中生起一股溫暖的感覺。他看著蘿西，她坐在那裡研究一本他剛才沒有注意到她帶進來的活頁夾。他的目光停留在她臉上，但在他因凝視太久而令自己感到尷尬之前轉身離開辦公室。起初他忘了關門，但他又折回來，緊貼著牆壁試圖躲在敞開的門後，悄悄地推一下門，讓它喀的一聲關上。然後他輕巧地經過走道，來到工作人員前一天休息的那張桌子。椅子仍然堆在桌面上，四腳朝天。黎剎拿下一張椅子坐下，再度打開雜誌。他坐了一會兒，翻動內頁，看帥哥美女的照片。有幾張面孔他認得，是他和他的朋友在邦加羅斯先生的遊樂場觀賞的錄影帶裡的電影明星。當時邦加羅斯先生有一台老舊的卡式錄放影機，但後來故障會卡帶，吃進去的磁帶比吐出來的還要多，老人最終把它送進舊貨商店。黎剎翻閱雜誌看到最後面，然後抬頭看一眼掛在牆上的時鐘，心想賈絲敏什麼時候才會進來。鋼鐵防盜門拉開了，一束束陽光從前面的窗子透進來。

黎剎的思緒轉向耶誕節——一年當中，他或許能得到什麼新東西的節日，一個來自他母親的禮物。禮物不完全是嶄新的，但是他以前沒有的東西。譬如一盒糖果，或是來自附近教區善意箱的一件襯衫或一條短褲。他對自己承諾，今年他會存足夠的錢送他母親一個禮物，讓她可以在耶誕節早上打開的東西。他也會給他的女兒一個禮物。他會堅持下去，等他最終回去時將它帶回馬尼拉，找到她，親手交給她。當他回去時，他和他的母親會搬到一個真正的社區，一個有教堂、他可以在耶誕夜帶她去望子夜彌撒，其他教友不會盯著他們看、對他們評頭論足的社區。他們可以像常人一樣坐在長椅上望彌撒，她會以她的兒子為榮，因為她的兒子為了讓他的家庭過更好的生活而漂洋過海。然後他們會回家——一個真正的家，地板加高，塵土不會從敞開的門飛進來，春天與夏天也不會有洪水氾濫。

前門打開，他的思緒被打斷。透過朦朧的光線，他看到幾個廚房員工悠哉地走進來，談笑風生。當他們從旁邊經過時，他對他們微笑，有的對他點頭，有的忙著交談。他們走進廚房，一旦進去，他們的談笑聲便在磁磚之間迴盪。蘿西從她的辦公室出來，在廚房門口探頭加入他們的合聲，大聲吩咐需要注意的事項。當她告訴他們開始切蔬菜、馬鈴薯去皮、熬湯頭之前，務必確保每一站都很乾淨時，他們的聲音逐漸變小，然後安靜下來。黎剎偏著頭朝向廚房門傾聽時，感覺有人拍一下他的肩頭。他回頭一看是賈絲敏，站在他旁邊，頭髮往後梳，因為早晨剛梳洗過而顯得十分光滑。她的臉上有化妝，今天塗的是淡色口紅，不是前一天的深顏色。她的皮膚亮麗、清新，彷彿昨天離開之後換了個人回來似的。黎剎試著不去凝視她，又試著不讓血液沖上他的臉頰，但徒勞無功。她一手插腰，假裝生氣。

「你不說早安嗎？」

「馬嘎當烏馬加（magandang umaga，譯注：早安）。」黎剎羞怯地說。他抬頭，看到她將一邊耳朵對著他，用手指著，彷彿她沒聽見。他再說一遍，比之前大聲些。「阿納卡囊卡墨爹（anak ng kamote，譯注：紅薯仔）！我敢打賭，你是那種寧願餓死也不會哭著要你媽餵奶的孩子。」她揶揄他，在他對面的椅子坐下。其他服務生也進門了，有的走進廚房加入喧囂，協助員工進行準備工作。有的坐在廚房門邊的座位上，或走到吧台切檸檬與萊姆，或者把乾淨的玻璃杯、酒杯、馬克杯擺在架上。黎剎努力思索要對賈絲敏說些什麼，想著他和蘿西相處十分容易，為什麼跟她相處會比較難？他可以看出賈絲敏東張西望，似乎想找藉口起身，於是他倉促說出腦中最先浮現的一句話。

「你昨天晚上睡在哪裡？」

說完，他立刻自責，急著收回。「我的意思是，你昨天晚上怎麼睡？」這句話聽起來也沒有比較好，賈絲敏一笑置之。

「我怎麼睡？和任何人一樣啊，躺著睡，在我的床上。有時側睡。那你怎麼睡？或者我應該說你睡在哪裡？」

黎剎嘆氣，為自己的笨拙搖頭嘆息。「我睡在辦公室。」

賈絲敏挑高眉毛。「蘿西的辦公室？」

「是的。」

「自己一個人？」

「哎–呀！」黎剎說，「當然自己一個人，誰會陪我？」他拉拉他的衣領。

「那你睡得好嗎？」

「幾個月來睡得最好的一覺，」黎剎說，「能睡在床上，而不是睡在地板上或長凳上隨著海浪滾動，或雨水落在我的頭上，真是太好了。」他看到賈絲敏的表情轉為嚴肅，很後悔趕走她的笑容。他試圖緩和氣氛。「外面好嗎？我是說城裡，我不能出去，因為……」他低頭，對著他的拖鞋說話，音量降低，「蘿西說那樣不安全。」

賈絲敏身體往前傾，皮包從她肩上滑落，她將它放在旁邊的椅子上，「她是對的，你現在是個逃跑者，在你提出投訴之前，你只是另一個離開工作崗位的移工。你的船長會報告你失蹤，這表示他們會取消你的工作簽證，你在這個國家是非法的。而且，如果他們逮到你，他們會將你遣送回國。你最好留在這裡，直到你提訴你的案子。」

黎剎再度抬頭，望著賈絲敏。她看到他眉頭深鎖。當他聽見門楣上的鈴響時，他朝那邊飛快看一眼。一個西裝筆挺的台灣人走進來，黎剎的胸口瞬間一緊，但看到賈絲敏舉止鎮定後，他才相信沒什麼好擔憂。

「蘿西的丈夫，」賈絲敏說，「他是個好人，有時會在早上進來，帶一杯咖啡給蘿西，但我想他只是想在去辦公室之前看看她，他很忙，她也是，顯然。我想他們不會花太多時間在一起。」

黎剎看著那個人走過餐廳，然後進入通往蘿西辦公室的走道，手上拿著一個紙杯托，裡面裝著兩杯咖啡。他試著回憶賈絲敏剛才對他說的話，關於……

「我的案子？」

「你的投訴，」賈絲敏解釋，「這裡已經有很多人提出投訴了。有一個電話號碼，你打過去，他們會記下你的名字，聽你的故事，進行調查。如果他們發現你的老闆虐待你或做了違法的事，他們會幫助你。問題是，調查案子可能需要一段時間，幾個星期，幾個月。對我來說甚至更久。這很難說。而且，案子審理期間你不可以工作。幸運的是，蘿西認識一些專為在這裡過得很艱難的移工提供庇護的人。如果我們需要賺點錢，他們就把我們送到這裡，或某個像這樣的地方，低調的。我就是在庇護所等待我的案子結束，等它結案後，我會嘗試找另一個工作，一個合法的工作。」

黎剎仔細聽，點頭。

「你想我應該打這個電話嗎？」

賈絲敏看看四周，「你想下半輩子一直困在這裡，在桌子與桌子之間轉來轉去？睡在蘿西的小床上？老是轉頭看有沒有移民署警察？」

黎剎搖頭，兩隻手在桌面上交握。

「那就打電話。」她見黎剎面有憂色，語氣放柔和些，「我可以幫助你，如果你想打的話。我們可以晚一點打，在下午休息時間。你覺得如何？」

黎剎點頭。

賈絲敏又恢復笑容。她站起來，拍拍他的手背，「好，現在我要去幫吧台員工準備了，午餐尖峰時間過後來找我。我們一起打電話。」

說著，她起身走了，在吧台後面輕快地工作。黎剎的腦子在賈絲敏、蘿西，以及他們打了電話後會發生什麼的思緒中繞來繞去。當他迷失在他的思緒中時，眼前的世界剝離、消失了。過了一會兒，一片模糊的色彩將他拉回來。當他的眼睛重新聚焦時，發現一名身穿紅白T恤的男子坐在他對面，他認出對方是廚房員工，但是不知道他的名字。那個人下巴對著他，身子酷酷地往後靠，瞇著眼睛的模樣讓黎剎想起基拉特和他的汽油袋。

「你叫黎剎？」

黎剎在回答之前先打量這名男子。他的年紀比較大，大約三十五歲左右，短髮旁分，頭頂光滑稀疏，臉上布滿線條與皺紋，五官被某種看不見的引力拉扯，全部朝向臉部中央集中。他的眼睛像玻璃，黑暗、嚴肅。他吸一口鬆鬆地夾在手指間的香菸，聽任菸灰掉落在地板上。黎剎注意到，大多數廚房員工都吸菸，經常在猛烈的瓦斯爐火上一邊煮菜一邊吸菸，並且在明火上重新點燃被汗水與口水浸濕的菸頭。一個褪色的刺青，一堆可能是一隻老虎的黑色斑點，滲入這名男子深膚色的前臂。他揚起眉毛，黎剎意識到男子正盯著他看，他想起對方問過他的名字，於是點頭。

「我叫伊斯科，」男子說，「我希望你不要介意，但我聽到你和賈絲敏的談話，心想我應該來打聲招呼。」

黎剎又盯著那個人的刺青看，然後才意識到自己沒禮貌。

「哈囉。」他對伊斯科點頭致意，仍然不確定對方的意圖。

「她告訴你，我們移工遇到麻煩時可以撥打一個電話號碼，嗄？」伊斯科問，不等黎剎回答，「安普塔（amputa，譯注：婊子），浪費時間。你知道，我三個月前打過那支電話，你知道他們怎麼對我說嗎？」黎剎搖頭，「他們說：『喔，你就是愛抱怨，沒有休假日又怎樣？休假就沒有工資，嗄，你是來工作的，那就工作吧。』普越以納！我用力摔手機，差點把它摔成兩半，就這樣結束了。他們沒有提任何有關調查的事，也沒有說要另外幫我找工作。你知道，他們甚至膽敢叫我回我的老闆那裡？這還是另一個和我談話的移工對我說的！這個胡達斯（hudas，譯注：叛徒）說我應該向我那個巴斯塔多（bastardo，譯注：混蛋）老闆道歉，這樣我才能回去工作。那個普塔，我每天在他的田裡工作十六小時，他不但偷我的工資，晚上還把我關在棚屋裡。我應該向他道歉？」

黎剎收回擱在桌上的雙手，伊斯科的聲音在顫抖，雙手也在顫抖，在桌面上一下子鬆開，一下子握拳。他做了個深呼吸，緩緩閉上眼睛，然後又睜開。黎剎感覺他應該會再說些什麼，但他僵在那裡，說不出話來。

「這讓我很生氣，阿納克，」伊斯科說，聲音緩和下來，冷漠地聳一聳狹窄的肩膀，有一絲認命的味道。「但我們又能怎樣？這就像家鄉一樣，如果你認識某個人，某個高層人士，一切都沒問題。」他環顧四周，朝其他人揮揮手臂，「但我們在這裡又能認識誰？只有其他像你我這樣的移工。」他用力撐著身子從椅子上站起來，為某種看不見的疼痛而皺眉，一隻手伸向他的背部，從門牙發出嘶嘶聲。「這就是連續八個月每天工作十六小時，晚上睡在水泥地上的結果，阿納克。而且，當你向人求救時，他們說什麼？說你在找麻煩，說你愛抱怨。」他停頓一下，伸展他的脊椎，一隻手壓著他的尾椎，緩緩地左右轉動。「他們叫你閉嘴，回去工作。」他再度聳肩，「如果你想打那支電話就打吧，黎剎，我只是想告訴你會有什麼結果……萬一你抱太大的希望。」

他走開，經過黎剎身邊時拍拍他的肩膀。黎剎對那個人的碰觸皺一下眉頭，突然對所有的拍肩膀、所有站得比他高的人向下俯視的眼光感到厭倦。他把兩隻手臂環抱在胸前，盼望有個他可以去的地方。外面，離開餐廳，離開人們，一個他可以獨處的地方。他想起他第一次和賈絲敏私下談話的地方，於是他站起來，大踏步穿過廚房來到後面的出口，那裡用一個板條箱將後門撐開。他向左轉，在狹窄的小巷內踱步，走了幾趟來回後停下來，背靠著光禿禿的水泥。他抬頭望向點綴著幾朵白雲的天空，對著射入建築物中間狹窄縫隙的明亮光線眨眼。他站在那裡，直到一個聲音呼喚他。他轉頭看到蘿西將半個身子探出門外。

「黎剎，」她說，揮手叫他進去，「工作時間到了。」

第十八章

那個孩子以一種無憂無慮年齡明亮、驚異的眼光注視他。黎剎回頭，在那清澈的虹膜內某個地方，他看到他的女兒，莉潔兒。她的名字是一個世界，一個他讓痛苦與慚愧、恐懼與懷疑隔離自己太久的世界。現在他又沉浸在那個世界中，感覺陣陣悔恨緊緊攫住他的心不放。他放下他的托盤，手臂因疲憊與內疚而感到沉重。莉潔兒上一次出現在他腦海中是多久以前的事了？為什麼現在又出現？為什麼只有當他注視一個陌生孩子的眼眸時他才會想到她，他自己的親骨肉？他站在那裡凝視那個孩子，她面對他，從遠處靠牆的隔間欄杆上偷看他。她的短髮垂下來遮住一隻眼睛，她的母親將它撥開，伸手在孩子紅通通的臉頰上捏一下，小女孩畏縮一下又立刻微笑，把頭別開，那一綹頭髮又垂落在她的眼睛上。她情不自禁地看著黎剎，他的嘴角勾出一抹微笑，羞澀的表情虛偽地掩飾在他心中慢慢滴血的抑鬱的匕首。

他低頭看著一堆骨頭和嚼了一半的食物，將這些殘羹剩菜和他的托盤底部的飲料、晚餐桌上的碎屑，全部混在一起，拿起托盤走向廚房，倒退著進門。他轉身看見伊斯科正在緩緩攪動一鍋阿羅茲卡爾多（arroz caldo，譯注：雞米粥），後者對他點點頭，黎剎也對他點頭，轉身走開，將殘羹剩菜鏟入洗碗槽旁邊的垃圾桶，然後將盤子與杯子放在一堆將洗碗工與其他人分隔開來的杯盤中。黎剎發現垃圾桶快滿出來了，於是他將垃圾袋打結，哼哈一聲用力拎起來。他把那一袋垃圾放在手推車上，推到後門，然後倒退著出去，留下推車將後門撐開。他又費力地抬起那袋垃圾，當他轉身將它舉到垃圾箱的邊緣時，他楞住了，四名男子站在那裡，深色的制服融入黑夜中，警徽在月光下閃爍。黎剎感覺那袋垃圾從他手中滑落，雙手直挺挺地垂在身體兩旁。其中一名男子舉起一根手指放在他的唇上，黎剎想起他上一次與警察的接觸。這時，有人把手搭在黎剎的肩膀上，將他的身體轉過去。他被推進後門，四名男子跟在後面。他聽到推車的輪子碾壓磁磚的聲音，液壓門輕輕關上。廚房員工都沒有發現他們進來，直到黎剎和四名警察離開後堂和成堆的箱子。一個聲音在黎剎背後響起，突然間所有人都轉頭過來，眼睛被煙和蒸汽薰得通紅。

「誰都不許動！」其中一名警察大聲說。他們排成扇形穿過廚房，將工作人員從仍在沸騰的鍋子、猛火烈焰上的平底鍋及炒菜鍋前趕向洗碗槽。不久，所有人都集中在那裡，黎剎站在中間，滿頭大汗，恐懼地喘氣。兩名警察留下來，其餘的走進餐廳，不久帶著服務生和酒保進來，這時候才去關爐火，但廚房已瀰漫著食物燒焦的氣味。黎剎可以聽到外面傳來杯盤碰撞和椅子移動的聲音，用餐的顧客在喃喃的低聲交談中陸續離開餐廳。服務生加入時，黎剎看到賈絲敏，她的臉因恐懼而扭曲，在不可動搖的命運之手的操弄下瞬間快速老化。蘿西最後一個衝進廚房，把廚房門猛力撞到牆上又彈回來，用英語夾雜著普通話和她的母語咒罵那幾個警察。

「這是怎麼回事？」她大聲嚷，「你們為什麼非要害我停止營業，騷擾我的員工？瓦朗希亞卡（walang hiya ka，譯注：你太無恥了）！你有什麼問題？」

這一連串咒罵似乎只會讓警察感到困惑，他們站在後面排成一排傻笑。員工低著頭，蘿西站在他們和警察之間，雙手在胸前交叉。當她說話時，她的腰身往前傾，使盡全身氣力，以母性保護的原始姿態驅趕入侵者。警察面無表情地接受蘿西的謾罵，直到其中一人舉起一隻手說了一些話將她的話語打斷。她的話音頓時止住，屈服於一個冷漠世界的法令。那個人用英語對他們說話。

「我們是國家移民署。」

黎剎傾聽，但這次沒有人為他翻譯。這句話使他心中充滿陌生的威脅。他看看四周，以其他人臉上的表情來衡量事情的嚴重性，並且發現事態嚴峻。警察以談論已成定局的事的方式直截了當說話。

「我們接到有關外國人在這家餐廳非法工作的投訴，我們將查驗每一個人的證件，有正當工作證和身分證明的人將被釋放；手上沒有工作證或完全沒有證明文件的人，將被帶到桃園市我們的辦公室進行訊問和處理。我們會一個個叫你們出示你們的文件，我們會記錄你們的資料，這可能要花一點時間，小姐。」他看著仍然憤恨難平的蘿西，「請你把我說的話翻譯給那些不會說英語的人聽。」

蘿西轉身面對他們，簡明扼要地說：「他們要檢查你們的工作證和身分證明。我很抱歉。」她語氣中的氣焰與憤怒消失了，眼中的火氣也消失了。她走過去安慰一個崩潰哭泣的年輕女服務生。一群人以驚恐的目光互相對看，看到他們的懷疑感被招認。當他們被叫過去和廚房另一頭的一名警察低聲交談，聲音中夾雜著嘶嘶聲和喃喃細語時，恐懼的陰霾籠罩著他們。一個接一個，他們被送回來加入另一個群體，對面是那些尚未被召喚的人。很快的，黎剎發現下一個就是他了，他感覺他的兩條腿彷彿屬於別人。這時，一隻手搭在他的肩膀上安慰他，這才發現伊斯科從頭到尾一直站在他旁邊。黎剎麻木地從擠在一起的人群中慢慢走到警察那邊，那個人說了幾句英語，黎剎一句也聽不懂。他從低垂的眼角餘光看到警察召喚某個人。他聽到蘿西的鞋跟快速走過磁磚，她的鞋尖很快便加入他破舊的運動鞋和警察的黑色制式皮靴，進入黎剎的視線。警察又開口說話，蘿西翻譯。

「他問，這是不是你的合法就業場所。」

黎剎搖頭。警察又開口說話。

「他問，你來這裡之前在什麼地方工作。」

黎剎說出那個對他來說只有幾平方英尺甲板空間的地名：蘇澳。蘿西對警察說出那個地名。他楞了一下，將他的筆從小筆記本上移到他的下唇。他以不同的方式說出這個名字，改變音調，直到最後確定一個似乎在他的記憶中激發某些東西的組合。「喔，宜蘭的蘇澳。」他說，將它寫下來。他用英語說出下一句話，這句話黎剎聽得懂。

「漁夫？」

黎剎點頭。又一個問題來了，這次蘿西代替他回答。

「兩天。」

警察點頭，既不滿意也不失望，坐在那個意氣消沉的中間位置，那些任務擺在眼前，他們別無選擇。警察頭也不抬，揮手讓黎剎離開，加入人數較多的那一群。現在只有少數人仍在另一個小群組裡，還沒有被叫到。他們默默地站著，由其他三名警察看守。警察的眼睛在警帽邊緣下移動，一個接一個看著那些男服務生、女服務生、廚師、吧台員工和清潔人員。黎剎看到一名警察陡然一手握住他的警棍握把，手指在上面敲打著，隨著掛在牆上的時鐘指針規律的運行，及時敲出行進的節拍。一名女服務生最後加入他們那一群瑟瑟發抖的人，除了她的最後的腳步聲外，秒針的滴答聲是唯一的聲音。台灣籍洗碗工若無其事地吸著香菸，和蘿西一起站在旁邊。蘿西被訊問的警察叫過去。她走向他，低著頭，兩隻手臂下垂在腹部交叉。警察再度對她說話，她回到群組。

「我很抱歉，各位，他們要把你們帶到桃園市的國家移民署。他們會記下你們的名字和你們的個案細節，如果他們認為你們受到不公平的對待，你們或許會被允許留下來，否則……你們可能會因為逃跑而被遣送出境。」

一陣恐慌的呢喃在他們之間蔓延開來，人頭左右轉動，互相尋找答案，想找出一條出路。發現兩者都沒有，他們立即明白除了像個孩子等待進一步指示外，他們別無他法。他們站著，除了恐懼的刺痛順著脊骨爬行之外，他們沒有其他的身體覺受。當他們被告知移動時，他們移動不是因為他們知道這是命令，而是因為對他們而言，所有的聲音都是命令。黎剎踩著沉重的步伐跟著這群人經過空無一人的餐廳，魚貫走出前門來到街上。當他穿過門口時，他看到一輛黑白相間、深色玻璃的高大巴士，另有兩名警察站在前面乘客門的兩側，招手叫這些工人上車。他走上台階進入陰暗的巴士內部，每一個男的或女的登上車，就出現數人頭的聲音。他跌坐在他第一眼看到的座位上，轉頭尋找賈絲敏，但他還沒有找到她，一個人已坐進他旁邊的座位。那個人是蘿西。他發現他的體內滋生一股天生的熱惱，一種他無法表達、直到他想到她所說的她丈夫的關係後才體會到的憤怒。他的關係，她這樣說，說任何人在她的餐廳周遭到處查探之前，他們會先接獲警告。他感覺蘿西的目光仍停留在他身上，但在最後一個人被趕上車時，他的目光始終朝著正前方。等他們最後上車坐定時，引擎隆隆啟動，巴士開上道路。黎剎看著這座城市籠罩在黑暗中，從前方的大片方形擋風玻璃旁邊經過，車輛在他們四周流動，摩托車快速超越他們，然後在頻繁的紅燈前停下來，紅燈使巴士內部浸浴在一片血紅的色調中。黎剎可以聽到從他身後傳出其他人的抽泣聲和壓抑的哭聲。他凝視旁邊的車窗外，看著檳榔攤五彩繽紛的招牌上閃爍的燈泡，女人坐在高凳子上。他開始調整這一切，想忘掉這個地方的每一部分，景色、氣味、說過的每一句話、他見過的每一個人。他想回到過去，回到他和基拉特並坐眺望馬尼拉灣，談論他們的未來的時刻。回到世界只有他們，沒有其他人的時刻。這次他會聽從他朋友的警告，他會留下來，待在他歸屬的地方。他再次感覺蘿西在凝視他，然後她的手輕輕碰觸他的膝蓋。觸感吸引他的目光，他看到她的臉頰上有兩條銀色的淚痕，車窗上雨滴的影子倒映在她臉上。

「你恨我，不是嗎？」蘿西說，低垂著頭。對此，黎剎沒有回應。她從他的膝蓋收回她的手，他任由那隻手離開。蘿西鼓起最後的勇氣，再次偏著頭看他，從車窗上的倒影打量他茫然的表情。他對他的倒影說話，聽到他自己空洞的聲音。

「我不恨你。」

她嘆氣，不相信。「是的，你恨我。」她將身體從他身邊挪開。當她翹起二郎腿時，她的腿碰到他的。她將一邊手肘靠在外面的扶手上，對著走道說話。「我會恨我……如果我是你。我說一切都很安全，我丈夫的關係，你可能認為這一切都是謊言，也許你是對的，也許他在欺騙我，也許我在欺騙我自己。當他說他考慮出來競選時，我知道那是個風險，這會使我們成為他的對手的目標。他問我知不知道這意味著什麼，我告訴他我知道。我被它蒙蔽了雙眼，黎剎，我只看到未來，我的丈夫和我，一對有權有勢的夫妻，他是議員，我是女企業家。我只想到我自己，想到自從我來到這個國家後我走了多遠，現在人人都在為我的自私付出代價，每個人都知道。如果有人讓我害你們所有人發生的事也發生在我身上，我會恨我，我相信這輛巴士上的每一個人無不希望我把自己扔到車輪下。」

黎剎對著窗框呼出一口熱氣，玻璃起霧。他轉頭望著她，發現她移開視線。有件事他想告訴她，他的喉嚨灼熱，不吐不快。

「我偷了你的東西。」蘿西回頭，難以置信地眨眼。

「你什麼？」

「從餐廳，我第一次來這裡吃飯時，我從你那裡拿了一把刀子和一把叉子帶回蘇澳。我把它們送給了我的朋友，就在我回來開始為你工作之前。我不記得我拿走它們，我喝醉了，但我的確拿了。」他輕聲說，「我把它們帶走了。」

他抬頭，他們的目光相遇，蘿西搖頭。

「為什麼要告訴我這件事？」

黎剎老實說：「我不知道。」

兩人都轉頭望著前方，巴士內一片安靜，抽泣聲和呻吟聲平息下來，轉為安靜地思考最壞的情況。路燈投下的影子在他們身上搖曳，使他們一忽兒暗一忽兒明。過一會兒，蘿西又說話了，另一個影子掠過她的臉龐。

「我很抱歉。」

影子又數度掠過黎剎的臉後他才回答。

「我也是。」

不久之後，巴士減速，在桃園市國家移民署辦公室外面停下來。車門嘶嘶地打開，警察引導車上的男女下車，並將他們趕進前門。進去後，他們被集中在一起坐在等候區，警察站在成排的座椅兩側和背後。在餐廳廚房中上演的流程重新開始。工人們一個接一個被叫進四間偵訊室中的一間，有的進去後很快出來，有的則在裡面待了一小時或更長的時間。有的哭著出來，幾乎無法走路。有的神情呆滯茫然。黎剎眼看著他們都進去了，然後回到座位上。蘿西沒有和他們坐在一起，她一直站在他們的右側。一個小時過去了，她的丈夫趕來加入。蘿西先前在巴士上坐在黎剎旁邊時，他感覺到的內心那股熱惱再度湧現，就在它即將達到高峰之前，一個影子落在他腿上，他看向它的來源，發現一個表情看起來很無聊的警察站在他面前。

「來。」那名警察說，伸出一隻手臂，引導他到第一間小偵訊室。黎剎站起來，平靜地走過去，急著想讓它趕快結束。他大步跨進敞開的門，在一名女性對面的椅子坐下，他進去時她沒有抬頭看他。她沒有穿警察制服，而是穿一套樸素的深色褲裝，頭髮整齊地挽在她的頭頂上。黎剎坐下來等待，兩隻手交握擱在他的腿上，兩眼偷偷看著婦人在寫字夾板上快速填寫表格，直到她感覺到他的凝視。他趕快移開目光，她又回到表格上，繼續神祕地書寫著，直到她終於開口，用英語對他說話。

「我叫林，」她說，聲音疲倦而嘶啞，「我在勞工部工作，你明白嗎？」

黎剎緊張地微笑，他明白她叫林，其餘的他即使想拼湊也徒勞無功。婦人疲憊地翻白眼，站起來走到門口。她開門呼叫一個看不見的人，大廳響起更多談話聲，直到談話聲停止，鞋跟喀喀地走過地板。黎剎望著門口，看到蘿西走進來。林對她說普通話，她用他加祿語為黎剎翻譯。

「這位女士來自勞工部，」蘿西說，又補充道，「是政府處理外國勞工的部門。」

黎剎點頭。林又對蘿西說話，蘿西為黎剎翻譯。

「她問你有沒有護照或外國人居留證？」

黎剎搖頭。對話持續以這種方式進行。

「有任何形式的身分證明嗎？」

黎剎解釋，他的護照和外國人居留證都在他的仲介陳先生手上。蘿西告訴林，林寫在表格的空白處。她問黎剎是否知道陳的全名。黎剎透過蘿西說他不知道。林移動她的椅子，對椅子腳在地板上刮出噪音而皺眉，那個聲音在密閉的空間內發出尖銳的回音。她重新坐定，頭也不抬地繼續問話。

「她要你的全名和出生日期，還有你的國籍。」蘿西說。

黎剎告訴她。

「現在她問為什麼你要逃離你的工作？」

黎剎做了個深呼吸，久久不語，以致林停止書寫，抬頭看他。她用筆頭敲著寫字板，凝視他。黎剎看看蘿西，蘿西對他點頭。黎剎再度深呼吸，開始敘述他的故事。話頭一開，他在巴士上，以及當蘿西的丈夫走進大樓時他所體驗到的那股天生的熱惱，隨著他的語音一起湧現，使他變得冰冷而麻木。這個「熵」（entropy）持續下去，直到他的體溫和他周遭房間的溫度彷彿合而為一，他可以融入其中，變成和牆壁、桌子一樣。在他心中，他變得和家具一樣，另一個物體。譬如椅子，只因人坐在其上而得其名，並決定了它的目的。他的名字叫漁夫，或者曾經叫漁夫，現在呢？他們會為他做出什麼決定？他會以什麼做為他的新名字？

他講述了李船長在船上的暴行。講述他們如何被迫在那艘破舊的、浴缸似的船上度過生活中的大部分時間，甚至禁止他們進城。他聽到從他的口中說出有人被拋入海中的故事，彷彿他說的是別人，一個他不認識的人，那個人名叫漁夫。他告訴林他們時時處於飢餓邊緣，被迫吃過期的食物，在飢餓與脫水的迷茫狀態下度過數週與數月。他一邊說，蘿西一邊複述他的話，在黎剎的意識邊緣形成模糊不清的嗡嗡聲。當他敘述完他的故事時，他才聽到自己的聲音，他的身體逐漸恢復體溫，感覺他又回到人的世界。房間內一片寂靜，唯一的聲音是林努力抄寫他的最後一段話時，她的筆劃過紙上的沙沙聲。她把紙張翻面，繼續在背後的空白處書寫，寫完之後，她將紙張推過桌面，又對蘿西說話。

「她說你必須簽上你的名字。」蘿西走到他身邊，指著空白的地方。黎剎緊張地從林伸過來的手中接過那枝筆，有條不紊地寫下每一個字母。那張紙又嘶的一聲越過桌面。林仔細看過一遍，翻過來又翻過去，點點頭。黎剎看著她，整個房間似乎跟著他一起呼吸，不確定是否要將他趕回那個現存的世界。過了好一會兒，林將表格放在桌上，又研究了一下，但她的眼神茫然，彷彿她的心在其他地方，也許停留在黎剎剛剛描述的地方，沉浸在他帶入她所存在小角落的恐怖世界。她雙手平放在她的腿上，然後望著黎剎，對他說話。蘿西又一次翻譯。

「她說你可能會被安置在庇護所，」蘿西說，停頓一下，「她還說她非常抱歉。」

第十九章

「你就睡這裡。」

黎剎環顧這個小房間，三面牆都被上下鋪占據，上鋪和下鋪的男子都懶洋洋地躺在薄薄的床墊上，以休息的姿勢注視著他。遠處靠牆的地方還有一個下鋪空位。他旁邊那個台灣人帶他到他的鋪位時，一隻手輕輕放在他的肩胛骨中間，那幾個慵懶的人對黎剎點頭致意。黎剎努力記住這個人的名字，在腦中重播他去桃園縣的庇護所的旅程。

他和其他在餐廳被圍捕的工人在市區內的國家移民署待了兩天，有些人被關在拘留室，等著被遣送回菲律賓。其他人，譬如黎剎，則相對自由，但也不能隨便離開寬敞的大廳範圍，除了去上廁所之外。第三天早上，他們被告知收拾他們的東西，如果有的話，然後把他們帶到外面。那裡已經有幾輛麵包車在等待，前往分散在全國各地的庇護所。黎剎和另一名男子被趕上其中一輛麵包車，他是廚房員工之一，黎剎沒有和他正式認識。

在匆忙與混亂中，黎剎忘了尋找賈絲敏，但他也沒有必要尋找蘿西，第一天在移民署之後，她和她的丈夫都沒有再回來。蘿西的舊員工一天吃三頓飯，裝在飯盒裡送過來，有米飯、肉和蔬菜，和黎剎當初抵達時前往蘇澳途中在車上吃的便當一樣，但送便當的人是新面孔——看起來和藹可親的人，女人穿長裙，男人穿著一般的卡其褲和樸素的有領襯衫。有人向黎剎這幾個語言不通的人解釋，那些人來自一個幫助移工的基督教組織。黎剎和其他人以安靜的謙恭態度接受他們的口糧，羞愧感在他們的骨髓中燃燒，但他們都照樣吃下去，疲倦的臉上慢慢露出苦笑。漸漸地，大廳又恢復往常的喧囂，以致嚴峻的警察提醒他們降低音量，卻引來笑聲與竊笑，這些笑聲又擴大，直到嘈雜聲的生命週期重新展開。

但庇護所很安靜。當黎剎鋪床，將床單塞到床墊下面，四個角落都乾淨俐落時，其他人都在旁觀。他獨自一個人在這裡，和他一起上車那個廚房員工在中途被送往另一處庇護所。黎剎低著頭看著蓬鬆的枕頭，上面漿過的枕頭套才洗過不久，在雨水膨脹的空氣中正逐漸開始變軟。他把手放在毯子上，上面有兒童的卡通人物。然後他轉身坐下。那個台灣人站在旁邊微笑。他大約四十歲左右，黎剎猜想，圓形的膿包使他的顴骨凸出。他的額頭上刻著永久的皺紋，額頭的髮線很高，有一頭短而粗的頭髮。寬邊眼鏡使他的眼睛看起來很大，有種誇張的親切感。他的運動夾克的袖子拉到前臂上。一名菲律賓女性走過來，將一隻手放在他拉起袖子後露出的結實肌肉上，一隻手掩住她的口，在他耳邊說了幾句悄悄話。黎剎以為男子會對他說話，但打破沉默的是那名女子。

「哈囉，黎剎，」她用他加祿語說，從她的口音聽得出她來自南部。「我叫妲拉，這位是我的丈夫保羅。」男子舉手含笑打招呼，「我們一起管理這間庇護所。我剛才告訴我丈夫你不太會說英語，所以如果由我來解說這裡的運作方式可能會好一點。」

黎剎發現自己又在盯著看。他搖搖頭，將自己從她甜美的聲音和保羅親切的面孔帶給他的短暫發楞中搖醒。他點點頭，感覺兩頰開始發熱。妲拉低頭對他微笑，繼續說道，「這個庇護所是為像你這樣在台灣遭遇……困難的人而辦的，我們可以給你一個住宿的地方，吃的東西，協助你的案子和另外找工作，如果你願意的話。如果你想回家，我們也可以協助安排相關事宜。下一步無論發生什麼都由你決定，但不論你做什麼決定，你要明白我們是來幫助你的。我們不是替政府工作，或與政府合作。我們會從他們那裡得到一些補助，但我們是站在移工這一邊的，永遠都是。」

她的丈夫點頭同意，似乎聽得懂她說的他加祿語。黎剎為此感到驚訝。

「事實上，我們對政府不滿，」保羅說，「我們一有機會就和那些混蛋對抗。」妲拉責備地瞪他一眼，立刻又含笑繼續說下去。

「我們通常有十五至廿位來自各地的移工住在這裡，」妲拉繼續說道，「這個房間是男生宿舍，旁邊那間是女生宿舍。不是所有庇護所都讓男人和女人住在同一個屋簷下，但我們這裡是這樣。重要的是你必須知道，你不能進入女生宿舍，除非你獲得邀請。而且，即便如此，也只能在白天。明白嗎？」

黎剎迅速點頭。

「好，」妲拉說，「你還應該知道，每個住在這裡的人都要幫忙做事。你會看到外面客廳牆上有一塊白板，上面有一份工作清單，旁邊寫著名字。我們每個星期更換職責，這一週你也許負責打掃，下一週也許在廚房幫忙。每個人都要盡一分力。瑙納萬？」

黎剎再度點頭，但這個簡單的動作卻使他頭暈。他將一隻手放在額頭上，妲拉和保羅面露關切，保羅用英語對他的妻子說話，然後她用他們的語言對黎剎說話。

「我的丈夫說，過去這幾天發生那麼多事，你一定很累了。你今天也許應該休息，花一點時間安頓下來。現在快到午餐時間了，今天是女生做飯，明天將換成男生。我們讓你休息一下，你可以先認識你的室友，然後在午餐時和那些女生見面。這聽起來如何？」

黎剎感覺一股沉重的情緒湧上來，擠壓他的喉嚨。他聳聳肩，說：「馬布提波納曼（mabuti po naman，譯注：很好）。」保羅與妲拉又一次對他微笑。他們把他留在那裡，出去時順手把門關上。黎剎背靠著牆，感覺皮膚涼颼颼的。一雙光腳在上鋪邊緣晃動，一名男子從上面下來，轉身面對他。他的個子非常矮，即便站著，他的頭幾乎和坐著的黎剎一樣高。他的太陽穴上有灰色的斑點，眼睛也有斑點。他打量黎剎，將他從頭看到腳，似乎感到滿意了，於是伸出一隻手。

「黎剎，嗄？」他問，「你的父母是愛國者還是什麼的？」那人輕輕笑道，「沒事。我叫馬基夕，但你可以叫我馬克。那位是佛曼；那邊那個叫尼梅爾，」他指著其他人，他們的年齡與黎剎相仿，但仍比他大幾歲。他們被介紹時都微微點頭，每個人都穿著短背心和短褲，儘管房間的水泥牆上覆蓋一層薄薄的人造舊木條鑲板，仍透出些許涼意。黎剎強忍著將毯子拉過來蓋住肩膀的衝動。馬克噘著嘴，環顧四周。「那麼，」他開口說，加入面前的男孩緩慢進行的沉默脈動。「你來這裡以前是做什麼的？工廠，農場，還是魚？」

「魚。」黎剎輕聲說。

馬克點頭，用他的大拇指和食指摸著他的下巴，抓抓稀疏的鬍渣。「魚很辛苦，」他皺眉，「我捕過一陣子魚，第一次來的時候。」他指著佛曼，說，「他第二次來也捕魚，」然後他望著尼梅爾，皺眉，「尼姆一開始就是工廠工人，是嗎？」尼梅爾點頭，「沒有一個移工會長期捕魚，如果他有辦法的話。即使你在家鄉捕魚，他們也不會告訴你這裡會是什麼情況，是吧？」

黎剎再度搖頭，又感覺頭暈。

馬克在兩邊上下鋪中間踱步。「他們不會告訴你什麼，只是把你送上飛機，然後說，『好了，你們自己想辦法。』」他苦笑，「有些人會，有些人不會，當一切都完成後，我們很幸運能帶幾個披索回家，但是，然後我們怎麼辦？」他的笑聲再度帶點寒意，「我們再簽賣身契，回來賺更多錢，結果馬上陷入困境。同樣的故事，同樣的結局。但我要說的是什麼？沒有盡頭，只有開始和中間的過程，一次又一次。告訴我，阿納克，你來幾次了？」佛曼和尼梅爾在他們的鋪位上傾身聆聽。

黎剎暫時沒有回答，因為不確定會得到什麼反應。然後他嚥下一口冰冷、陳腐的空氣，說出答案。「一次，庫亞馬克，」黎剎說，發現地板上的寒意穿透他在前門時人家給他的一雙薄薄的泡棉涼鞋。他注意到這雙涼鞋是藍色的，像大海。「這是我的第一次。」

馬克的眼睛一亮。他難以置信地看著其他人。「看，孩子們，一隻菜鳥！」黎剎看到其他人臉上的微笑。「你的運氣不好，第一次就捕魚，巴搭，」馬克說，「至少你現在更了解了。根據你的情況，他們可能會幫你換工作類別，如果你能轉換工作，你可以為自己找個工廠的工作。不容易，但可以做到。」他又看著其他人，他們都一致點頭。「問題是工廠老闆可能比船長更巴斯塔多，但至少他們是陸地上的巴斯塔多，有些船長……」看到黎剎沉痛的眼神，馬克沒有繼續說下去。「啊，你知道他們會怎樣，否則你不會在這裡了，對吧？」

黎剎心想他是否應該回答這個問題，但他還沒做出決定，敲門聲響起，保羅隔著門傳來的聲音告訴他們該吃午飯了。馬克急忙大步走過去開門，佛曼和尼梅爾緊隨其後。黎剎試探地站起來跟過去，在門口四下窺探，看到一群由七位女性組成的團隊正在將熱騰騰的食物擺在桌上。其中一名女性放下一盆香蕉，另一名女性放下一盤堆得高高的切好的鳳梨。另一名婦女手上戴著隔熱手套，端著一鍋白米飯從廚房出來。她放下飯鍋，發現黎剎像個害羞的男孩似的在轉角偷看。

「來，」她含笑說，「坐下，和我們一起吃。」

黎剎的腳趾碰到門框，跌跌撞撞出來，聲音引來短暫的注視，其他人則低頭掩飾頑皮的笑意。黎剎慢慢走到餐桌，等候其他人就座。那位招呼他吃飯的婦女示意他坐在她旁邊一張有綠色塑膠墊的黃銅框架椅子。這些椅子都是人家捐贈的和撿來的大雜燴，沒有成對的。每個人都坐下來，餐桌擠滿了人和食物，男人已經默默地自行吃將起來，女人則談論食物看起來多麼好吃，以及她們有多麼餓。妲拉和保羅也一起吃，各自先把白米飯裝在一個小瓷碗內。等他們裝完飯後，黎剎也跟著做，然後望著他的盤子旁邊那雙筷子。坐他旁邊的婦女看到他發楞。

「如果你要的話，我們可以給你一支叉子。」她含笑說。她看起來和馬克的年齡差不多，其他幾個女性都比較年輕。當黎剎鼓起勇氣首度微微瞥一眼餐桌時，發現有兩名女性不比他大多少。當他們在碗盤中裝滿飯菜時，妲拉清一清喉嚨，喧囂聲安靜下來，女人停止她們的動作，男人則放慢動作。

「各位，」妲拉說，「今天我們有一位新客人，他的名字叫黎剎。我先代替他說，這樣他就不必在餐桌上重複講一千遍。他來加入我們之前，在蘇澳一艘漁船上工作。他的故事和從許多來到我們庇護所的漁民那裡聽到的故事大同小異。黎剎的船長對他的船員非常惡劣，這些我就不提了。如果他願意多說一點，那是他的選擇。但還是跟往常一樣，請不要為此打擾他。我們都知道經歷艱難時期是什麼感覺，有時你想談它，有時不想。幸好黎剎設法逃脫了，而主把他帶到我們這裡。我只想說歡迎，黎剎。我知道這些事情對你來說不容易，但相信我，這是邁向事情好轉的第一步。」

黎剎感覺自己在臉紅，他抬起頭，露出一個扭曲的微笑，然後又低頭繼續撥動碗裡的米飯，將它撥在一起讓他可以一次送進嘴裡。坐在他左邊的婦女輕輕推他一下，他再度抬頭。她手上拿著她自己的筷子，向他展示正確的使用方式。他慢慢地照她的樣子擺好他的手，檢查每根手指的位置，然後開始吃。現在容易多了，米粒仍然掉進碗裡和他的腿上，但吃進嘴裡的比逃走的多更多了。過了幾分鐘，他吃的時候已經沒有太大的問題。他可以看到婦女的嘴唇現出一抹母性讚許的微笑，他先前感受到的寒意開始慢慢消退。

飯後，女人清理餐桌，水槽裡的流水聲和碗盤碰撞的聲音此起彼落，回音傳到客廳。男人坐在那裡，飽足地歇口氣。保羅和妲拉各自坐在他們的桌上型電腦前，兩台電腦都放在客廳一個小角落的小隔間裡。他們開始打字，從螢幕發出的藍光投射在他們臉上。兩人有時停下來嘆息，或伸展他們的背部。客廳前面，滑動的紗門通往一個小陽台，馬克與佛曼靠在低矮的圍牆上俯瞰街道。這條街沿著低矮的山谷較高的那一邊往上升，山谷中點綴著花園與農場，四周圍繞著貼白磁磚的住家，磁磚已被附近工廠排放的煙霧燻成灰色。馬克與佛曼默默地吸菸，吐出來的煙被短促而滿足的打嗝聲打斷。黎剎仍坐在餐桌旁，直到一股愧疚感使他站起來，伸手去拿桌上的鍋碗瓢盆和餐具。他收拾一些盤子拿到廚房，婦女們立刻趕他出去，開玩笑地訓斥他，告訴他會輪到他來做清潔工作。他試圖回憶她們的名字，這些名字在餐桌上被倉促介紹時混雜在一起。當他回到餐桌時，椅子已被推進去，客廳內一張柳藤小咖啡桌周圍的長沙發和座椅，已被攤開四肢的身體占據。他決定到陽台，加入馬克與佛曼。聽到紗門滑動的聲音時，他們轉過身來，然後又轉身繼續凝望山谷中的薄霧。黎剎在馬克旁邊，也將他的手臂擱在圍牆上。

「所以，這就是你們每天做的事？」黎剎緊張地問。馬克微笑，又吸一口菸，然後慎重其事地把煙吐出來。

「沒什麼事做，阿納克，」他聳聳肩，「如果你的案子仍在審理中，你不可以找工作，除非你暗著來。那兩個，」他把頭轉向小隔間，「他們不鼓勵那種事，但他們明白，一個人只能閒這麼久。」他停頓一下，「即使你的案子結案了，他們說你可以換雇主，這就像你的身上有一個黑色印記一樣。你沒有完成你的合約，下一個人會想知道原因。他們認為我們是製造麻煩的人，逃跑者。他們的確認為我們是來欺騙他們的，如果你能相信的話。我們欺騙他們，」他冷笑，「不是所有人都這樣，但也夠了。」

「而且他們互通聲息，」佛曼插進來說，「仲介也會告訴老闆。他們說，『小心這個傢伙，他離開他的上一個工作，無緣無故逃跑。』即便有理由，一個該死的好理由。他們操我們，阿納克，一旦你逃跑，他們就要你永遠離開。反正鮮肉多得很。我們在菲律賓從來沒有的問題就是生孩子，對吧？下一批移工從子宮一出來，就迫不及待要過來。如果他們認為自己能成功的話，他們會游泳過來。」

「他們不知道這到底是怎麼回事，」馬克搖頭，「所以，誰能怪他們？但就像我說的，我們能怎麼辦？我需要工作；如果薪資像我們得到的承諾那樣真的進來，我會在這裡過得很好。但因我的第一份合約違約了，我仍然欠我的仲介錢。而且，當我為下一個工作簽約時，我還要再欠他八萬披索外加利息，即使他沒有對我舉起一根手指，只在他那台尤嘎克（ugok譯注：愚蠢的）電腦上敲幾個字。」

「沒有辦法啦！」佛曼聳聳肩，「保羅和妲拉，他們試圖改變這種情況。他們告訴我們，他們如何嘗試讓我們的政府擺脫那些仲介，擺脫那些他媽的費用。他們說，工會會來，我們要有耐心，繼續打這場美好的仗，他們是好人，他們和我們一起抗爭，當我們流血時他們也流血。只不過，他們和少數幾個壞人對抗，而那些壞人都有一些故舊關係和很深的口袋。」佛曼停下來，拉出他的口袋，口中叼著菸。

「而我們的口袋除了破洞之外什麼也沒有，阿納克。」

第廿章

在庇護所待了兩個星期，每隔一天黎剎醒著的時刻都在廚房打轉，準備當天的食物。馬克教黎剎如何準備工作，切菜、切肉，在其他人抽菸休息時注意看著滋滋作響的平底鍋和沸騰的鍋子。黎剎喜歡這個工作，它可以把他從空閒時似乎在公寓四周徘徊不去的霧氣中拉出來。這霧氣縈繞著那裡的男人和女人，滲透到他們的心中，使他們的表情一片茫然。這是黎剎非常熟悉的表情，他在納沃塔斯的生活中屢見不鮮的表情。每天都會有一個或更多個移工和妲拉與保羅一起出去。法庭聽證會，勞工部約見，與前雇主的仲裁會議。留在庇護所的人祝福那些出去的人有好的運氣，他們的目光會從手上的紙牌，或電視螢幕，或電腦螢幕上短暫移開，想著稍後會發生什麼，在那些會議和聽證會上。像這樣的想法最好被其他東西分散注意力，即使是打到第十回合的佩克瓦（pekwa，譯注：紙牌遊戲），或他們看不懂的電視節目。

黎剎喜歡待在廚房的日子更甚於他曾經短暫當過打雜工時負責的清潔任務：清空垃圾桶、掃地、拖地、撢家具上的灰塵。他把自己投入其他人敷衍了事的工作。工作占據他的思緒，將他的注意力從內心的不確定性中轉移。其他人偶爾會起爭執，但對黎剎來說只有工作，以及在它漫長、空洞的隧道中緩慢流逝的時光。每天他都覺得自己朝著某個不明朗與不知名的地方往下滑。

黎剎一遍又一遍背誦名字，大多數名字他都無法牢記，究竟什麼原因他也說不上來。他記得他室友的名字，但那些婦女的名字在他腦中停留一段時間後就消失了，被一隻用手指戳入他腦中的潛意識的手抓走。大多數時候，這是一段混亂時期，一段感激夜晚有床可睡、白天有熱騰騰的三餐享用的時期，但也是一段被一種無以名狀的悲傷吞噬的時期。工作是他的救贖。簡短的交談與笑聲，無論多麼勉強，都是他短暫的逃避。在這段黑暗期，他等待消息，每隔幾天，妲拉會來找他，告訴他要有耐心，他是一個明顯遭到虐待的案例，她說。一旦判決下來，他就可以自由尋找另一份工作或者回家。黎剎的思緒轉向如果判決對他有利他會怎麼做，留下來或者回家，和他離開時一樣貧窮，事實上更貧窮，因為他還積欠他向迪歐班吉借的貸款。頭上頂著一筆債回到媽媽身邊、墓園及納沃塔斯；回到那些封鎖他的世界的圍牆，墓穴與陵墓間的夾道，死神達圖冰冷的灰眼珠和死者已經看不見的黑色眼窩之間的未來。

妲拉曾提議嘗試把他在這裡發生的事告訴他的母親。黎剎拒絕。就媽媽所知，他在工作，說不定認為他一切都很順利。即使他們無法聯繫到她，也沒有必要增加她的憂慮。最好什麼都不說，他心想。但他仍希望，當他真的回去時他會帶一些成果回去給她看，讓她感到驕傲。這樣想著，他知道他會留下來再試一次。他會找工作，不會再上漁船，永遠不會，如果可以的話。想到馬克給他的忠告，他要求妲拉將他的就業意願改為工廠工人。答覆依舊是等待，在他的案子解決之前什麼也不能做。

於是黎剎等待，參加保羅與妲拉不時舉辦的活動，去公園或市內其他地方旅遊。其他人說現在正在集會，在台北、桃園市、中壢等地集會。移工們聚集在一起，籌備、成立倡議團體和賦權組織。馬克說，在宜蘭，漁民們甚至成立工會——就在南方澳。其他人談到要去台北。他們說，一場爭取移工權利的大會就在台北火車站大廳的棋盤地板上舉行。他們會去，他們會遊行、喊口號、唱歌、跳舞。人們會看，他們必須去看，因為別的地方看不到他們，那些為他們煮飯、照顧他們的長者和病人的移工；做別人不願意做的骯髒與危險工作的人。庇護所內一片興奮。自從黎剎到了那裡，空氣中頭一次充滿某種氣氛，一種希望感吧，也許。他們的肩頭都卸下重擔，只有一個人例外，某個東西仍牽引著黎剎，將他往下拉。其他人都滿臉笑容擬定計畫。黎剎和他們一起微笑，但是等他們一轉身，他眼中的亮光就消失了。他是那裡的一個影子，而且在任何集會、任何遊行、任何示威行動上他都一樣，只要有人相信改變是可能的，他就會像從山坡上升起的晨霧，然後形成烏雲，到了下午降下一桶桶雨水。他說他會和他們一起去，但他心中明白那不是真的。

教普通話的老師每週來一次，黎剎默默地坐在人群邊緣，隨便學幾個基本詞彙和句子。和記名字一樣，總有一些東西在阻擾他。當他進入房間時，頭幾天迎接他加入的友善笑容或閒聊的話語逐漸消退，變成敷衍的點頭和看他一眼，其他人則等著他說話。黎剎會等一陣子，等他有什麼值得說的話時再開口。

夜晚在無眠中度過，黎剎躺在床上翻來覆去，兩眼睜得大大的凝視牆壁和天花板。寢室的門在召喚他，引誘他起身走出去，下樓，走到路上，然後活動。走去任何地方，只為了活動一下。他討厭這種寂靜，坐著、等待，他的一生——整個生命——就是這樣度過的。而怨恨在夜晚安靜的時刻最猛烈。

在黑暗中，黎剎怒火中燒，心想其他人怎麼可能睡得著。他心想，他們的腦子怎麼可能如此輕鬆地休息？這是優點，還是缺點？一種缺陷，或某種神祕的屬性；一種他們不知何故具備的心靈寂靜；而他不知何故卻缺少？當他的同房室友都睡著時，他也開始怨恨他們有能力在夜裡隔絕一切，並在日出之後讓他們自己恢復活力。這種感覺在他的四周與內心滋生，直到成為他的所有，別無其他。苦澀與痛苦使他遠離他曾經的那個男孩。必須發生一些事情，他知道，而且要快，要在無法回到核心之前。這個核心被分流到一個叫做不知名的地方，迷失在一個不斷變化的迷宮中。

第二週結束時，妲拉來找黎剎，她發現他坐在客廳，心不在焉地翻閱一本雜誌。他讓她在那裡站了一會兒，明知她在等他轉頭，承認她在場。他享受這種短暫的控制時刻，這一刻持續了幾秒鐘，他才轉向她。她蹲下來，從一個撕開的信封取出一張紙。她拿出那封信，展開，對他微笑。黎剎等待，緊張而不耐煩地吸吮他的牙齒。他看著她的眼睛快速掃過那幾行字。文字清晰可見，但光線從背後透過紙張，從黎剎這邊看是倒著的。

「這是好消息，黎剎，」她說，「根據對你以前的同事的訪談，以及你的宣誓聲明，勞工部已發現你的案子是一起虐待案，你無需履行你的合約。這表示你可以換工作，如果你想的話。或者你可以回馬尼拉，由你決定。但你是自由的，你不用再擔心了。」

當她看到黎剎茫然的表情依舊不變時，她的笑容消失了。他轉頭望著陽台的落地窗外，直到他的視線模糊。他眨眨眼，重新聚焦眼前的世界。他察覺妲拉的手在他前臂上的溫暖觸覺，才又再轉頭看她。他看到她面有憂色，但仍不為所動。

「這不是你想要的嗎，黎剎？」妲拉問，「這是我們所希望的，而且這麼快。解決一個案子可能要花上好幾個月，我以為你會很高興。」

旁邊其他人都停下手上的工作，目光投向妲拉和黎剎。馬克和保羅去南下半小時車程的新竹一家工廠看工作安排。有幾個人在陽台上，一邊抽菸一邊凝望山谷。婦女們有的待在她們的房間，和遠方的家人通話，有的坐在廚房。時間還早，她們還沒有開始準備晚餐。過去兩週，黎剎被動地聽了她們的故事。露比琳在設法逃出之前，被她照顧的病人的兒子性侵四次。米拉被高雄一個富裕家庭的主人強暴，夜晚，其他人都聽到米拉悲痛的哭聲。妲拉每隔數小時就去查看一下，確認她沒有做任何傻事。庇護所有許多婦女都有被嚴重侵犯的遭遇。她們被當作妓女，被僱用來滿足尚未失去與生俱來的變態衝動的老朽。

當黎剎能讓自己注視她們的眼睛時，他想知道她們如何繼續下去。還有一個更大的迷思，她們如何讓自己留下來，在她們被撫摸與接觸之後，在她們最隱私的時刻被小心隱藏在床上與浴室內的電眼監視、察看之後，再度尋找工作。她們的意志力不但沒有帶給黎剎力量，反而使他更陷入抑鬱的深淵。現在他心中的問題不是她們如何繼續下去，以及它是否高尚或堅強，而是為什麼她們要這樣做。而知道沒有理由，更讓他心碎。她們可能這輩子都不會知道。

黎剎疲憊的雙眼望著妲拉。「我必須再回去出海嗎？」他徐徐問道，盡量拖延以任何形式出現的可怕答覆，「我還是必須當漁夫嗎？」

妲拉嘆氣。她用信封邊緣拍拍他的手臂，露出微笑。「不，」她說，聲音冷靜而慎重，「如果你不想，就不要再捕魚。他們已批准你重新分類的請求，如果你希望的話，你可以在工廠工作。」

黎剎嘆一口氣，一個重擔從他的肩頭落下。當他卸下重擔時，他的頭也同時垂到胸前，頓時感到一陣疲倦穿透全身每個細胞。

「我的朋友呢？」黎剎問。

妲拉又嘆一口氣。「他們也都自由了。」她說，「而且來得正是時候。船長接受訪談時，說有個船員──我想他的名字叫達圖──在他們出海時，拔出一支刀子對著他，實際上是一支餐刀和一支叉子，」她笑著說，「這實太荒謬了。你的同事說，他們打從離開家鄉後就沒見過刀叉，而且船上也沒有發現那樣的東西。」

黎剎搖頭，回想起他和達圖交換乾衣服的事，但他不能笑，即使是想到用一套偷來的餐具密謀叛變也不能笑。

「勞工部問船長，為什麼船員會對他拔刀，」妲拉繼續說，「起初他說他不知道，但最後他承認，也許是他在那個人頭上打了一巴掌，因為做事慢吞吞，他說，因為偷懶。他們問他，這是否他第一次毆打他的船員。他又否認。但過一會兒，他說只要有必要他就這樣做。他說他毆打他的船員是因為這是必要的。『因為當一隻狗不服從時，你必須揍牠。』他確實是這樣說的。」妲拉眨眼，強忍住淚水，「我很抱歉。」她說。

黎剎沒有聽見她說的話，也沒有必要問自己，她是在為她的眼淚道歉，抑或為他與其他人所經歷的一切而道歉。他知道的下一個感覺是妲拉的手輕輕撫摸他的後腦勺。

「沒事的，黎剎，」她安慰他，「一切都會好轉。」

第廿一章

麵包車在四線道高速公路上隆隆地快速前進，在車輛尾燈之間迂迴穿梭，一會兒壓過右側的警戒線，一會兒逼近左側南北向快車道中間的混凝土防撞欄。黎剎自從離開馬尼拉後就沒再見過這樣的交通狀況。台灣本島東海岸的車流一直都很少，道路有時空蕩蕩的，要到迎面而來的沿岸公路彎道才會看到下一個旅人。在這貫穿台灣西部沖積平原的公路上，這些車道就像某個星際中心的調配場，宇宙閃閃發光的金屬交通工具滑行進入彼此在太空中的位置。黎剎緊緊抓住他右側乘客座車窗上方的把手，坐在他旁邊的馬克笑了。

「怎麼了，納沃塔斯？」他嘲弄道，「第一次坐車？」

妲拉從前面乘客座轉身對他們微笑。坐在駕駛座上的保羅喃喃咒罵，對一輛在快車道上龜速行駛的銀色轎車猛按喇叭，然後趁空從它旁邊飛馳而過。麵包車向右傾斜，黎剎咬緊牙根，以為他們即將翻車，像罐頭裡的肉一樣滾到路上。馬克發出哀叫聲，保羅又喃喃咒罵；妲拉將一隻療癒的手放在他的手肘上，指尖的碰觸使他舒出一口氣，踩在油門上的腳稍稍放鬆，車速慢了下來。當保羅找到空間時，他將麵包車開到最右側車道，那裡的車輛都放慢速度，開往向西的出口交流道。當他們開到交流道上時，保羅指著一個路過的標誌。

「竹北。」他說，並對黎剎和馬克重複一遍。黎剎默唸著這個詞，馬克則吟誦般地說：

「竹竹竹竹竹竹北北北北北北，竹竹竹竹竹竹北北北北北北。」黎剎想起達圖、阿文和阿馬度，暗暗期盼他們都沒事，並祈禱他的朋友平安幸福，一直到另一個景象吸引他的注意力。麵包車在汽車、卡車等車輛的穩定行進中離開交流道，後視鏡在午後的陽光下閃閃發光。

出口交流道通往一條直達竹北的雙線林蔭大道，棕櫚樹排列在路中央，綠色葉子的褐色尖端垂掛在路過的車輛上頭。麵包車減慢速度，將周圍的土地和城市景觀盡收眼底。黎剎第一眼就看出這裡不像桃園或蘇澳，它介於兩者之間。一棟棟高聳的、沒有陳舊黑霉斑的公寓大樓矗立在稻田邊，綠芽長在閃閃發亮、富含沉積物的棕色止水塘中。兩層、三層樓的房屋矗立在小果園和農田中，芭樂果實外面包著白色塑膠袋，像新收成的旗幟般飄蕩。當他們經過一條河流時，黎剎很想問這條經過山上滾下來的米色卵石，在石縫中形成氣泡與泡沫的淺泥水河叫什麼名字，但問題到了他的喉嚨就打消了。一條水牛拉著一輛拖車，車上坐著一個只穿了一條捲起來的挖蛤褲、打著赤腳的男子。水牛將牠的重擔拖到路邊時固執地搖頭。

路邊有幾家餐館，人行道上的小桌旁有低矮的圓凳，行人緩緩從中間迂迴繞過。身穿制服的學生朝著某個地方走去，一邊開玩笑一邊笑著。一個小男孩追逐前面的一大群人。黎剎透過深色的車窗，含笑注視他們。旁邊的馬克還在持續唸誦，當他的目光飛快地看到一名穿黑色短裙的少婦時，他又吹出一聲長長的口哨。保羅會心地哈哈笑，妲拉調皮地在他的手臂上打一下。他將麵包車轉到另一條更寬敞的大道，兩旁有滑動的鋼鐵門守護著幾家大型工業建築群，它們的名稱以英文與中文拼寫，其中一家工廠已同意僱用馬克與黎剎。黎剎看著工廠大門從旁邊經過，一個硬核在他縮小的胃裡逐漸增大。他猜想它會是哪一家，以及在那灰白相間的牆壁和穿制服的警衛操控的沉重紅色大門之外，還會有什麼。

看到制服，黎剎的心跳不由得加快。他想起在蘇澳港冷漠的天空與起伏的微波注視下，他被警察摺倒在地上。當麵包車減速，保羅對一名警衛揮手時，他的心跳又加快了。警衛示意他們把車開進工廠大門，保羅緩緩將車駛入一個小停車場的停車格，對面是一棟建築，正面在粗獷的長方形突出物底下有一系列玻璃門。引擎熄火，黎剎坐在他的座位上不動，感覺指尖發疼，這才意識到他的指甲緊緊摳著扶手。他鬆開手指，轉頭看到妲拉站在車門旁，為他打開車門。他下車進入午後燦爛的陽光，城市迷失在園區的圍牆後面，行政大樓矗立在他們面前。有那麼一刻，他想到他曾經去過的地方，在這個國家，移工所到之處都與其他人隔絕，隱藏在一些天然的或人為的屏障後面。保羅朝著玻璃門伸出手臂，黎剎、馬克和妲拉跟著他走。在他們走到門口之前，其中一扇透明玻璃門被推開了，一名婦女出現。黎剎停下來注視她，從她的黑色緊身褲一直往上看到她的黑色上衣，上衣頂部被圓形鈕釦收緊幾乎貼著她的尖下巴，乍看之下彷彿平滑的棉花團被白繩圈拉向她的胸骨。她很瘦，眼睛凹陷而疲倦。她不發一語地開門讓他們進去。保羅領先，接著馬克，黎剎跟在他後面，最後進去的是妲拉。

當他們進入大樓時，一股涼爽的空氣迎面撲來，裡面的一切都很新，彷彿這些東西都只能看不能摸。角落上端坐著一尊拋光的木雕佛像，圓圓的肚子，身上掛著佛珠。佛像旁邊有個小噴泉，一顆大理石球在淺水池中，被機械化的水流推動，不停地滾動。婦女指著木雕和噴泉，不停地說著。妲拉對黎剎說了什麼有關風和水的事，他只聽到一半。他們繼續走到一個走廊，走廊上有許多白色的門，門上釘著金色的名牌。婦女帶他們走到最接近盡頭的那扇門。黎剎伸手沿著牆壁一路摸過去，發現它們的觸感很薄，彷彿他一靠上去就會跌入另一邊未知的領域。當婦人打開她的辦公室門時，發現黎剎的手指正逐漸離開純白色的牆壁。他立刻把手收回去，放進口袋。婦人走進辦公室，其他人跟著進去。

辦公室和大廳一樣裝潢簡陋。有一張樸素的黑色木桌，桌上有一台電腦顯示器和鍵盤，以及一盞有拉鏈的小閱讀燈。婦人刷地拉扯鏈子開燈，打開顯示器。妲拉在一張面對辦公桌的鑲銀邊椅子坐下，保羅示意黎剎或馬克坐另一張椅子。馬克笑咪咪地坐進去，像一隻熊靠在粗壯的樹幹上撓背似的坐定。婦人嘟著嘴唇，開始打字。保羅清一清嗓子說話，黎剎聽起來像在發問。婦人咕噥著回應。妲拉為馬克和黎剎翻譯。

「這位是廖小姐，她負責僱用你們兩個。」

黎剎想謝謝她，但在他開口之前婦人又繼續說話。她的辦公桌後面櫃子上的一台印表機呼呼地吐出紙張。她轉身取出兩張紙，一張給馬克，一張給妲拉，讓她遞給站在她背後的黎剎。黎剎看到上面寫滿中文，抬頭看廖小姐。她再次緊盯著顯示器上的亮光，兩隻眼睛只能看到一丁點有咖啡因的焦點。她的右手邊有個銀色的保溫杯，當她伸手盲目地摸到那個保溫杯後，將上面沾了幾滴棕色液體的旋入式蓋子拂開，將保溫杯舉到她的唇上，然後將它放回原處。一會兒之後，她將機器所需要的資料輸入完畢。她停下來，合起雙手擱在桌面上，快速地說話。妲拉盡其所能跟上。

「她說這些是標準合約……在台灣的外籍工廠工人的標準薪資……每個人的薪資都一樣……你們會有健康保險……食宿從你們的薪資中扣除。你們會住在廠區內的員工宿舍……

工作日是早上九點到下午五點，外加加班，星期一到星期六……技術上，星期日休息，但如果你們想多賺點錢寄回家，也可以輪班……服務費和所有標準扣除額由你們的仲介提出申請徵收……」

婦人繼續說著，妲拉坐著，邊聽邊點頭。廖小姐說話之際，黎剎想起妲拉曾對他解釋，說他仍然受陳先生合約的束縛，如同他與迪歐班吉所簽的合約一樣。怎麼可能不去證明他方有任何不法行為，以致他們的合約仍然有效，他仍欠他們兩個人的錢。當他迷失在這紛亂的思緒中時，廖小姐說完了，妲拉轉頭面對馬克和黎剎，說：「就這樣，有任何問題嗎？」

馬克眼神呆滯，他低頭看著他的指甲，沒有特別針對誰地搖搖頭。所有目光都轉向黎剎，他感覺自己的體溫上升，時間被他們的凝視搶走了。一隻手搭在他的肩膀上將他拉出來，他感覺自己吸了一大口空氣，他確信每個人都能聽到。他轉頭，看見保羅以父親關愛的眼神看他，黎剎搖頭，羞愧地垂下眼簾。廖小姐又一次點頭，既不高興，也不氣惱。當黎剎再度看向她時，發現她的臉與四周的牆壁很像，都刷了一層白色的粉底，溫度上升一度也不會融化。她又快速說話，將一枝筆遞給馬克。

「如果你們沒問題，可以在你們的合約上簽名，一切就這樣決定了。」妲拉說。

馬克接過筆，和他在整個過程的心態一樣，以矛盾的心情寫下他的名字。他頭也不回地將那枝筆從他的肩上遞給站在他背後的黎剎。黎剎伸手去拿，然後走向辦公桌，將合約放在桌沿，有條不紊、一筆一劃寫出他的名字的每一個字母，寫完後停下來，又慢慢地看著它們。廖小姐不等他檢查完畢便站起來，伸手從他們兩人手上搶過表格，放入角落的一個櫃子裡歸檔。她轉身走回去，坐下，再度合起雙手俐落地擱在桌上，對妲拉說話。

「她想知道，你們是否知道他們這裡是做什麼的。」妲拉翻譯。

「大理石。」馬克用英語回答，很滿意自己。

廖小姐點頭，首度微微一笑，繼續說話。妲拉努力跟上。

「是的，這是一家大理石加工廠，他們收到從採石場運來的原料，將石塊切割成一片片磁磚，然後運送到本島各地。你們在這裡將會有一些不同的任務，有時你們要操作機器，有時要花時間做清潔工作，你們將向更有經驗的工人學習。這裡僱用許多不同國籍的人，有一些印尼人，少數幾個越南人和泰國人，但大部分是菲律賓人。」她停頓一下，廖小姐又快速說了一些話，然後伸出雙手，文靜地擱在桌上。

「廖小姐說，如果沒有其他問題，她要帶你們去你們的宿舍。現在快五點了，不加班的工人應該很快就會回到他們的宿舍，你們可以認識幾個同事並安頓下來。也許晚一點你們還能見到車間工長蘇先生。不過，在這之前，你們確定對你們的合約或這裡的工作方式都沒有任何問題嗎？」黎剎見馬克搖頭，他也搖頭。廖小姐點點頭，笑得更開心了。她站起來，朝著門口伸手，走過去為他們開門。黎剎轉身向著門，等馬克站起來先走，他才跟在他後面。廖小姐帶著他們從走廊回到大廳，然後轉向大廳西側的一扇門。當他們抵達門口時，他們停下來，廖小姐對妲拉和保羅說話，妲拉點頭。

「廖小姐說，過了這些門以外是限制區，只有員工才能進去。保羅和我不能陪你們進去。」

黎剎不確定地看馬克一眼，馬克聳聳肩，對保羅伸出一隻手。他向保羅點頭致謝，然後向妲拉致謝。黎剎也如法炮製。當他向妲拉點頭時，她走向他，將他拉過來擁抱，以致黎剎臉紅。

「你還有我給你的那張名片嗎？」她問，「上面有庇護所的電話號碼那張？」黎剎點頭。她將他抱得更緊一點，「如果你有任何問題，任何事情，無論多麼小的小事，你可以打那個電話，明白嗎？」他又點頭。她放開他，眼睛濕了。她擦擦眼睛，又分別對馬克和黎剎看了良久，直到保羅拉她的手臂，告訴她該走了。他們轉身走向大門，妲拉回頭看了又看。

黎剎不怎麼熱心地揮手，然後轉向廖小姐，她在辦公室顯現的笑意不見了。她拉開那扇通往一條鋪石小路的門，小路直通另一棟建築。「這邊。」她用英語說。黎剎感覺馬克從他身邊擦過，便跟著他走。廖小姐隨手把門關上。

小路把他們帶到員工宿舍，它看起來不像他們剛剛離開的那棟建築那麼老舊。它是兩層樓建築，牆壁白得發亮，但即使隨便看一眼都會覺得它們很薄弱。方形突出物——空調機——每隔幾英尺就伸出來，離窗戶不遠。廖小姐搶先大步走到門口，在一個機器上刷一下鑰匙感應卡，機器發出嗶嗶聲，上面的紅色ＬＥＤ燈轉為綠色。門應聲而開。她把門拉開，示意他們兩人進去。他們進入一條走道，廖小姐攔下他們，指著背後的門，拍拍她的鑰匙卡。

「工廠經理有鑰匙，」她解釋，「工人沒有鑰匙。你們進了宿舍就要待在裡面，不能出來。當你們在工廠工作時，不能進去宿舍。沒有鑰匙卡，誰都進不去。明白嗎？」

馬克承襲達圖的翻譯任務，兩人服從地點頭，廖小姐也點頭回應。他們沿著走廊走到樓梯口，然後上樓。黎剎發現這裡安靜得令人不安，彷彿他們擅自闖入他們不該去的地方。

上了二樓，鋪在灰色地毯底下的木地板踩在腳下吱吱作響，更讓人增添不祥之感，即使在他這個外行人眼中看來，都覺得這棟建築是倉促搭建的。白色油漆往下流，凝成細條狀垂在地板上。電源插座鬆鬆地掛在牆上草率打出的孔洞裡。黎剎想起家鄉那些義大利麵似的電線，一個火花就可能使整個貧民窟發射升空。黎剎想到一旦發生火災可能形成的後果，不禁打了一個寒噤。頭上的燈一閃一閃，忽明忽滅。他們沿著走廊走，經過幾扇緊閉的門，門與門之間相隔數英尺，看起來不像宿舍，倒像儲藏室入口。當他們抵達走廊盡頭的一扇門時，廖小姐用她的鑰匙卡在門把上的感應器刷一下，上面的紅燈轉為綠燈，門啪的打開。她叫他們進去。

馬克先進去，黎剎跟在後面，幾步路就走到另一頭牆壁。房間兩側都有窄窄的小床，床單整齊疊好放在床墊的末端。床與床之間有一張小梳妝台。正對面，房間的左上角有一台吊扇，廖小姐按一下門邊的電燈開關，沒有動靜，她立刻從尷尬的微笑轉為嘟著嘴。

「你們睡這裡，」她說，彷彿這還需要解說，「晚餐過後，公司員工會讓你們進來，你們在房間待到第二天早上，然後吃早餐，接著上工。好嗎？」

黎剎想問問題，什麼時間用餐？盥洗室在哪裡？萬一他們半夜想上廁所呢？如果他們生病怎麼辦？但他忍著沒發問，不希望在還沒開始工作之前就先危及他的工作，於是他點頭。馬克也點頭，並在其中一張床坐下，感受一下他的屁股底下硬邦邦的床墊。廖小姐再次對他們兩個點頭。

「好，」她淡淡地說，垂下下巴看著他們，「現在休息，你們明天開始工作。」

說完她就離開了。她把他們留在他們的新家。兩個幾乎等同陌生人的男人，現在要共享一個比黎剎與他的母親居住的陵墓大不了多少的空間。但至少這裡有一扇窗。黎剎吸一口不新鮮的空氣，走過去想把窗戶打開，希望從外面進來的微風能趕走房間內的油漆味和地毯黏膠的氣味。當他走到那裡時，他楞住了。他仔細研究了一下窗戶，尋找一個可以打開的窗閂，或一道可以使窗子開關的滑軌。透過塗上深色塑膠塗層以遮擋陽光的有色玻璃，他往下看看地面，然後看看遠處的行政大樓。他用他的手指敲敲玻璃，玻璃嘎嘎作響，但固定不動，將這兩個人和窒悶的空氣關在房間裡面。

第廿二章

黎剎聽到走廊上的腳步聲，和過去兩週一樣，他被驚醒，接下來將會是敲門聲。他的眼皮動了一下，睜開眼睛，聽到刷鑰匙卡的聲音，感應器嗶一下門鎖打開，門被推開。一名穿制服的警衛探頭進來，看到馬克與黎剎，兩人都從床上緩緩坐起來。那名台灣籍警衛點點頭，粗聲粗氣地咕噥著，然後消失在門框外，繼續前往下一個房間。

黎剎起身，等待馬克從梳妝台他的角落取出他的工作服，擱在床沿上，好讓前一天工作留下的汗水能在密不通風的房間窒悶的空氣中晾乾。馬克拿出他的工作服，在黎剎身邊默默地走動。他必須貼近他的床鋪，兩人才不會互相碰撞。接著黎剎拿出他自己的工作服穿上，鈕釦只扣了一半，這樣當他有機會上廁所小解時就不必再把鈕釦解開。二樓的盥洗室已經有人在排隊了，兩個小如廁間對二樓的四十個工人來說不敷需求。黎剎考慮等到吃過早餐後輪到他們的班時再偷偷溜去倉庫的廁所解決。

早餐不等人，他昨天已經因為腸胃不舒服而錯過了早餐。他懷疑是前一天晚上餐廳供應的湯麵太油膩、軟骨肉太硬的緣故。他不想再錯過早餐。工作很辛苦，一旦開始就不會停頓。他需要燃料，無論它多麼淡而無味與難以入口。

和這裡的其他一切一樣，吃是一件機械性的事。身體機制的一個機械性動作，除了保存，沒有其他目的。黎剎讓馬克去廁所排隊，自己下樓梯，經過一樓，走向地下室的小餐廳。餐廳已坐滿了人，按國籍分開，泰國人和泰國人，印尼人和印尼人，越南人和他們的同胞，菲律賓人和他們自己的國人。那些會說一點英語的人也許會和不是來自他們國家的人打招呼或道早安，但坐在一起吃飯？不會。早餐時間是談話最緊張的時刻，要維持在最少量，如果有話要說，他們會用自己的語言。

黎剎喜歡他的早晨，就像他喜歡他的下午和晚上一樣：安靜。他在餐廳盡頭找到一張有幾張空椅子的桌子，占了一個最遠的位子，將帽簷上縫有公司標誌的帽子留在座位上，然後過去拿托盤。當他端著他的米粥和咖啡回來時，帽子還在那裡，邊緣上有幾條波浪狀的汗漬。他拿起帽子坐下，盯著那碗稀稀的米粥。如果有精力，他也許會嘆一口氣。就這樣，他拿起湯匙，漫不經心地將米湯舀進嘴裡，然後大口喝下那杯微溫的咖啡。當他吃完時，工作鈴聲響了，大家紛紛起身，將他們的托盤拿到門邊的銀色金屬架上放好，然後魚貫出門，回到樓上，前往工廠。

這天是星期天，按理說是休息日，但黎剎學得很快，在竹北工廠的生活和在蘇澳船上的生活沒什麼太大差異。雖然方式不同，但結果是一樣的。看守人員總有辦法使這些人毫無疑問每天工作。黎剎回想他開始工作的第一個星期五。前面幾天都在受訓，從一台機器轉移到下一台機器，學習如何操作它們。人們的嚴格指示在在提醒他，如果不格外謹慎，將有斷指斷手的危險。他看著一名員工向他展示如何設定那台電腦數位控制工具機，將石板切割成一定的尺寸。其中一位老前輩甚至讓他操作那台成型機，一會兒後才揮手將他趕走。但大部分時候，黎剎做的是一般粗重的工作，值勤表底層的人所做的卑微工作，將倉庫四周運送石頭的沉重棧板放在一顛一跛、但能縮短路程的動力千斤頂上來回運行；將石板逐一搬到切割機和緩衝器上，好讓技術熟練的工人完成他們的工作。黎剎知道，他可能要好幾年以後才能操作機器。唯一的辦法是有人辭職或死亡。廠內到處可以看到他們的工作極其危險的警告標誌。現在，他上任的第二週即將結束，黎剎確信，如果他在這家工廠死亡，唯一的方式必然是無聊致死。

第一個星期五結束時，車間工長蘇先生靠近黎剎身邊。蘇大部分時間都待在裝卸站台旁高出工廠地面的高架辦公室內。人們可以感覺他從辦公室的窗戶內觀察他們。他們怕聽到沉重的腳步聲從樓梯下來——這聲音，不知何故，比切割石塊的刀片被高壓水柱與切削液冷卻時的白噪音更大聲。黎剎從眼角餘光瞥見蘇從一個人身邊移到下一個人，簡短說幾句話，一邊含笑在他的寫字板上草草寫下一些東西，最後拍拍每個人的肩膀。很快地，他來到黎剎身邊。

「這一週過得還好嗎，我的朋友？」

黎剎點頭。

「工作好，薪資也好。」

黎剎鬆開千斤頂油壓器的握把，千斤頂落到水泥地板上，公司提供的安全靴鋼頭擠壓他的腳趾，疼痛不堪。

「明天你想休息，還是想多賺點錢？」蘇問，不等黎剎回答，他繼續說，「其他人，他們明天都要工作，他們很努力，賺很多錢，我想你也一樣，是吧？」黎剎感覺他的心往下沉。雖然他無法完全理解從蘇口中說出的每一個字，但他知道他在問些什麼，他的英語一天天在進步。他原打算利用他的休假日去中壢，試著尋找賈絲敏。現在蘇在阻撓他，眼中帶著期盼。他舉起他的寫字板，那是一張名單，每個名字旁邊都有個方格。黎剎悶悶不樂地點頭，於是他的名字旁邊的方格也被打勾。加班，額外的報酬。至少有報酬。再過兩週，他就會有他的第一張真正的支票，總算足以寄點錢回家了。他嘆一口氣，完成他的運送工作，把大量的石塊交給切割機與拋光機的工人，然後用他生鏽的運送器具將成品運送到裝卸站台，司機們早已在那裡閒閒沒事地等著將他們的貨車裝滿。白天的機械性動作完成之後，無事可做，只好滑入夜晚的機械性動作，吃飯，排隊淋浴，洗去白天的汗水與汙垢。腳下一池子水淹到他的腳踝，因為其他人身上的汙垢堵塞了排水孔。接著由管理員開門讓他進入他的房間，進門後門被鎖上。他通常發現馬克已比他先進去，靠在他的枕頭上，凝視天花板，或者已經入睡。不是一天辛勞工作之後舒適的睡眠，而是了解非睡不可的麻木的休息，明天將和即將結束的這一天一模一樣。

不過，星期日是清潔日，無論是從星期一至星期六都站在機器旁邊或駕駛動力千斤頂，所有人一律平等。他們魚貫進來，那些習慣社交的人可以隨心所欲交流。經理們都在家，和蘇一樣，享受他們的休假日。星期日的監工是像黎剎和馬克這樣的移工，只要這個地方在星期一看起來是乾淨的，其他都無關緊要。

「今天不必拚命工作。」星期日的監工之一大聲說。他是菲律賓人，黎剎認識他，但不知道他的名字，和他認識的少數人一樣，除了馬克之外。這個人操作其中一台成型機，負責需要特殊切割與設計的工藝訂單，是個老前輩。在星期日，他確保沒有遺失任何東西，以及工人不會在工作上太過於鬆懈。他高聲分配任務，讓一群人負責掃地和除塵，其他人負責清理機器。他指著一桶石蠟對黎剎說。

「喂，塔多，」他說，將他的安全帽往後推，「你知道怎麼使用這個東西來清理電腦數位控制工具機的鋸片嗎？」

黎剎看看桶子。星期日他通常會趕快進去搶一支掃帚。手裡拿著掃帚，這邊掃掃，那邊掃掃，好整以暇地將抑制灰塵的東西掃在一起，一天很容易就度過了。今天他的心思放在別的地方，他的家鄉納沃塔斯，或是巴貢西朗。那個人對他挑著眉毛，黎剎尷尬地搖搖頭。

「啊，這很容易，即使一個像你這樣的布塞特也會處理。看到那邊的火焰噴燈沒？」老前輩指著一把噴燈，噴燈插在鋼架上，鋼架一直延伸到瓦楞屋頂上。「你用那個來融化桶子裡的石蠟，然後將蠟倒在鋸片上，再把它擦掉。很簡單。戴手套，你才不會燙到。多找幾個人幫忙，這樣你很快就可以完成了。然後，我不知道……除塵巡邏。沒必要今天自殺，嗄，阿納克？」

黎剎點頭，儘管緊張得胃發疼，臉上仍帶著笑容。他走過去拿噴燈，左顧右盼，看誰有空。一個熟悉的臉龐讓他多少鬆一口氣。

「馬克！」他喊道。馬克已經拿了一支掃帚，他靠在掃帚上，很滿意可以用它來消磨時間。要不是因為這個強迫罪行把他們留下來，這應該是完全屬於他自己的時間。馬克的眼睛有一圈黑眼圈，如同在監獄裡，工廠也進行著地下經濟，馬克是穩定的買家之一，威士忌，永遠都是威士忌，一小瓶，小口啜飲度過晚上的時間。任何事物都比無事可做一直瞪著光禿禿的牆壁好。今天，黎剎看得出宿醉寫在馬克的眼袋上，頭疼的窘迫表情鏤刻在他嘴角的紋路上。

「來吧，庫帕爾，」黎剎又叫他，「幫我清理這台帕金機器。我不知道該怎麼做，如果可以的話，再多找一個人，人手越多，工作越少。」

黎剎將注意力轉回噴燈上，將它拿下來研究，試圖搞懂這個東西如何使用。他希望馬克比他多懂一點。他把噴燈拿到那桶石蠟旁邊，撬開桶蓋，將噴燈擱在地上靠在桶子邊緣。他看著裡面一塊塊白色的石蠟，邊緣幾乎是透明的。他聽到背後有腳步聲，馬克過來站在他的右邊。他轉向他的左邊看馬克找來的第三個幫手是誰，當他看到那個人時，他瞪了馬克一眼。那是一名台灣員工——公司僱用的少數幾個當地人之一，既非管理人員，也沒有和廖小姐一起在行政大樓上班。那是個年輕人，可能比黎剎大一歲或兩歲。大部分人都對他敬而遠之。他有點怪怪的——眼光會飄向某個遙遠的角落，凝視別人無法看到的東西。而且他很安靜，幾乎不說一句話。在黎剎看來，他似乎……他不知道該如何形容。遲緩，也許，像家鄉那些吸了太多鞋油的孩子。黎剎任何時候看到他，他似乎都在對自己笑。像個孩子般咯咯笑，雖然他什麼話也沒說，也沒人對他說什麼話。黎剎不安地對那個人笑笑，對方完全沒有反應。他背對著他，對馬克說話。

「他，庫亞？」黎剎小聲說。

馬克緊張地轉頭看看那個台灣人，然後轉向黎剎。

「安啦，阿納克，」他輕聲說，「你以為庫亞馬克不知道他在做什麼嗎？這個人連今天是星期幾都不知道，但你叫他做什麼他就做什麼，我們可以把整個工作都交給他，其他人也常常叫他幫他們打雜。我們讓他做這個，這樣我們就可以一邊涼快了，懂嗎？」

黎剎低下頭，偷偷看背後一眼。那個人低著頭注視他自己的鞋子。

「我不知道，庫亞……」

「來吧，」馬克說，「我做給你看。」他轉身對那個人彈一下手指，「嘿，朋友，」他用英語說。那個人抬頭，瞪大了眼睛，表情似乎半恐懼半驚訝。「你想幫助我們，對吧？做個好朋友，是吧？」

那人急切地點頭，黎剎不確定他是否真的明白，但馬克似乎不像他的朋友那麼擔憂。

「好孩子，」馬克說，「現在來吧，跟著庫亞馬克，我告訴你我們要做什麼。」他把那個人帶到桶子邊，取出一塊石蠟丟進另一個金屬材質的桶子。「你看到沒？」他指著那塊石蠟。那人點頭，馬克拍拍他的肩膀。「現在……喂，你到底叫什麼名字？」那個人又瞪大眼睛看他。馬克搖頭。「算了，我們叫你……佛瑞，好嗎？佛瑞聽起來不錯吧？嗄？」馬克點頭，那人也跟著他點頭。「那好，佛瑞。來，拿著這個，」馬克拿起噴燈，從口袋摸出一盒火柴，打開瓦斯點燃，「你要做的就是拿著這個對準這塊石蠟，好嗎？只要把火焰固定不動，直到整個東西融化，懂嗎？像這樣。」

馬克握著噴燈對準石蠟，它開始融化。「就像這樣，看到沒？」

佛瑞點頭。

「好孩子，」馬克說，慢慢地將噴燈轉移到佛瑞手中。佛瑞拿了噴燈，蹲下去，臉上現出笑容。他輕輕地笑，像黎剎經常看到的那樣，然後按照馬克對他展示的那樣緩緩融化那塊石蠟。馬克後退一步，忍住笑。他轉向黎剎，對他背後那個人豎起一根大拇指。

「看到沒？今天將是我們有生以來賺到最輕鬆的錢。我們到那邊的棧板後面歇會兒，等佛瑞把石蠟融化後再回來，然後教他如何把蠟倒在鋸片上擦拭乾淨。這樣把今天剩下的時間也打發掉了！」

黎剎看一眼馬克背後的佛瑞，他一動也不動地坐著，兩眼盯著他的工作，看來他已抓到要領，將火焰從石蠟的一角移到另一角，均勻地融化它。也許佛瑞並沒有他以為的那麼遲鈍。他聳聳肩。

「好吧，庫亞，」黎剎說，「你說得對，咱們休息去。」

他們走到一堆疊得高高的閒置棧板後面，馬克掏出一個十二盎司裝的小瓶威士忌。他自己先喝一口，然後讓黎剎也喝一口。黎剎婉拒。馬克聳聳肩，再喝一口。這裡只有他們兩個人，而且是在其他人和頭上的保全監視器的視線範圍之外。威士忌似乎使馬克平時的光采變黯淡了，他眼中的光芒消失，呼吸變得沉重而緩慢。他深深看一眼黎剎後才開口——一個黎剎盡可能迴避的眼神。但沒有逃脫，他逃不出他的眼神，逃不出他的話語。

「你有想過它會不一樣嗎，阿納克？」馬克問。

「不一樣？」

「我的意思是，在這裡工作。你有想過它會……我不知道，不像這樣？」

「也許吧，庫亞，我從未真正想過這個問題。」

馬克掏出一支香菸。那些監工不管工人是否在星期日抽菸，只要他們把菸頭掃乾淨，禮貌地避開人們的視線即可。馬克點了一支菸遞給黎剎，黎剎搖頭，馬克聳聳肩，自己深深吸一口，嘖一聲把煙吐出來。

「你不認為這正是問題所在嗎？」他說。嚴肅不符合他的性格，但他此刻嚴肅極了。他瞇起眼睛，眼角擠出皺紋。「沒有人關心這件事，幾乎沒有人談論它。事情就是這樣。家鄉的工作機會短缺，薪資很低，於是他們說我們可以去海外工作。每年，我們數以百萬計的人，坐上飛機，飛到世界各地做我們應該可以在家鄉做的事，拋下我們的家人、我們的孩子。他們向我們保證可以賺大錢，至少足夠我們每月寄一點錢給家鄉的父母、我們的伴侶、我們的孩子，彷彿這樣就可以彌補他們在沒有母親或父親的情況下長大。然後我們發現，終究沒有我們想像中賺那麼多錢，但它一直持續下去，阿納克，它一直不停地循環。像你、我這種人——移工——即使知道我們現在的處境，我們還會再來一次，我們會回來，因為還有什麼別的適合我們？當其他人在餐桌上大吃大喝時，我們除了吃掉在地上的麵包屑外還有什麼其他希望？」

黎剎感覺他的後頸開始發熱，這番話讓他感到……不舒服，窘迫，彷彿他沒能看到一直擺在他眼前的問題。然後他覺得愚蠢。也許因為這樣，他說了他接下來說的話。

「你在抱怨什麼，嗄？你真的那麼懶嗎，庫帕爾？帕克洩，我應該把我的星期天用來站在這裡聽你發牢騷嗎？在這裡我們有工作，比我們在菲律賓多更多，瑟斯瑪利歐塞普，我不相信我必須把我的星期天花在聽這些廢話。你不喜歡它，庫亞？那就辭職啊，別那麼孬，辭職回家。但是等你回到那裡時，你敢抱怨找工作有多難或所有的一切有多腐敗嗎？記住你在台灣有什麼，有一份工作，有一張床，一天有三餐可吃。也許我們應該感恩，嗄？也許我們應該感激我們現在擁有的，你想過沒？」

當這些話從黎剎口中滔滔不絕說出時，他都覺得反胃。這不是他自己想說的話，他甚至不確定他相信這些話，不，這是他母親說的話，從屈辱而生的話語，來自貧困的話語——居住在一個塵土飛揚的地方，在那裡，垃圾隨著海浪拍打岸邊，人們從水中撈取塑膠與廢棄物；從世界拋棄的廢棄物中求生存的地方。是的，那是他的感覺，一個世界的棄兒，被運送到異國他鄉。裝箱，運送到甚至不把他看成人的地方，他是個商品，一個東西。他感到不舒服，並且難過。但已經太遲了，他這番話像一股難聞的氣味懸在空中。黎剎希望馬克生氣，但馬克只是很傷心的樣子。羞愧。他的香菸無力地夾在手指間，垂在腰上。他把他的小酒瓶塞進背後的口袋，嘆一口氣。他沒有注視黎剎，開口說道。

「你是對的，阿納克，」他說，「你是對的。」他轉身，然後回頭說，「來吧，我們最好去工作。」

馬克慢慢走開，回到工廠。黎剎在棧板後面又待了一點時間，思索，不明白自己為什麼要說這些話，這些話又是從哪來。他怎麼可以對一個始終對他很友善的人如此無情？這個地方，它已滲透到他的體內，把黑暗與卑鄙傳染給他，那個東西正在慢慢啃噬他的靈魂，偷走他曾經擁有的一切。他知道，不久之後，他曾經擁有的一切都會消失，他會變成另一個人，不是一個「人」，而是一個「移工」，和那數百萬像貨物一般，從一個地方被運送到另一個地方的移工一樣。一個東西。只有當他能站起來揮動鐵鎚，或拉起裝滿魚蝦的漁網，或掃地，或清潔浴室，或爬上鷹架，或……時，強壯的背脊才有用；當他的背部受傷、他的雙手骨節變形無法使用、身心麻痺時，他會被拋棄，像納沃塔斯的另一小塊垃圾，不斷拍打著岸上的石階，像那個洋娃娃……粉紅色的塑膠身軀在汽油的虹彩中浮動。

黎剎躊躇不前。想到這些，他的情緒從低落轉為惡劣。他心中的黑暗奪走他看清當下的能力，但這並沒有阻止他聽到它，他接下來聽到的聲音讓他從棧板後面衝出來，跑回倉庫。那個可怕的聲音來自那裡，馬克痛苦尖叫的聲音。

第廿三章

「怎麼會發生這種事？」

蘇先生用普通話問，由一名通譯為黎剎翻譯成他加祿語——這位通譯是個移工，已在台灣工作了很長時間，學會不少中文。他們在蘇的冷氣辦公室內，坐在車間工長的辦公桌前。辦公桌斜斜擺著，透過一面長方形大玻璃窗就可以看到外面的倉庫。黎剎背對著窗，低頭看著自己的靴子，靴面上沾著乾了的石蠟，蠟上有紅色的螺紋，它使黎剎的腦中閃過一個可怕的畫面。一張痛苦扭曲的臉，馬克的臉，皮膚冒出水泡，血淋淋的。聲音在黎剎的耳邊迴盪，尖叫聲夾雜著笑聲，一種只要他活著，他永遠不會忘記的聲音。

「說啊？」蘇改用英語問道。黎剎猛的抬頭，他很害怕，全身顫抖，不知該說什麼，以及該如何說。他沒有看到事情發生的經過，但很快就能將它拼湊出來。問題是，蘇先生會相信他嗎？別人會相信嗎？

「是，先生？」黎剎問，他已經忘記蘇的問題。蘇先生不耐煩地嘆一口氣，通譯看起來很緊張——幾乎和黎剎一樣緊張。蘇又用普通話問，通譯員再度用他加祿語為黎剎翻譯。

「你被告知去融化石蠟來清潔鋸片，是或不是？」

「是。」黎剎回答，聲音很小，而且猶豫不決。蘇盯著他看，再問另一個問題。通譯為他翻譯。

「你被告知去融化石蠟——是你，不是別人，對嗎？」

「是的，但是……」黎剎不記得他是否被告知他自己一個人做，或去找人幫忙，抑或他找馬克是否因為他害怕自己做。

「對吧？」黎剎明白，蘇先生是自問自答。

「是的。」

這個答覆不但沒有安撫車間工長，反而激怒了他。他在盛怒之下用他自己的語言氣急敗壞地回擊。通譯員嚥下一口口水，謹慎地選擇他的用語，為了他的同胞而省略了某些語句。

「那麼為什麼，在所有人當中，你找了這樣一個……這樣一個……頭腦簡單的人替你做你的工作？」

黎剎再度聽到那個笑聲，它彈跳著穿過他的腦殼。尖叫聲，馬克的臉和上半身沾滿融化的石蠟，與他的衣服和皮膚熔在一起，融化成河流，並在肌膚上逐漸冒出畸形的水泡。「佛瑞。」他為什麼要這樣做？黎剎尤其希望能有機會問他，為什麼他要把滾燙的石蠟扔在馬克臉上？是什麼使他著魔似地如此嚴重傷害這個人？他有什麼不為人知的原因突然發作，抑或如同黎剎先前所想的，他根本就沒腦子？但救護車將馬克載走後不久，黎剎就被帶走了。佛瑞早已被帶出去，不是被警察，而是一個穿便衣的人。一個台灣人。一個男人，黎剎的翻譯帶他上樓到蘇先生的辦公室途中對他悄悄說，那個人和公司的老闆很熟——甚至可能是親戚。關係，黎剎心想。現在他孤立無援了，成為最後留下來承擔責任的人。

「當然，」蘇先生又嘆一口氣，厭倦了等待黎剎的回答，「會有後果的。」他從這裡開始快速說下去，在他的座位上移動了好幾次，「必須有人為馬克的受傷負責。你把你的責任推給那個人，他當然不能為他的行為負責，因為他的腦筋有問題。如果你好好去做你被告知的事，黎剎，這一切就能避免。但恐怕我別無選擇，只好……」

蘇先生的話語聲在黎剎的耳邊消失了，它們被另一種聲音取代，海水拍打殘破台階的聲音，粉紅色塑膠娃娃的身軀一再被海浪推到長滿藤壺的混凝土上發出沉悶的咚咚聲。

＊＊＊

三天後，黎剎站在一扇門前面，懷疑他是否應該敲門，不確定是否就是這扇門。他在一個有寬闊街道與開闊天空的地方——一個與納沃塔斯截然不同的世界，雖然兩地相距不到十五英里，在大馬尼拉的另一邊。這扇門被漆成淺藍色，比頭上晴朗的天空更淡，熾熱的太陽接近正午的最高點。黎剎睡眼惺忪，精疲力盡，但他的骨子裡散發一股強烈的能量。在從桃園國際機場起飛的航班上，黎剎離開他的監護人——一個負責處理遣送出境事宜的菲律賓官員，他幾乎沒有介紹他自己——去上廁所。他站在鏡子前面，看著映在玻璃上的他的臉，一張現在對它的主人來說是陌生的臉。他摸摸眼睛下面的皮膚，那裡有黑眼圈。他舉起一隻手臂，知道它比他離開時更瘦。他拉一拉破舊的T恤，衣服比幾個月前更寬鬆。他看一眼他的鬈髮——比媽媽會允許他留的長度更長。他看起來老多了，他心想，他離開的那段時間發生許多變化，很多事情變得不一樣了，但也有很多事情仍維持原樣。

這扇門開在一戶有鐵皮屋頂的一層樓住家的煤渣磚牆上，就像許多在巴貢西朗——以希望命名的地方——的住家一樣。在這裡，如同納沃塔斯，這座城市似乎已走到了它的盡頭，有許多等著被測量的空地；而納沃塔斯則是到了水邊就聳聳肩放棄了。黎剎站在門前，不明白為什麼他要先來這裡，而不是回家面對他的母親。為什麼他在清晨離開機場，徒步走了一英里又一英里來到一個他最終也許會招手攔下一部吉普尼，搭一趟他付不起車資的路程，一路開到奎松市郊。為什麼？他一再地問。他也問任何一個願意給他時間的人，問他可以在哪裡找到那個以他的名字或她母親的名字命名的女孩，莉潔兒。一個大約四歲的女孩，他說，長得很漂亮，有一對發光的眼睛，雖然它們是深棕色的。一對能照亮世界的眼睛。

黎剎聽從那些好心人的指點後，此刻站在那棟房屋前面。它背對著馬利金納河，離馬尼拉與卡拉巴松交界處的巴朗蓋（barangay）會堂不遠。黎剎可以聞到河中的汙水和對岸田地的肥料氣味。城市與郊區的氣味——腐爛的水果、垃圾和柴油的氣味。這氣味既陌生又讓人想起家，但這不是他的家，這不是他家的門口。他家的門，如果是他離開的地方，是一片用煤渣塊固定的門板，守衛著陵墓的入口。他的鄰居和死人睡在一起，颱風天颳風下雨淹水時就躲到窄小的方形墓穴避雨。他的女兒和她的母親——那個一度蠢到想稱黎剎為丈夫的女人——這是她們家的門，她們的家。她們將決定是否為他開門。這一刻，黎剎仍無法決定他比較希望哪一種：一扇敞開的門，或一扇仍舊關閉的門。

幾分鐘後他才鼓起勇氣敲門。他終於舉起一隻顫抖的手，然後放下。敲門聲在他的耳邊迴盪，彷彿自製手槍發射子彈的聲音。他想轉身走開。為什麼？他問自己，為什麼要讓莉潔兒承受這一切？強迫她見一個她不會記得的人，要求她叫他爹地？她一直都不知道有你這個人會比較好，他告訴自己，最好她跟著她的母親、她的外婆，甚至也許另一個男人一起成長。一個更好的男人，不需要去乞討工作的人；一個不會笨到相信那些好得難以置信的事物的人，一個真正的男人。

黎剎想跑，但他強迫自己站在那裡，等待。他聽到裡面有腳步聲，拉開門栓的聲音。門慢慢地、痛苦地吱呀一聲打開，然後，她在那裡，那個有一對能照亮世界的眼睛的小女孩。

「莉潔兒？」他問。他的喉嚨發疼，她好小，難以置信的小。他記得她剛出生時他抱著她，裹在一條舊毛巾裡。那對眼睛。她已漸漸長成他們的新生的美女。她天真無邪的眼光中有一個小人形。她看著他，站在她家門口的男人，一個她不認識的人，一個陌生人。但是當這個陌生人說出她的名字時，她沒有質疑，沒有轉身跑去找她的媽媽。她緩緩點頭，等這個人再度開口。

「莉潔兒，我……」

他才開口，門被拉開了，站在他面前的是她，莉潔兒的母親。這個他連名字都不敢想，更遑論說出來的女人。

「黎剎？」

他點頭，和他的女兒一樣，緩緩地、膽怯地，等著被攆走。莉潔兒的母親將一隻手放在她女兒的頭上。

「莉潔兒，甜心，去玩你的洋娃娃，好嗎？」

「好，媽媽。」

她一直等到小女孩離開。黎剎看著她走，看得入神。他被她吸引了，他的親骨肉。一股罪惡感向他襲來，他覺得自己被它縮小進入殘破的小路的裂縫，灰色的煤渣塊從高大的牆上掉下來。他希望有個煤渣塊倒下來將他壓扁，把他從這個世界帶走，讓他擺脫不可動搖的愧疚感。他聽到他母親的聲音，責罵他和他的幼稚行徑。母親的聲音很快被站在他面前的女人的聲音取代。

「你來這裡做什麼，黎剎？」

「安娜琳，我……」

多年來第一次說出她的名字感覺很奇怪。重擔減輕了，但它帶給他的痛苦依然存在。現在，它不是向下壓，使他的兩肩下垂，使他兩眼看著地面，而是像一個球體似的包圍著他，一個飄浮的監獄，只要他活著就會一直跟隨著他。

「你以為你可以就這樣出現嗎？四年來毫無音訊，然後突然出現，好像什麼都沒發生似的敲我們的門？普趟以納！我應該把門摔在你臉上才對，黎剎。如果莉潔兒問這陌生人是誰，這個醜陋的男人，我會對她說實話，我會告訴她那是個沒用的、可憐的流浪漢，她應該忘了他，因為他不會再來了。」

黎剎畏縮。唯一慶幸的是安娜琳的母親不在家，要是她在，他一定會挨兩槍，被打得粉身碎骨扔進後面的淤泥河，像個被打撈上來的受害者一樣。這是他來的目的嗎？最終被徹底瓦解？當移工賣命工作已奪走他的一部分，一大塊靈魂也許永遠長不回來，但在他離開前失去的那一小塊——早已被他扔掉了。要怪只能怪一個人。他站在那裡，在烈日下，在他的孩子——一個他知道他沒有權利聲稱是自己的女兒——的母親激動的言辭下漸漸融化。他嘆口氣，說出他知道他要去那裡說的一句話。

「你是對的，安娜琳。」

她雙手抱在胸前，對他怒目而視。

「什麼意思，『你是對的』？」

「我以前沒有來找你和莉潔兒，現在我不配來這裡。」

「沒錯，你以前沒有，而且你不配。」

「我只是……」

「你只是什麼？」安娜琳靠在門上。她看起來很累，黎剎心想，她當然累。

「我只是想讓你知道，我嘗試過。」

「你嘗試過？嘗試什麼，黎剎？你除了替你媽媽打水，其他時間都和你那些沒用的朋友鬼混之外，你嘗試過什麼？」

「我……」黎剎努力尋找他想說的話，它們被困在裡面的某個地方，一個他還沒有找到的地方。一個他可以描述他在那個世界是什麼樣的人；他想成為什麼樣的人的地方。有一天他或許可以成為那樣的人，但話又說回來，他也許永遠無法成功。「我……我找了個工作，」他結結巴巴地說，「我的意思是，我曾經有工作。」

「我來猜猜看，你和其他幫派少年一樣，開始買賣沙布。他們看到一個像你這樣的坦嘎拚命想賺錢，於是讓你整天在太陽下賣毒品給那些馬嘎南庫曼，然後等到他們應該付錢給你時，他們就拿巴里爾（baril，譯注：槍）指著你的臉，叫你滾開。大致上是不是這樣？」

黎剎感覺有什麼東西在他的眼睛後面逐漸擴大，一個需要目標的東西——任何站在他面前的東西，而此刻這個目標是安娜琳。

「這不是我的錯！你以為我想要這樣？你以為這是我想要的生活嗎？我知道我沒有做對任何事，但我看到一個做點什麼的機會，我抓住了，結果它是地獄，安娜琳，我在那裡的每一天都是地獄。我不是人，我是個動物，比人還不如。我盡可能做久一點，而且我會多做一點，這樣我才能把事情做好，和你和莉潔兒和媽媽在一起。但他們趕我走，像垃圾一樣把我扔出去，因為他們需要一個人來承擔責任，來吃他們的屎。這就是我們移工做的事，安娜琳，我們吃屎，還要一面微笑說，『謝謝你，先生，謝謝你。』一面把它剷走，這樣有錢人就不會在他們漂亮的人行道上看到它。我會那樣做，為了你和我的小女兒。為了做一件對的事情，我會那樣做，但他們甚至不讓我有這個機會，我嘗試過了，安娜琳，」他的聲音變小，「我只是想讓你知道我嘗試過。」

「移工？黎剎，你是……」

安娜琳的話消失在正午的熱氣中，和郊區飛揚的塵土與城市排放的廢氣混雜在一起，蒸發了。回到城市，脫離她與他們的女兒的生活，黎剎——一個女孩的父親，這個女孩有一對能照亮世界的眼睛——消失了。他轉向內心的憤怒被驅除，剩下的只有歸根結柢的悲傷。它不是一種無助的悲傷，而是一種無奈的悲傷。一種感覺，覺得只有一個地方適合像他這樣的人。一個地方，一條路，一種命運，一個不但出生時一隻腳在墳墓裡，而且他的整個存在也在墳墓裡的人所能期望的最好的歸宿。

第廿四章

像這樣回到他的社區——踏上納沃塔斯市立公墓的泥土路——感覺很奇怪，以小心翼翼的目光走在馬利亞街、迪亞哥大道、魯伊茲大道上，希望不要被人看見。他等到天黑才翻過鐵柵欄進去，而不是走正門。反正快天黑了他才抵達那裡，從奎松市郊橫越大馬尼拉北端，一路走到馬尼拉灣。夜幕降臨時金合歡樹的葉子沙沙作響，暗示暴風雨即將來臨。從海灣吹來喃喃細語的風隨著時間增強。黎剎聽著這些熟悉的聲音，看著這些熟悉的景象，再加上些許他之前在巴貢西朗感受到的沉重——此刻匯集成一股壓力從四面八方向他襲來。

黎剎走向那破舊的台階——早年船隻出發的地方。納沃塔斯的最後一批船東最後一次從這裡出海、返航。他們離開時是船長，回來時是第一代移工。最後一抹夕陽餘暉仍掛在地平線上。黎剎知道他會在這裡找到他的朋友，他唯一想見的人，陪他一起看著光線消失。當黎剎接近台階時，他看到他的朋友將一個塑膠袋舉到他的嘴鼻上，深深吸一口。一波海浪拍打著台階，水珠落在那個少年的頭上——更確切地說，那個男人的頭上。但他似乎沒有察覺，甚至黎剎叫他，他的反應也很遲鈍。

「那個東西會讓你變成坦嘎，你知道。」

「嗯，」基拉特緩緩轉過頭來，在最後的夕陽餘暉中，臉上一抹淡淡的微笑使他露出灰色的牙齒。「反正，我還能成為什麼？」

黎剎走過去坐在他的朋友旁邊，凹凸不平的混凝土扎在他的屁股上，他忍不住皺眉。基拉特看到他似乎一點也不驚訝，只是凝望著平靜的海水。最後一縷夕陽將遠方的貨輪和駁船籠罩在搖曳的橙黃色光暈中。黎剎回憶他自己當漁夫的時光，短短幾個月在無盡的日子中成為永恆。他在船隻的甲板上搖晃顛簸，在酷熱的烈日下奄奄一息，而夜晚則將他的雙手變成石塊。他呼吸著、嗅著空氣中鹹水混合著城市排放的橡膠廢氣的惡臭；路邊一堆堆腐爛的垃圾和窮困地區燃燒的垃圾，一捆捆紙板在高濕度下發霉。在飛揚的塵土中生活，被煙霧窒息，被混凝土包圍，周遭充斥著死亡。他們四周的一切都在逐漸崩潰，已經腐朽或正在腐朽，已經生鏽或正在生鏽。一切都朝同一個方向進行，而政客們卻仍在高談闊論進步、摩天大樓與購物中心，以及改善人民的生活。

黎剎看著基拉特，心想他會不會問他過得如何，去過哪些地方，看過什麼東西。但基拉特只是保持沉默。於是黎剎明白，基拉特不問是因為到頭來這又有什麼關係？如果他曾經環遊世界，看到每一個當地的景點，荷包裝得滿滿的又眼看著它空了，在每一個港口愛上一個女人，然後將她們全部拋棄，最終回到他的起點，坐在他小時候坐的同一個地方。他走遍世界各地卻無處可去，一切依舊一成不變——他們的生活是一樣的——現在他們又被同樣的灰塵覆蓋，呼吸同樣煙霾的空氣。馬尼拉汙染了他們的肺，他們仍將繼續被它汙染。這個城市、國家、政客、有權勢的人、殖民者，神職人員，以及革命家和反革命家，用他們不可磨滅的重彩塗抹他們，一如太陽烤焦他們棕色的皮膚。而就像他們的皮膚不能改變顏色一樣，他們也不能改變他們是誰，他們來自哪裡，以及他們通常在什麼地方落腳，無論他們的旅行帶他們走了多遠，只要世界繼續保持原狀，它就會這樣。只對某些人有利的，對其他人都有害。基拉特明白，所以沒什麼好說的。兩人之間的沉默不是一個負擔，它是一個安慰，免去他們說出他們知道的一切所帶來的痛苦。但基拉特心中仍然有個疑問。

「你現在怎麼辦，庫亞？」

「辛迪寇阿蘭（hindi ko alam，譯注：我不知道）。」

「你應該去看看你的母親，她很擔心你。」

黎剎感覺他的心在痛。媽媽。她只知道她的獨子失蹤了，被大海吞噬，被賣去當奴隸。她最大的恐懼成為事實。他知道她多麼為他操心，即使他在她的身邊。是的，他心想，我現在應該去探望她了，把門推開，說我回來了，媽媽，你的寶貝兒子回來照顧你了。但他怎麼可以回去？當他一無所有時，他怎麼可以回去？他沒有什麼可以展示離家這幾個月的成果。他心痛是為了他母親的痛苦，但同時也為了自己的慚愧。只有一個方法可以擺脫它，他知道。一條路，這樣也許有朝一日，他會回到在他發現移工過著什麼樣的生活以前他所想像的那條路。這條路沒有把他帶到他母親的門口，它帶他到一間有空調的辦公室，和一個人——一個有權勢的人，一個他曾經天真地喊他迪歐的人。

黎剎和基拉特坐了一會兒，他們一起在黑暗中看海浪拍打台階。一會兒之後，黎剎站起來，向他的朋友道別。不知道為什麼，他對他撒謊，說他要去看望他的母親。當他轉身離開時，一個人影，小路上一個人影，隱藏在黑暗中，嚇了他一跳。黎剎瞇著眼睛，人影繼續往前移動，進入一片穿透雲層露臉的狹窄月光。那是死神達圖。這是黎剎記憶所及第一次聽到老人說話，也是他記憶所及第一次，他毫無畏懼地站在老人面前。

「那麼，」死神達圖說，「你現在要去哪裡，阿納克？」

＊＊＊

黎剎沒有回家探望他的母親。接下來幾天他都在納沃塔斯街上徘徊，尋找撿破爛——撿拾紙板、瓶瓶罐罐，論斤兩賣給舊貨商賺幾個披索——以外的工作。年輕人做這種工作是為了賺點零用錢，在網咖消磨時間，或者買糖果、毒品或酒精。老人則是因為窮途末路與飢餓而做這種工作。速食餐廳——「快樂蜂」、「燒烤先生」——的櫥窗張貼著「徵人」啟事。他走進M．海軍街上的一家「快樂蜂」問有沒有工作缺。經理來跟他談，眼神緊張不定。他問黎剎有沒有履歷，黎剎告訴他沒有。他環顧四周，在餐桌旁吃飯的家庭狼吞虎嚥地吃著炸薯條與漢堡、番茄醬義大利麵和圓形的熱狗。他的肚子餓得咕嚕咕嚕叫。經理嘆一口氣說，沒有履歷，他無能為力。於是黎剎深深地、渴望地吸一口濃郁豐盛的氣味，又回到窮人的街道上。那天晚上，和前一天晚上一樣，他鋪硬紙板睡在一家超市門口的台階上，超市被縱橫交錯的鋼鐵防盜門擋住入口。

黎剎聽到的下一句話——不是叫他走開，或者不要擋路，或者沒錢或不買東西就滾開——是這樣：「再告訴我一次，為什麼我要幫你。」

這句話像針一樣扎在黎剎的皮膚上，他知道這個問題不需要回答，它的過程就像生命本身，是一個必須忍受的判決，所以他忍受。

「你知道你給迪歐班吉惹來多少麻煩嗎，嗄？陳先生非常生氣，他打了好幾通電話給我，『為什麼你的工人給我帶來這麼多麻煩，班吉？為什麼他們不想工作？為什麼他們老是逃走？為什麼，為什麼，為什麼，為什麼，為什麼，為什麼？』」班吉的雙手在頭上亂揮，彷彿這一連串疑問是一群蒼蠅，他要將牠們趕走。「你連一年都沒做完，黎剎，你被送回來，而且還是因為你的同事受重傷。現在你來找我，還說什麼？說你想回去？說你還想去當移工？那麼，你告訴我為什麼，黎剎，我為你做了一切，結果除了頭痛之外沒有任何回報，為什麼我還要幫你？」

黎剎感覺皮膚發熱。奇怪的是，他此刻渴望呼吸溫暖的城市煙霾，嗅著涵洞內嗆鼻的垃圾氣味和芒果皮與木瓜的甜味，以及路邊攤上煮熟的鴨仔蛋的硫磺味。這個房間空氣汙濁，有一股被廉價的除臭劑覆蓋的陳年汗臭味。接著，他望著靠在椅背上、腋下濕了一大片的班吉。一個坐著不動的人怎麼可能流那麼多汗，黎剎心想，一個好像什麼事都不做的人怎麼會呼吸這麼沉重？

「說啊！」班吉對年輕人挑高眉毛。黎剎知道答案，知道班吉先生期待他說出的話。但他仍然不願意說出來；不願意玩對方的遊戲。這個房間有個無形的鐵圈等著黎剎跳過去。黎剎閉上眼睛往前一跳。

「我們簽了合約，先生，」黎剎看著對方的眼睛說，「我還欠你兩年多，兩年的服務費，這筆貸款必須還清。為了還你錢，我需要工作，所以我請求你再度送我回去，讓我去當移工，就像你以前幫助過的那些人一樣。我向你保證，班吉先生，這次我不會讓你失望，我會低著頭，閉上嘴巴，必要時整天整夜地工作。我要賺錢償還我欠你的錢，但沒有你的幫助我做不到，先生。我不可能靠我自己，而且我也不可能在馬尼拉我居住的地方做到。所以，請你再把我送走，我願意去任何地方，無論你說什麼我都會去做，只要給我一次機會，我只要求再給我一次機會，別無所求，先生。」

班吉身體往前傾，一抹微笑使他的臉上發亮。他抓抓鼻子，伸手去拿筆，打開抽屜，取出一張表格。然後他從表格上頭開始填寫。黎剎從辦公桌對面看著班吉寫字，字的意義仍然未定。他看著對方將表格遞給他簽名。當他簽名時，黎剎聽到他母親說的那句話。

我們現在就是無名死者。

AI00997

移民漁工血淚記 Migrante

作　者——左韓瑞 J.W. Henley
翻　譯——林靜華
資深主編——謝鑫佑
校　對——謝鑫佑、吳如惠、左韓瑞
資深企劃——陳玟利、鄭家謙
美術設計——陳文德

董 事 長——趙政岷
出 版 者——時報文化出版企業股份有限公司
一〇八〇一九台北市和平西路三段二四〇號四樓
發行專線——（〇二）二三〇六六八四二
讀者服務專線——〇八〇〇二三一七〇五　（〇二）二三〇四七一〇三
讀者服務傳真——（〇二）二三〇四六八五八
郵撥——一九三四四七二四時報文化出版公司
信箱——一〇八九九台北華江橋郵局第九九信箱

時報悅讀網——http://www.readingtimes.com.tw
文化線粉專——https://www.facebook.com/culturalcastle/
法律顧問——理律法律事務所　陳長文律師、李念祖律師
印　刷——勁達印刷有限公司
初版一刷——二〇二二年七月十五日
定　價——新台幣四〇〇元
（缺頁或破損的書，請寄回更換）

時報文化出版公司成立於一九七五年，
並於一九九九年股票上櫃公開發行，於二〇〇八年脫離中時集團非屬旺中，
以「尊重智慧與創意的文化事業」為信念。

移民漁工血淚記 Migrante / 喬・亨利(J.W. Henley)著；林靜華譯 -- 初版.
-- 臺北市：時報文化出版企業股份有限公司, 2022.07
面；　公分

譯自 : Migrante.
ISBN 978-626-335-478-4（平裝）

874.57　　111007324

ISBN 978-626-335-478-4
Printed in Taiwan

Translated from: Migrante
Copyright © 2020 by J.W. Henley
Complex Chinese edition copyright © 2022 by China Times Publishing Company
All rights reserved.